Giraffenkuchen

for Urszula from Schatzling

K. E. Zehler

Copyright © 2019 K. E. Zehler

Alle Rechte vorbehalten

ISBN: 9781096103073

Auch als E-Book bei Amazon erhältlich

Für Simon, Fiona, Ute, Nicole und Dajana – ohne euch wäre das Giraffenmädchen *niemals zum Leben erwacht.*

INHALT

1. *Beschimpft* 13
2. Bedroht 20
3. *Bestrahlt* 23
4. Bewahrt 33
5. *Bedient* 35
6. Belatschert 40
7. *Bedrängt* 44
8. Besiegt 47
9. *Betreten* 51
10. Beschmutzt 56
11. *Befleckt* 60
12. Beruhigt 63
13. *Beraubt* 69
14. Befreit 73
15. *Bestärkt* 80
16. Beschenkt 85
17. *Bestürzt* 94

18. Beduselt 108
19. *Berauscht* 114
20. Beraten 125
21. *Bemerkt* 129
22. Besprochen 133
23. *Beendet* 137
24. Bestätigt 141
25. *Bekräftigt* 146
26. Betatscht 153
27. *Begeistert* 160
28. Besänftigt 165
29. *Bereit* 169
30. Besucht 174
31. *Befragt* 178
32. Bewandert 194
33. *Befreundet* 197
34. Berieselt 211
35. *Beseelt* 215
36. Benebelt 224
37. *Beschämt* 229

38. Bezaubert 239
39. *Bezirzt* 243
40. Bescheuert 250
41. *Berührt* 253
42. Bekämpft 265
43. *Beglückt* 271
44. Benommen 291
45. *Betrogen* 297
46. Beschwingt 301
47. *Begehrt* 308
48. Beredet 314
49. *Betrübt* 321
50. Besessen 330
51. *Beflügelt* 334

*The real difference isn't my skin.
It's the fact that I don't find my beauty in the
opinions of others. I'm beautiful because I know
it. Celebrate Your unique beauty today
(& everyday)!*

Winnie Harlow

Teil 1

KAPITEL 1

Beschimpft

„Du siehst aus wie 'ne Kuh." Gekicher ringsherum. Ich mache mich so klein wie nur möglich, was schwierig ist bei meiner Körpergröße, und starre auf den Boden. „Oder hast du dich heute in der Schule mit Kreide beschmiert?!" Gelächter. Ich antworte nicht und tue so, als würde mich das alles gar nichts angehen. Warum wollte ich auch unbedingt rutschen?! Ich stehe in der Schlange zur Turborutsche im Spaßbad. Spaß habe ich gerade allerdings keinen. „Hoffentlich ist das nicht ansteckend!", sagt jemand. Ich starre immer noch auf den Boden. Plötzlich werde ich geschubst. Taumle. Falle aber nicht hin. Ich weiß nicht, wer das war und es ist mir auch egal. Ich will einfach nur weg hier. Zum Glück bin ich jetzt mit Rutschen dran. Ich rutsche so schnell ich nur kann und versuche, alles zu vergessen. Die Worte der anderen. Die weißen Flecken an meinem Körper. Im Wasser unten gehe ich kurz unter, paddele aber gleich wieder an die Oberfläche und tauche auf. Da steht Mama am Rand des Beckens. Sie hat auf mich gewartet. „Nike, wir wollen los! Leonie und Monika sind schon in der Umkleide", ruft sie. Nur zu gern, denke ich. Ich will nach Hause. Leonie ist meine Cousine, Monika ihre

Mutter. Wir essen gleich noch zusammen Kuchen. So machen wir das immer nach dem Schwimmen. Ich war heute zum letzten Mal dabei, denn ich werde nie wieder ein Schwimmbad betreten. Das schwöre ich. Denn genug ist genug.

„Diese Arschgesichter!" Leonies grüne Augen funkeln und als sie ihre nassen, lockigen Haare wild in alle Richtungen schüttelt, sieht sie regelrecht bedrohlich aus. „Wer war das?" „Leonie…" „Sag' mir, wer's war und ich trete ihnen in ihre kleinen, widerlichen Eier!!!" Ich kann mir ein Grinsen nicht verkneifen. „Das ist total lieb von dir, aber das musst du wirklich nicht." „Du darfst dir sowas nicht gefallen lassen! Wenn ich das nächstes Mal mitkriege, dann können die sich warm anziehen. Verlass' dich drauf. Aber wahrscheinlich sind sie zu feige, was zu sagen, wenn du nicht alleine bist." „Es wird kein nächstes Mal geben. Ich komm' nicht mehr mit." Sie stellt sich vor mich und sieht mir direkt in die Augen. „Lass' dich nicht davon runterziehen, klar? Das hast du nicht nötig." Ich nicke und drehe mich dann schnell von ihr weg und gehe in meine Umkleide. Sie soll nicht sehen, dass ich Tränen in den Augen habe.

Den Kuchen bekomme ich kaum runter, deshalb gebe ich nach einem halben Stück auf und lasse den Rest auf dem Teller liegen. Dabei ist es mein Lieblingskuchen: Schneewittchentorte mit Vanillepudding und Kirschen. Mama und Monika reden über unmögliche

Lehrer, unmögliche Eltern, unmögliche Kinder und die unmöglichen Preise für unsere Reitstunden. Leonie guckt mich an, grinst und rollt mit den Augen. Ich versuche, mir nicht anmerken zu lassen, dass ich mit meinen Gedanken eigentlich ganz woanders bin, nicke und rolle auch mit den Augen.

Als Leonie und Monika weg sind, will ich sofort in mein Zimmer gehen, doch Mama sagt: „Bleibst du bitte noch kurz hier?" „Warum?" „Weil ich gerne wissen möchte, was mit dir los ist." „Nichts." „Willst du dich nicht wenigstens kurz zu mir setzen?" „Nein." Ich verschränke die Arme und bleibe in der Tür stehen. Mama seufzt. „Ich weiß, dass im Schwimmbad irgendwas passiert ist und ich wünschte, du würdest mit mir darüber reden. Du darfst das nicht in dich rein fressen. Das ist nicht gut." Ich blicke stur Richtung Fenster und schweige. Mama schweigt auch. Das macht sie immer. Sie weiß genau, dass ich das hasse und es irgendwann nicht mehr aushalte und dann doch was sage. Genau wie jetzt auch. „Ich gehe nicht mehr schwimmen. Nie wieder. Nur damit du's weißt." Sie blickt mich ernst an und nickt. „Okay... Und du magst mir wirklich nicht erzählen, warum?" Ich schüttele den Kopf. „Sie haben dich wieder geärgert, oder?" Jetzt senkt sie den Kopf und ich weiß, dass sie traurig ist. Das macht alles nur noch schlimmer. „Ich kann verstehen, warum du diese Entscheidung getroffen hast. Aber bist du sicher, dass das der richtige Weg ist? Du schwimmst doch so gerne!" „Ach, du hast doch keine Ahnung! Lass' mich einfach in Ruhe!", schreie ich, renne nach oben in mein Zimmer, knalle die Tür zu und schmeiße mich auf mein Bett. Ich zittere am ganzen Körper vor Wut. Wie kann sie nur sagen, sie versteht, weshalb ich diesen Entschluss gefasst habe?! Sie versteht gar nichts. Niemand, der sowas nicht selbst erlebt hat, kann das verstehen. Absolut niemand. Man ist ganz allein damit. Und niemand kann einem helfen. Absolut niemand.

Als der erste kleine Fleck wie aus dem Nichts auf meiner rechten Hand erschien und sehr schnell immer größer wurde - das war vor ziemlich genau einem Jahr - ging Mama mit mir zum Kinderarzt. Der sagte: „Sonnenallergie. Das geht im Winter von alleine wieder weg." Der Hautarzt sagte dasselbe. Das Problem war, dass der Fleck im Winter immer noch da war und sogar noch zwei weitere weiße Stellen an beiden Ellenbogen und an den Beinen auftauchten. Wir fuhren zu zwei anderen Hautärzten, aber die waren auch keine große Hilfe. Sie murmelten etwas von „Pigmentstörung" und verschrieben mir eklig stinkende Cremes, die ich ausprobieren sollte. Ich schmierte mich jeden Tag brav ein - ohne Erfolg. Als Nächstes ging Mama mit mir zu einem Homöopathen. Ich schluckte kleine, weiße Kügelchen. Es half nicht. Die Flecken breiteten sich immer mehr aus. So als würden sie sich vermehren. Wie Parasiten. Wer sich nicht vorstellen kann, wie das aussieht, muss sich bloß die große Susi angucken. Das ist das Pony aus dem Reitstall, auf dem ich ein Mal die Woche Reitstunde habe. Und dass Susi so fleckig ist, ist ganz normal, denn sie ist ein Schecke. Bei Pferden gibt es viele Schecken, sie sind sehr beliebt, und sogar Napoleon besaß einen. Ich bin aber verdammt noch mal ein Mensch und das, was mit mir passiert, ist ganz und gar nicht normal! Meine Mitmenschen sind derselben Meinung. Tiervergleiche sind ziemlich beliebt. Platz eins? Definitiv Kuh. Neulich hat mir so ein schlaksiger, sommersprossiger Typ „Giraffenmädchen" hinterhergerufen. Das war mal was Neues. Manche sagen aber auch gar nichts. Sie gucken nur. Starren, gaffen, glotzen.

Jetzt tut es mir schon wieder irgendwie leid, dass ich Mama eben so angeschrien habe. Vielleicht kann ich mich nach dem Duschen ja bei ihr entschuldigen und sagen, dass ich es nicht so gemeint habe. Vom Schwimmen stinken meine Haare immer so eklig nach Chlor, selbst wenn ich sie direkt danach wasche. Deswegen dusche ich abends Zuhause meistens noch mal. Sicher ist sicher. Denn meine Haare sind schließlich das Einzige, was ich nicht furchtbar an mir finde.

Nach dem Duschen stelle ich mich splitternackt vor den großen Spiegel in meinem Zimmer. Spieglein, Spieglein an der Wand, wer ist die Hässlichste im ganzen Land?! Meine Brust ist inzwischen bereits komplett weiß und auch mein Bauch ist auf dem besten Weg dorthin, ebenfalls vollständig weiß zu werden. Ich suche die letzte kleine Stelle in meiner normalen Hautfarbe, ganz in der Nähe des Bauchnabels. Ich nenne sie liebevoll das „Seepferdchen", weil sie genauso aussieht wie eins. Sie ist mein Rettungsanker. Ich bin mir ganz sicher: So lange das Seepferdchen da ist, besteht noch die winzig kleine Chance, dass meine normale Hautfarbe irgendwann zurückkommt und die Flecken wieder verschwinden. Ein für alle Mal. Plötzlich weiten sich meine Augen vor Schreck. DAS SEEPFERDCHEN IST NICHT MEHR DA. Es ist weg. Einfach so verschwunden. Das kann nicht wahr sein! Ich wende den Blick ab. Atme tief ein und langsam wieder aus. Dann schaue ich noch mal in den Spiegel. Kein Seepferdchen. KEIN SEEPFERDCHEN! Brust weiß. Bauch weiß. Eine einzige große, weiße Fläche. Unbändige Wut steigt in mir auf. Ich greife nach meiner Haarbürste. Mit aller Kraft schmeiße ich sie gegen den Spiegel. Er zersplittert an der Stelle, wo die Bürste ihn getroffen hat. Ich sacke, nackt wie ich bin, auf dem Boden zusammen. Dann kommen die Tränen. Dieses Mal kann ich sie nicht zurückhalten. „Nike!" Mama reißt die Tür auf und kommt ins Zimmer gerannt. „Was ist passiert?" Ich schluchze kurz auf. Sie setzt sich zu mir auf den Boden, nimmt mich in den Arm und streichelt mir sanft über den Kopf. „Das Seepferdchen", flüstere ich. „Was ist damit?" „Es ist weg." Mama sagt nichts und hält mich einfach nur fest. Ich weine und weine. Irgendwann sind keine Tränen mehr übrig. Ich fühle mich leer und ausgelaugt. Möchte schlafen. In einen Dornröschenschlaf fallen und nach 100 Jahren wieder aufwachen. Als ganz normales Mädchen. Ohne weiße Flecken.

KAPITEL 2

Bedroht

Er spürt, dass sie ihm folgen, dreht sich aber nicht um. Öffnet die Tür des Jungenklos und geht in eine Kabine, schließt hinter sich ab. Keine der anderen Kabinen ist besetzt. Er kann nicht pinkeln. Blockade. Da hört er sie schon. Schnell zieht er die Hose hoch, schließt den Reißverschluss und macht den Knopf zu. Dann drückt er sich an die Wand und versucht, keinen Mucks zu machen. „Wir wissen, dass du da drin bist." Sie stehen jetzt direkt vor seiner Tür. „Mach auf." Er sagt nichts. „Du kleiner Pisser, jetzt mach schon die Tür auf. Sonst knallt's. Ich zähle bis drei. Eins...zwei...*drei!*" Der Junge in der Kabine hält die Luft an. Ohrenbetäubender Krach. Die Tür springt auf. Der größte der drei Verfolger hat sich dagegen geschmissen. „Hallo, kleiner Pisser." Er packt den Jungen am Arm und zerrt ihn aus der Kabine. „Jetzt entschuldige dich gefälligst, dass du so dreist warst, mir die Tür nicht aufzumachen." Die beiden anderen lachen. Der Junge schaut zu Boden, sagt kein Wort. Er wird geschubst. „Hast du mich nicht gehört?!" Keine Reaktion. „Du bist also nicht nur abartig, sondern auch taub. Du hässlicher Hurensohn. Was ist das eigentlich, was du da hast? Lepra?!" Er zeigt auf die weißen Flecken an den Armen des Jungen. Wieder Gelächter von den beiden anderen. Sein Angreifer schlägt ihm mit der Faust ins Gesicht. „Missgeburt! Ausgeburt der Hölle! Abschaum!", schreit er. „Antworte!" Der Junge taumelt, fängt sich wieder. Dann starrt er weiter zu Boden und rührt sich nicht. „Ich werde dir zeigen, was wir mit kleinen Pissern wie dir machen. Haltet ihn fest." Die beiden anderen Jungen gehorchen. Der Junge wehrt sich nicht. „Ich werde jetzt mal gucken, was passiert, wenn ich ein Stück Haut aus deiner weißen Fresse schneide." Er grinst und guckt auf den weiß umrandeten Mund des Jungen. Dann zieht er ein Taschenmesser aus seiner rechten Hosentasche. „Du kennst doch den Joker aus *Batman*, oder? Warum so ernst?" Der Junge dreht den Kopf zur Seite und presst die Lippen aufeinander. „Ach, weißt du, ich glaub', das heb' ich mir doch lieber fürs nächste Mal auf. Aber ich markier' schon mal, wo das Messer deine Haut ritzen wird." Er lacht laut. Das Taschenmesser verschwindet wieder. Jetzt zieht er aus der linken Hosentasche einen dicken, schwarzen Edding. Als der Stift sein Gesicht berührt, fängt der Junge an zu zappeln, doch er wird erbarmungslos festgehalten. „Krass, hätte nicht gedacht, dass du noch hässlicher aussehen kannst." Zufrieden schaut er auf sein Werk. Es klingelt. Die Pause ist um. Endlich lassen sie ihn los. „Wir sehen uns wieder, Missgeburt." Der Junge schließt kurz die Augen und wartet, bis sie weg sind. Er beginnt zu zittern. Dann geht er langsam zum Spiegel über dem Waschbecken. Er sieht grauenhaft aus. Die weißen Flecken an seinen Augen und um seinen Mund herum stechen wegen der schwarzen Umrandung nun noch mehr heraus. Seine Wange ist geschwollen. Er fürchtet sich vor seinem eigenen Spiegelbild. Willkommen in der Hölle, denkt er. Dann dreht er sich um, geht zur Tür und fängt an zu rennen. Rennt durch den Flur, an den Klassenräumen vorbei, rennt zum Schultor hinaus. Rennt durch den Feldweg zum Wald. Durchquert ihn. Sein Herz hämmert. Als er endlich am See ankommt und abrupt stehen bleibt, ringt er nach Luft. Dann rennt er ins Wasser. Erlösung. Er lässt sich einen Moment treiben. Hält die Luft an, gleitet unter Wasser. Spürt, wie seine Klamotten ihn nach unten ziehen wollen. Taucht wieder auf. Einfach untergehen und nie wieder auftauchen, denkt er. Nicht mehr Ich sein müssen. Nicht mehr in diesem Körper gefangen sein. Es ist nicht das erste Mal, dass er diesen Gedanken hat.

KAPITEL 3

Bestrahlt

Während wir einen LKW nach dem anderen überholen und die Regentropfen so heftig auf den schwarzen Autobahnasphalt niederprasseln, als wollten sie Abdrücke darin hinterlassen, stelle ich mir vor, dass meine weißen Flecken gar keine Flecken sind, sondern aus Millionen von kleinen Krabbeltieren bestehen, die zusammen genommen nur so aussehen wie große, weiße Flecken. Ich stelle mir vor, wie sie sich ständig vermehren und ich immer weißer und weißer werde. Schneeweißchen sozusagen. Ich kann das Kribbeln und Krabbeln der Biester auf meiner Haut spüren. Absolut eklig. Vielleicht wird der Arzt gleich mit einer winzig kleinen Pinzette eines der Tierchen von meiner Haut nehmen, in die Luft halten und sagen: „Du hast keine Hautkrankheit, sondern bist verseucht und musst ein Bad in unserer speziell entwickelten Antikrabbeltiersubstanz nehmen. Wird brennen wie sonst was, aber danach hast du wieder deine normale Hautfarbe, weil alle Tierchen tot sind." Igitt. Ich bekomme eine Gänsehaut und streiche mit meinem rechten Zeigefinger schnell vier Mal hintereinander über das Ziffernblatt meiner Uhr. Total neurotisch, ich weiß. Trotzdem beruhigt es mich ein bisschen. Das funktioniert fast immer. Der Gedanke, nur ein Bad nehmen zu müssen, um wieder so auszusehen wie vorher, ist auch irgendwie verlockend... Halt. Stopp. Nicht schon wieder dieses Gedankenkarussell. Scheinbar klappt das mit der Uhr heute doch nicht. „Schluss jetzt!", sage ich laut. Ups. „Was hast du gesagt?", fragt Mama. „Nichts, schon gut", murmele ich.

Nach dem, was wir bisher erlebt haben, habe ich keine große Hoffnung, dass man uns in der Hautklinik, zu der wir unterwegs sind, wirklich weiterhelfen kann. Aber ich finde es trotzdem gut, dass Mama nach meinem Seepferdchen-Ausraster vorgeschlagen hat, mich dort noch einmal untersuchen zu lassen. Versuch macht klug, denke ich. Ich liebe Sprichwörter und Redewendungen. Fast so sehr wie Märchen. Ja, genau. MÄRCHEN. Ich weiß, ich bin schon 13 und man könnte meinen, dass ich aus dem Märchenalter raus bin. Aber ich glaube, ich werde Märchen immer genial finden, selbst wenn ich alt und grau bin. Warum? Ist doch klar: Ende gut, alles gut. Egal, wie schlimm alles vorher war, das Happy End ist immer garantiert.

Ich denke: So sollte es auch im echten Leben sein! Aber was ich denke, interessiert ja keinen.

Außerdem ist es sehr unterhaltsam, den Leuten Märchenfiguren zuzuordnen. Ich bin zum Beispiel eine Mischung aus *Prinzessin auf der Erbse* und *gestiefelter Kater*. Hätte man sich ja denken können, oder?

Nach gut eineinhalb Stunden Fahrt treten wir durch die Eingangstür. Es riecht sehr stark nach Desinfektionsmittel und ich würde am liebsten gleich wieder umkehren. Aber Mama geht zielstrebig vor mir her und mir bleibt nichts anderes übrig, als hinter ihr her zu laufen. Am Empfang sagt man uns, wohin wir müssen, und nach einem scheinbar endlosen Weg durch zahlreiche Gänge kommen wir im Wartezimmer von Professor Doktor Adler an. Ich bin froh, dass wir nicht lange warten müssen, denn jetzt bin ich richtig nervös. Im Behandlungszimmer setzen wir uns auf die beiden Stühle vor Doktor Adlers Schreibtisch und schauen uns im Zimmer um. „Der hat ziemlich viele Zertifikate an der Wand hängen", sage ich beeindruckt. „Ja, ich hoffe so sehr, dass er dir helfen kann." Sie streichelt kurz über meine Hand. Plötzlich tut es mir leid, dass ich sie so oft anschreie. Sie ist diejenige, die das am wenigsten verdient hat. Meine Wut gilt eigentlich nicht ihr. Sie gilt dem Scheiß-Schicksal, das mich mit diesen Flecken bedacht hat. Und den Leuten, die mich mit Blicken und Worten dafür bestrafen, dass ich anders aussehe als alle anderen. Gerade als ich noch etwas sagen will, betritt Doktor Adler auch schon das Zimmer und gibt uns beiden die Hand. Erst Mama, dann mir. Er setzt sich in seinen riesigen Schreibtischstuhl und fragt freundlich: „Was kann ich für Sie tun?" Seine blauen Augen blicken mich prüfend an. Er sieht wirklich ein bisschen aus wie ein Adler, weil er eine riesige Hakennase hat. Ich versuche, ein Grinsen zu unterdrücken. Gut, dass er jetzt gerade Mama anschaut. „Seit ungefähr einem Jahr breiten sich auf Nikes Körper immer mehr weiße Flecken aus", sagt sie. „Kein Arzt konnte uns bisher mit Sicherheit sagen, um was für eine Krankheit es sich dabei handelt. Wir haben es mit Homöopathie versucht und mit verschiedenen Cremes, aber nichts hat geholfen. Jetzt hoffen wir sehr, dass Sie uns helfen können. Meine Tochter leidet sehr unter den Flecken, auch wenn sie nicht jucken oder weh tun." Ich schaue Mama an, ihre Augen schimmern feucht. Doktor Adler hat sich Notizen gemacht, während sie gesprochen hat. Irgendwie ist er mir nicht besonders sympathisch. Eher Typ *Böser Wolf* als *Gütiger König*, würde ich sagen. „Darf ich mir deine Haut mal ansehen, Nike?", fragt er jetzt. Ich nicke, allerdings etwas widerwillig. Er kommt um den Tisch zu mir herum und nimmt meine rechte Hand, schaut sich den Fleck genau an. „Könntest du deine Ärmel bitte hochkrempeln?" Jetzt darf ich auch noch Striptease für den Herrn Professor Doktor machen…Aber es muss ja sein. „Ja", sage ich also brav und zeige ihm auch die Stellen an den Ellenbogen. „Mh", macht er, „mh". Das macht mich wahnsinnig. Was meint er mit „Mh"?! „Wo hast du die weißen Stellen noch überall?", fragt er. „In den Kniekehlen, auch vorne an den Knien, am Rücken unten. Naja, und hier auch überall." Ich deute mit der Hand auf meine Brust und meinen Bauch. Er nickt. Dann räuspert er sich, setzt sich wieder auf seinen Stuhl, schaut erst Mama an, dann mich und sagt: „Nike, du hast Vitiligo." Genau diese

Diagnose hat Google Leonie und mir schon mehrfach ausgespuckt, wenn wir „weiße Flecken" eingegeben haben. Schön, dass (Doktor) *Google* anscheinend schlauer ist als alle Hautärzte, bei denen wir bisher waren.

Doktor Adler blickt Mama und mich ernst an. Dann fährt er fort. „Vitiligo ist der lateinische Begriff für Weißfleckenkrankheit", erklärt er. „Es handelt sich um eine Erkrankung der Haut, bei der die Melanozyten, also die Pigmentzellen, ihre Fähigkeit verlieren, Pigmente zu bilden. Das geht wahrscheinlich auf eine Störung des Immunsystems zurück. Man spricht auch von einer sogenannten Autoimmunerkrankung."
„Wahrscheinlich?", fragt Mama und runzelt die Stirn.
„Ja, bisher weiß man leider noch nicht genau, woher die Krankheit eigentlich kommt. Es gibt verschiedene Erklärungsansätze. Manche Menschen berichten davon, dass die Vitiligo direkt nach einem Schicksalsschlag bei ihnen ausgebrochen ist. Nachdem sie einen geliebten Menschen verloren haben oder einen Unfall hatten, zum Beispiel. Dass wirklich ein Zusammenhang zwischen solchen Erlebnissen und der Krankheit besteht, wird allerdings von vielen Wissenschaftlern in Frage gestellt." Ich denke kurz nach. Ich habe (Gott sei Dank) noch nie einen geliebten Menschen verloren und hatte noch nie einen Unfall. Also muss ich ein gestörtes Immunsystem haben. Aber warum ist das so? Und ist es wirklich so? Ich zweifle nach Doktor Adlers Aussage daran, dass ich jemals erfahren werde, warum

ausgerechnet ich Vitiligo bekommen habe. „Gibt es noch viele andere Menschen mit Vitiligo?", frage ich. „Nach aktuellen Erkenntnissen haben ungefähr zwei Prozent der Weltbevölkerung Vitiligo", antwortet Doktor Adler. Wo sind die alle?, frage ich mich. Ich habe noch nie jemand anderen mit Vitiligo getroffen. Mama seufzt. „Wir sind sehr froh, dass uns endlich jemand sagen kann, was für eine Krankheit Nike hat. Sie sagen, dass die Ursache der Vitiligo noch unklar ist - wie sieht es denn mit den Heilungschancen aus? Das ist ja das, was uns natürlich am meisten bewegt, wie Sie sicher verstehen können." Ich merke, wie ich anfange, vor Aufregung zu schwitzen. Was wird er jetzt wohl sagen? Doktor Adler nickt. „Natürlich", sagt er. „Leider gibt es zurzeit nur verschiedene Ansätze, die wir mit unseren Patienten ausprobieren, aber einen Weg, der garantiert bei jedem zum Erfolg führt und die Pigmente wieder zurück in die Vitiligostellen bringt, haben wir noch nicht gefunden." Ich habe für einen Moment lang das Gefühl, nicht mehr atmen zu können. Obwohl ich sitze, ist mir ein bisschen schwindelig. Ich habe es ja gewusst. Vitiligo ist unheilbar. Aber sie arbeiten dran. Na toll. Und in 100 Jahren, wenn ich längst tot bin und unter der Erde liege, finden sie ein Wundermittel. Ich merke, wie mir - wieder mal - die Tränen in die Augen schießen. Ich will ja nicht undankbar sein, wahrscheinlich ist das noch der Mercedes unter den Hautkrankheiten. Juckt nicht, tut nicht weh. Und man stirbt nicht davon. Trotzdem möchte bestimmt niemand in meiner Haut stecken. ICH möchte nicht in meiner Haut stecken! Warum hat er nicht einfach gesagt, dass ich ein Bad in der Antikrabbeltiersubstanz nehmen darf und dann wieder aussehe wie vorher?! Verdammt. „Gibt es denn eine Behandlung, die Sie für Nike empfehlen können?", fragt Mama. Sie sieht hoffnungsvoll aus. Doktor Adler kratzt sich an seiner riesigen Nase. Dann sagt er: „Auf die Möglichkeiten, die wir im Moment haben, reagieren die Patienten sehr unterschiedlich. Bei manchen sind kleine Erfolge zu sehen, bei anderen passiert gar nichts. Für Nike wäre eine Möglichkeit die regelmäßige Bestrahlung mit UVB-Licht. Zusätzlich müsste sie Tabletten einnehmen, vorrangig Vitamine, die den Effekt der Bestrahlung noch unterstützen sollen. Das würde ich Ihnen empfehlen. Denn eine Hauttransplantation, die wir hier auch durchführen, ist bei der Ausbreitung von Nikes Vitiligo nicht sinnvoll." Mama nickt und schaut dann zu mir. „Was meinst du? Wollen wir das versuchen?" In meinem Kopf dreht sich alles. Bestrahlung. Vitamine. Keine Erfolgsgarantie. Ich schlucke. „Ich weiß nicht, ob sich der ganze Aufwand überhaupt lohnt. Was ist, wenn das alles bei mir nichts bringt?" Ich blicke Doktor Adler zweifelnd an. „Sie haben gesagt, dass bei manchen gar nichts passiert." „Das stimmt." Er nickt. „Aber ich habe auch gesagt, dass die Haut bei anderen sehr gut reagiert und die Pigmente zumindest zum Teil wieder in die weißen Stellen zurückkehren." Das hat er allerdings. „Du musst dir einfach die Frage stellen, ob für dich das

Glas halb voll oder halb leer ist." Er hat eine Redewendung benutzt. Das gefällt mir. „Tut die Bestrahlung weh?", frage ich. Er schüttelt den Kopf. „Du setzt eine Schutzbrille für deine Augen auf und dann legst du dich unter das Bestrahlungsgerät und kannst dich entspannen oder Musik hören. Wir würden mit fünf Minuten anfangen und uns dann langsam steigern. Ein Mal pro Woche müsstest du mit deiner Mama her kommen." Mama und ich schauen uns an. Sie nickt mir fast unmerklich zu. Halb voll, denke ich. Das Glas ist halb voll. „Okay. Vielleicht gehöre ich ja zu denen, wo sich was tut." Zum ersten Mal seit Doktor Adler mir gesagt hat, dass ich Vitiligo habe, lächele ich.

Die Rückfahrt nutze ich, um mit meinem Handy im Internet zu surfen. Wie ein Schwamm sauge ich alle Informationen auf, die ich über Vitiligo finden kann. Jetzt, wo ich endlich weiß, was für eine Krankheit ich habe, will ich natürlich alles darüber herausfinden. In vielen Foren berichten Leute über ihre Erfahrungen mit Bestrahlungen und bestätigen, was Doktor Adler darüber gesagt hat. Bei manchen scheint es wirklich etwas gebracht zu haben und bei anderen ist gar nichts passiert. Auch wenn es nur eine klitzekleine Chance gibt, dass die Bestrahlung bei mir tatsächlich hilft, bin ich froh, dass ich das jetzt ausprobieren werde. Wer nicht wagt, der nicht gewinnt.
Fast noch spannender als die vielen Texte finde ich die YouTube-Videos. Wenn man „Vitiligo" eingibt,

findet man ziemlich viele Videos über ein schwarzes Model namens Winnie Harlow, das auch Vitiligo hat. Sie modelt unter anderem für die Marke Desigual. Ganz kurz hebe ich den Kopf und gucke Mama an, die sehr konzentriert auf die Straße blickt. „Mama, ich brauche eine Tasche von der Marke Desigual." Bestimmt habe ich das jetzt falsch ausgesprochen, weil ich kein Spanisch kann. Ich habe (blöderweise) Französisch gewählt. Egal. Ich sehe nur, wie Mama mir einen kurzen, verwunderten Blick zuwirft, dann bin ich auch schon wieder total auf mein Handy fokussiert. Als ich einen Clip finde, in dem eine junge Frau aus England erzählt, wie sie ihr Leben lang wegen der Vitiligo gemobbt wurde und wie sie eines Tages beschlossen hat, sich nicht mehr zu verstecken und sich zu wehren, fühle ich mich ihr so verbunden, dass ich sie am liebsten sofort in den Arm nehmen möchte. Sie hat sich ein Tattoo auf einen ihrer Flecken stechen lassen: *It's called Vitiligo*. Ich finde das extrem cool. Wenn jemand sie anstarrt und sich fragt, was sie da hat, dann findet er die Antwort sofort an Ort und Stelle. Wenn die Bestrahlung bei mir nicht wirkt, werde ich mir, sobald ich 18 bin, auch ein Tattoo stechen lassen. Vielleicht *Schneeweißchen* auf den Fleck an der rechten Hand. Oder ein Seepferdchen auf meinen Bauch. Ich hole mir mein verlorenes Seepferdchen einfach zurück. Noch besser wäre allerdings, wenn es mit der Bestrahlung wieder zurück käme. Ich sehe Bilder von Pärchen, die beide Vitiligo haben, und viele, bei denen nur einer Vitiligo hat. Man kann sogar T-Shirts kaufen, auf denen *Vitiligo Princess* oder *I love a Vitiligo Princess* steht. Irgendwie finde ich es tröstlich, dass scheinbar auch „normale" Menschen uns Fleckis lieben können. Manche berichten davon, dass ihre Kinder auch Vitiligo bekommen haben, während es bei anderen nicht weiter vererbt wurde. Voller Staunen stelle ich fest, dass es sogar einen *World Vitiligo Day*, nämlich den 25. Juni, gibt. Ich könnte stundenlang weitersurfen, doch wir sind gleich da.

Ich kann es kaum erwarten, Josy von all dem zu erzählen. *Hast du Lust, gleich noch vorbei zu kommen? So gegen sechs? Muss dringend mit dir reden!* Nachricht versendet. Als wir in unsere Einfahrt einbiegen, hat Josy noch immer nicht geantwortet, obwohl ich an den kleinen, blauen Häkchen sehen kann, dass sie die Nachricht gelesen hat. Das ist komisch. Eigentlich schreibt sie immer sofort zurück. Ich werde sie gleich mal anrufen.

KAPITEL 4

Bewahrt

Er ist wieder am See. Das Wasser ist eiskalt. Eigentlich ist er hierhergekommen, um zu schwimmen. Doch er paddelt nur mit den Armen, strampelt unbeholfen mit den Beinen. Er kann nicht schwimmen, sein Körper gehorcht ihm nicht. Hilfe, denkt er, gleich gehe ich unter. Auf einmal kann er sich überhaupt nicht mehr bewegen. Seine Arme sind steif, seine Beine auch. Nichts geht mehr. Panik durchfährt ihn. Eine Sekunde, zwei Sekunden, drei Sekunden...dann geht er langsam unter. Seine Kleidung zieht ihn nach unten. Und er sinkt hinab wie ein schwerer, großer Stein. Sein Kopf ist jetzt unter Wasser. Er kann sich immer noch nicht bewegen. Tiefer, immer tiefer gleitet sein Körper. Er atmet nicht. Hält die Luft an. Gleich kann er nicht mehr. Er muss Luft holen! Hilfe! Er muss Luft holen, verdammt noch mal! Da löst sich die Starre von seinem Körper, er kann sich wieder bewegen, strampelt sich nach oben. Sauerstoff! Er muss atmen. JETZT! Gleich hat er es geschafft. Er taucht auf, spürt die Luft in seinen Lungen und schwimmt so schnell er kann ans Ufer.
Und da steht er. Der Typ aus der Jungentoilette. Dieses Mal ist er alleine. Aber er hält das

Taschenmesser in der Hand. „Jetzt bist du fällig", sagt er und grinst. Der Junge hat nur eine Sekunde, als sein Angreifer die Hand nach ihm ausstreckt, um ihn festzuhalten. Und die nutzt er. Er rennt weg, so schnell er kann. Rennt durch den Wald, rennt an der Schule vorbei, Richtung Stadt. Als er es wagt, einen Blick zurück über die Schulter zu riskieren, sieht er, dass er nicht verfolgt wird. Erleichterung durströmt ihn und dennoch rennt er weiter. Er weiß genau, wohin er will. Zu den Bahngleisen. Dort angekommen, stoppt er abrupt und ringt nach Luft. Um ihn herum nur Büsche und Gestrüpp. Plötzlich laute Geräusche. Sie werden lauter und lauter...ein Zug nähert sich. Dann sieht er das Mädchen. Sie steht direkt neben den Gleisen. Was macht sie da bloß? Sie macht Anstalten, sich auf die Gleise zu legen. „Tu das nicht!!!", schreit er, so laut er kann. Doch die Geräusche des herannahenden Zuges übertönen alles. Er will das Mädchen von den Gleisen ziehen, kann sich aber wieder nicht bewegen. Seine Arme und Beine sind steif. Er steht da wie angewurzelt. „Neeeeeiiiiiin!!!", schreit er. „ICH sollte dort liegen! Nicht DU!" Doch es ist zu spät. Der Zug überrollt das Mädchen. Er taumelt, die Bewegungslosigkeit ist vorüber. Gerade als er zu den Gleisen rennen will, wird alles schwarz um ihn herum.

Und dann plötzlich schrecklich hell. Er öffnet die Augen und schließt sie gleich wieder. Seine Mutter hat die Gardinen aufgezogen. „Zeit zum Aufstehen, Mio!", sagt sie und lächelt ihn an.

KAPITEL 5

Bedient

„Und??? Was sagst du dazu?", frage ich jetzt bestimmt schon zum zehnten Mal. Josy, die auf keinen Fall Josephine genannt werden möchte, zuckt mit den Schultern und malt (auch bestimmt schon zum zehnten Mal) kleine Achten mit ihrem Zeigefinger auf meinen Schreibtisch. Warum schaut sie mich nicht an?! Warum reagiert sie kaum auf das, was ich ihr erzähle? Sie ist überhaupt nicht sie selbst.

Nachdem ich sie angerufen habe (ich habe es vier Mal versuchen müssen, bis sie endlich ran gegangen ist), hat sie erst gesagt, dass sie keine Zeit hat, weil sie Latein lernen muss. Ich habe schallend gelacht und gesagt, dass sie mich nicht auf den Arm nehmen soll. Josy lernt nicht. Nicht für Latein und auch für kein anderes Fach. Sie ist nämlich eine faule Socke, bekommt aber trotzdem immer gute Noten. Als sie gemerkt hat, dass ich ihr nicht glaube, hat sie - ziemlich widerwillig - gesagt: „Na gut, ich mach' mich auf den Weg. Kann aber nicht so lange bleiben, weil's dann Abendbrot gibt." SEHR merkwürdig. Wenn Josy abends noch zu mir kommt, isst sie normalerweise immer bei uns mit.

Jetzt ist sie seit 20 Minuten hier und ich wünschte, sie

wäre zu Haus geblieben. Ich habe ihr alles erzählt. Dass ich jetzt weiß, was für eine Hautkrankheit ich habe. Dass ich nächste Woche mit der Bestrahlung beginne. Und ich habe ihr die Clips auf YouTube gezeigt. Selbst, dass ich mir ein Tattoo stechen lassen will, wenn die Bestrahlung nicht funktioniert und ich mit 18 noch Vitiligo habe, hat sie sich nur teilnahmslos angehört.

„Was ist eigentlich los mit dir?" „Nichts. Wieso?" „Dir ist es einfach scheißegal, oder?" „Was?" „Dass ich mega happy bin, weil ich nach einem Jahr endlich eine Diagnose bekommen habe und weil meine Flecken durch die Bestrahlung vielleicht besser werden! Du kannst dich nicht mal ein klitzekleines bisschen für mich freuen, oder?" Jetzt hebt Josy den Kopf und blickt mir direkt in die Augen. „Du hast ja selbst gesagt, dass die Bestrahlung vielleicht *auch gar nichts* bringt...weiß nicht, warum ich das jetzt übertrieben feiern soll. Ehrlich gesagt kann man ja nur hoffen, dass deine Haut dadurch besser wird, weil du inzwischen ganz schön auffällst. Am Anfang war's ja noch nicht so krass, aber jetzt, wo es so viele Flecken sind..." Hat sie das gerade wirklich gesagt?! Ich schnappe nach Luft. „Ja, da hast du recht. Ich werde ab jetzt mehr darauf achten, nicht so *aufzufallen*", sage ich und blicke sie bitterböse an. „Nein, so war das nicht gemeint. Es ist nur..." „WAS?!" „Okay, das ist jetzt echt nicht leicht für mich, aber ich werde ehrlich sein." Irgendwie weiß ich nicht, ob ich das hören will, was sie gleich sagen wird. Ich verschränke meine

Arme und blicke auf den Boden. „Mir ist es peinlich, mit dir gesehen zu werden." Wie ein Blitz schlägt der Schmerz in meinem Körper ein und breitet sich sofort überall aus. Von den Zehen bis zum Haaransatz. „Weißt du, immer wenn du angestarrt wirst, werde ich auch automatisch mit angeglotzt und das ist nicht gerade angenehm. Außerdem reden die anderen über dich. Manche denken, du bist ansteckend. Und wenn ich immer mit dir rumhänge, denken sie, ich bin's auch. Weißt du, wie ätzend das für mich ist?" Ich schließe kurz die Augen und atme langsam durch den Mund aus. Meine Wut ist so wahnsinnig groß, dass ich das Gefühl habe, explodieren zu müssen. Ich schaffe es nur mit Mühe, nicht zu schreien. „Ja, *du* hast es wirklich schwer, *Josephine*." Josy wirft mir einen genervten Blick zu. „Hab' mir schon gedacht, dass du nicht checkst, wie das eigentlich für *mich* ist." Sie bindet ihre langen, braunen Haare zu einem Pferdeschwanz und guckt stur auf das XXL-Pferdeposter, das über meinem Schreibtisch hängt. Vier große, schwarze Friesen (meine Lieblingspferde) sind darauf zu sehen. Ich wünschte, sie alle würden Josy jetzt die Zunge rausstrecken. In diesem Moment kommen aus dem Nebenzimmer ziemlich laute und schiefe Töne. Jan, mein kleiner Bruder, übt auf seiner Trompete. Normalerweise stopfe ich mir sofort Ohropax in die Ohren und frage mich, warum er sich genau dieses Instrument ausgesucht hat, aber jetzt bin ich froh über jeden Laut, der die eisige Stille in meinem Zimmer durchbricht. Als Josy Luft holt, den

Blick weiter auf das Pferdeposter gerichtet, bin ich sicher, dass sie sich entschuldigen will und dass wir uns gleich wieder vertragen werden. Doch sie sagt nur: „Tja, ich muss dann jetzt auch los." So kann man sich irren. „Du weißt ja, wo es raus geht." Meine Worte klingen wie Hammerschläge, obwohl ich nur geflüstert habe. Josy steht wortlos auf, öffnet die Tür, knallt sie hinter sich zu und weg ist sie.

Ein Jahr lang sind wir unzertrennlich gewesen. Sowas wie heute Abend hat es vorher zwischen uns noch nie gegeben. Ich kann gar nicht fassen, was da gerade passiert ist. Auch wenn ich immer noch vor Wut koche, ist da auch eine sehr leise Stimme in mir, die sagt: „Sie hat doch recht. Schau' dich doch an. Jeder würde sich mit dir schämen." Doch ich will diese Stimme nicht hören! Wenn Josy wirklich meine Freundin wäre, würde sie mich gerade jetzt nicht im Stich lassen, sondern zu mir halten und mich unterstützen. Wahrscheinlich sollte ich froh sein, dass sie mir heute ihr wahres Gesicht gezeigt hat. „Die anderen" sind ihr offensichtlich viel wichtiger als ich. Gut, dass ich das jetzt weiß.

Gerade, als ich beschließe, Jan aus seinem Zimmer zu schmeißen, um in Ruhe auf seinen Boxsack einhauen zu können, den er zu seinem zehnten Geburtstag bekommen hat, ruft Mama aus der Küche: „Jan! Nike! Essen!" Hunger habe ich keinen. Mir ist der Appetit vergangen. Ich bin komplett bedient. Jan reißt die Tür auf und schreit: „Wetten, ich bin zuerst unten?" Auch wenn mir weder nach Essen noch nach Wettrennen zumute ist, mache ich ihm die Freude und sause ihm hinterher, nachdem ich laut „Niemals!" gerufen habe. Vielleicht schreibt Josy mir ja nachher doch noch eine Nachricht und entschuldigt sich. Oder sie macht es morgen in der Schule. Besser spät als nie.

KAPITEL 6

Belatschert

Duschen. Abtrocknen. Haare föhnen. Deo nehmen. Zähne putzen. Alles fällt Mio wahnsinnig schwer. Ganz normale Alltagshandlungen, die jeder Mensch jeden Tag vollzieht, strengen ihn furchtbar an. Eigentlich möchte er sein Bett morgens nicht verlassen. Und er ist jeden Abend froh, wenn er sich endlich wieder hineinlegen darf.
Jetzt bist du fällig. Mio schließt die Augen und schüttelt seine dunklen Locken hin und her, so als wollte er den Traum der letzten Nacht einfach abschütteln. Doch das geht nicht. Er hat ihn schon zu oft geträumt, als dass er ihn vergessen könnte.
Irgendwie schafft er es zu frühstücken und den Bus zur Schule zu nehmen, doch er nimmt nicht viel von seiner Umgebung wahr. Es ist, als wäre ein dichter Nebel um ihn herum, so undurchdringlich, dass die Geräusche der Außenwelt ihn kaum erreichen.

Gut, dass er in der Schule neben Henry sitzt. Henry redet nicht viel, außer wenn es um Star Wars geht, dann ist er nicht zu bremsen. Mio ist froh, dass sie sich die meiste Zeit einfach anschweigen und jeder von ihnen in seinem eigenen Universum vor sich hindümpeln kann. Er will nicht reden. Nicht mit Henry und auch nicht mit jemand anderem. Er will einfach nur in Ruhe gelassen werden.

Seit Matteo weg ist, hat er noch nicht wieder so richtig Anschluss in seiner Klasse gefunden. Ehrlich gesagt hat er es aber auch nicht wirklich ernsthaft versucht. Warum musste Matteos Vater auch diesen blöden Job in München annehmen?! Mit Matteo hatte er alles besser ertragen können. Die Lehrer, den langweiligen Unterricht, die nervigen Mitschüler und sogar seine Hautkrankheit. Matteo haben die Flecken nie gestört und wenn einer ihn blöd angeguckt oder beleidigt hat, hat er demjenigen sofort die Meinung gesagt. Eigentlich wie ein Bodyguard. Und jetzt muss Mio sich selbst verteidigen, weil da keiner mehr ist, der sich vor ihn stellt. Aber dazu fehlt ihm jede Kraft.

Der Unterricht hat inzwischen begonnen. Während die Geschichtslehrerin irgendwelche Jahreszahlen an die Tafel schreibt, mit denen Mio überhaupt nichts anfangen kann, fangen seine Hände plötzlich an zu zittern. Schnell legt er sie auf seine Oberschenkel unter den Tisch, damit niemand etwas bemerkt. Er denkt an das Mädchen auf den Gleisen. Das tote Mädchen. Aus seinem Traum. Er will sich überhaupt nicht daran erinnern, doch er kann nicht anders. *Jetzt bist du fällig*. Schon wieder diese verhasste Stimme in seinem Kopf. Reiß' dich zusammen, denkt er, es war nur ein Traum.

11.30 Uhr. Große Pause. Wie in Trance geht er aus

dem Klassenraum auf den Schulhof. Setzt sich auf eine Bank. Stiert mit leerem Blick vor sich hin. Eigentlich müsste er mal aufs Klo. Aber er geht nicht. Er hat das Jungenklo seit drei Wochen nicht mehr betreten.

„Mio?" Er zuckt zusammen. Seine Klassenlehrerin. „Darf ich mich zu dir setzen?" Nein, denkt er, auf gar keinen Fall. Sie blickt ihn fragend an. Er starrt nur geradeaus. Sie zieht die Augenbrauen hoch und setzt sich. „Weißt du, mir ist aufgefallen, dass du dich in den letzten Monaten völlig zurück gezogen hast. Am Unterricht beteiligst du dich überhaupt nicht mehr und von deinen Mitschülern kapselst du dich ebenfalls ab. Was ist denn los mit dir?" Mio schweigt. Sie zögert. Blickt ihn an. Schaut wieder weg. Blickt ihn wieder an. „Deine geschwollene Wange neulich, die ist mir auch aufgefallen. Ist das hier in der Schule passiert? Wenn ja, wer war das?" Er antwortet nicht. „Mio!" „Ich will nicht darüber reden." „So einfach ist das aber nicht. Du *musst* mir sagen, wer das war. Wenn ich nicht weiß, wer es war, kann ich mich nicht darum kümmern. Und dann kann es sein, dass diese Leute auch noch anderen weh tun. Willst du das?!" Er schüttelt den Kopf. „Dann sag' mir, wer es war." Er weiß, was passiert, wenn sie rausfinden, dass er gepetzt hat. Und er mag sich gar nicht vorstellen, was sie dann mit ihm machen. „Ich kann nicht", flüstert er. Wenn sie doch endlich abhauen würde. „Das finde ich nicht gut, Mio. Ich hoffe, du überlegst es dir noch mal anders.

Du weißt ja, wann ich Sprechstunde habe und wo du mich findest. Bitte denk' drüber nach."

Sie steht auf und stolziert davon, froh, ihrer pädagogischen Verantwortung so hervorragend nachgekommen zu sein. Irgendwie erinnert sie Mio an einen Pfau im Zoo. Passenderweise lassen auch die Affen nicht lange auf sich warten.

„Haste bisschen geflirtet? Süß! Wann ist denn euer erstes Date?" Die zwei Jungen sind aus seiner Klasse. Mio zeigt ihnen den Stinkefinger, steht auf und geht Richtung Schulgebäude. Der eine Junge folgt ihm und hält ihn am Ärmel fest. „Hey, nicht weglaufen!" Er holt Luft, um noch etwas zu sagen, doch Mio reißt sich los. Es klingelt, die Pause ist um. Die Schüler laufen von allen Seiten auf die Tür zu, er taucht in der Masse unter. Die beiden Jungen bleiben auf dem Schulhof zurück.

KAPITEL 7

Bedrängt

Ich bin, wie immer vorm Sportunterricht am Dienstag, mit den anderen Mädchen in der Umkleide und versuche, mich möglichst schnell umzuziehen, um nicht aufzufallen. Wenn ich Klamotten anhabe, fallen meine Flecken ja meist gar nicht so doll auf, zumal ich auch im Sommer ganz oft lange Hosen und Longsleeves trage. Aber in Unterwäsche lassen sie sich natürlich nicht verstecken.
Beim Ausziehen meiner Hose rempelt mich jemand von der Seite an, ich verliere das Gleichgewicht und knalle mit voller Wucht auf die Bank, wo meine offene Wasserflasche steht. Das Wasser ergießt sich über mich, läuft auf den Boden und durchnässt einige Schuhe, die dort stehen. Gekreisch und Geschrei überall. „Mensch, Flecki, pass' doch auf! Was machst du denn?!" Flecki ist seit einigen Wochen ihr neuester Name für mich. Ich rappele mich wieder hoch, das wird einen blauen Fleck geben. Und Sachen zum Wechseln habe ich auch nicht dabei. Also muss ich mein Sportzeug, das im Turnbeutel zum Glück trocken geblieben ist, mit nassem BH und nasser Unterhose drunter anziehen. Doch dazu kommt es vorerst nicht. „Sag' mal, Flecki", sagte Eileen plötzlich,

die rechts neben mir steht und mich von oben bis unten mustert. „Hast du eigentlich auch eine weiße Muschi?" Ohrenbetäubendes Gelächter überall. Auch Josy, die ebenfalls in der Umkleide ist, hat laut gelacht. Jetzt blickt sie Eileen anerkennend an. Sie hat sich *nicht* bei mir entschuldigt. Eine Woche ist seit dem Abend neulich vergangen. Ich habe ihr noch ein paar Mal geschrieben und sie gefragt, ob wir uns nicht vielleicht noch mal treffen können. Zum Reden. Doch sie hat nicht geantwortet und mich völlig ignoriert. Auch in der Schule behandelt sie mich wie Luft. Und neuerdings hängt sie dauernd mit Eileen rum. Zusammen sehen die aus wie die verdammten Stiefschwestern von Aschenputtel.

Eileen macht jetzt einen Schritt auf mich zu. „Wenn du mir schon nicht antworten willst, dann zeig' doch wenigstens mal!" Ich bin starr vor Schreck. Das würde sie nicht...ihre Hand schnellt nach vorne und gerade als sie mir die Unterhose runterziehen will, erwache ich wieder zum Leben und mache blitzschnell einen Schritt zur Seite. „Verzieh' dich!", presse ich hervor, greife nach meinem Turnbeutel und verschwinde so schnell ich kann im Klo. „Oho, Flecki ist sauer und hat sich versteckt...", höre ich Josys höhnische Stimme. Wie kann sie mir das nur antun?! Alles in mir zieht sich zusammen. Ich glaube, ich muss mich übergeben. Wütend schlage ich mit der Faust gegen die Tür. Von wegen *Best Friends Forever*. Na toll, jetzt kommen mir schon wieder die Tränen. Nicht weinen, Nike. Nicht weinen. Bleib ganz ruhig. Mit zitternden Händen ziehe ich mir mein Sportzeug über. Ich hätte einfach meine Hose runterziehen und sagen sollen: „Ja, ich bin überall weiß, von den Nippeln bis zu den Oberschenkeln. Muschi eingeschlossen. Ach ja, und weiße Schamhaare habe ich übrigens auch." Die wären tot umgefallen vor Schreck. Stattdessen bin ich ins Klo geflohen. Toll, Nike. Ganz toll. Feigling Flecki. Sie sind nicht mehr zu hören, wahrscheinlich sind sie unterwegs zur Turnhalle. Ich schließe die Tür auf, gehe zur Bank zurück, putze das Wasser notdürftig mit ein paar Tempos weg und gehe dann langsam hinter ihnen her. „Nike, beeil' dich bitte, ich will die Umkleide abschließen", tönt auch schon meine Sportlehrerin an der Tür. Wieder zieht sich mein Magen schmerzhaft zusammen und ich muss mich kurz an der Wand anlehnen, weil mir schwindelig ist. Hoffentlich lassen sie mich während der Sportstunde in Ruhe. Wir trainieren im Moment Basketball und aufgrund meiner Größe spiele ich ziemlich gut. Im Zweifelsfall schmeiße ich einfach einen Ball in Eileens übertrieben geschminkte Visage.

KAPITEL 8

Besiegt

Heute hat er es einfach nicht mehr ausgehalten. Er schließt die Tür der Kabine hinter sich und atmet erleichtert auf. Wahrscheinlich haben sie ihn vergessen. Sich jemand anderen gesucht, den sie schikanieren können. Vier Wochen ist die Sache mit dem Edding jetzt her. Zum Glück hat er sein Gesicht an dem Tag wieder sauber bekommen, bevor seine Mutter von der Arbeit gekommen ist. Mit Nagellackentferner. Hat höllisch gebrannt und furchtbar gerochen. Die geschwollene Wange hat sie trotzdem bemerkt. Es gab unschöne Nachfragen. Er hat aber nichts erzählt. Rein gar nichts. War stur geblieben. Genau wie bei seiner Klassenlehrerin neulich.

Als er den Wasserhahn aufdreht, um sich die Hände zu waschen, hört er ein Geräusch. Die Tür geht auf. Da sind sie. Alle drei. Er ist starr vor Angst. Nein, denkt er, nein! Bitte nicht. Panik lähmt seinen ganzen Körper. Er kann sich nicht bewegen. „Hallo, kleiner Pisser. Bist du bereit für deine kleine Schönheits-OP?" Sie gehen auf ihn zu. Er rührt sich nicht. Steht immer noch da, wie angewurzelt. Jetzt sind sie direkt vor ihm. Der Anführer zögert kurz. „Wisst ihr was, Leute? Ich habe

noch eine viel, viel bessere Idee."
Er geht in eine Kabine, lässt seine Hose runter und setzt sich aufs Klo. Dann kackt er, völlig unberührt davon, dass die Tür offen steht. Die beiden anderen Jungen blicken sich jetzt leicht irritiert an. Damit haben sie nicht gerechnet. Als er fertig ist, sagt er: „Zieht ihm das T-Shirt aus und haltet ihn fest." Sie zögern einen Moment. „Na los! Jetzt macht schon!" Sie gehorchen. Mio wehrt sich nicht. Lässt alles über sich ergehen. Er weiß, dass er keine Chance gegen sie hat. „Was meinst du, warum ich nicht abgezogen habe, Missgeburt? Ich kann dich doch so nicht weiter draußen rumlaufen lassen. Man kann dich kaum angucken, ohne kotzen zu wollen. Das kann ich nicht verantworten." Angewidert blickt er kurz die weißen Stellen auf Mios Oberkörper an. Dann grinst er und schaut den einen der beiden Jungs an. „Los, Mann, hol' dein Handy raus. Das hier müssen wir für die Nachwelt festhalten." Jetzt nimmt er die Klobürste in die Hand und taucht sie in die frische Kacke. Mio regt sich plötzlich, ballt seine Hände zu Fäusten. Sein Kopf ist jetzt hochrot. Er versucht sich loszureißen, jedoch ohne Erfolg. „Scheiße, wem Scheiße gebührt." Die Klobürste wandert über seinen gesamten Oberkörper. Es stinkt bestialisch, der Kot bleibt zum Teil an ihm haften, rutscht zum Teil an ihm herunter, auf seine Hose. Auf den Boden. „Jetzt hast du wenigstens keine weißen Flecken mehr. Braun ist ja auch viel schöner." Gelächter. Mio würgt. In dem Moment geht die Tür auf. Ein anderer Junge kommt rein. Sein Blick

ist erst erschrocken, dann voller Ekel. „Was macht ihr denn da?", fragt er. „Geht dich gar nichts an, Idiot." „Okay..." Der Junge beschließt, sich da lieber rauszuhalten und verschwindet in einer Kabine. „Komm, lass' uns abhauen." Die anderen nicken. Endlich lassen sie ihn los. Der Angreifer wirft ihm einen letzten, verachtenden Blick zu. Als er hört, wie die Tür ins Schloss fällt, zuckt Mio zusammen, atmet tief ein und wieder aus. Dann bückt er sich und hebt mit zitternden Händen sein T-Shirt auf. Zieht es an. Er dreht sich um, geht zur Tür und fängt an zu rennen. Rennt durch den Flur, an den Klassenräumen vorbei, rennt zum Schultor hinaus. Dieses Mal nicht zum See. Sondern zu den Gleisen. Er weiß genau, wo er hin muss. So oft schon hat er sich den Weg im Kopf ausgemalt. So oft schon ist er ihn im Traum gegangen. Völlig außer Atem kommt er dort an. Er legt sich auf die Gleise. Zittern am ganzen Körper. Frieren und Schwitzen gleichzeitig. Er stinkt. Doch er riecht nichts, hört nichts, sieht nichts. Spürt nur die harten Gleise im Rücken. Sie sind tröstlich. Sie haben auf ihn gewartet. Schon lange. Ich bin widerlich, denkt er. Abschaum. So wie er gesagt hat. Eine Missgeburt. Scheiße, wem Scheiße gebührt.

Und dann hört er doch etwas. Leise. In der Ferne. Der Zug nähert sich. Die Gleise vibrieren leicht. Er schließt die Augen. Gleich ist endlich alles vorbei. Für immer. Ein dankbares Lächeln auf seinem Gesicht. Jetzt ist der Zug da. Ohrenbetäubender Lärm. Er rauscht vorbei. Stille. Leere. Doch Mio ist noch da. Er steht zitternd neben den Gleisen. Er hat es nicht gekonnt. Ist im letzten Moment aufgesprungen und geflohen. Du elender Feigling, denkt er. Dann fängt er hemmungslos an zu weinen.

KAPITEL 9

Betreten

Schaufensterpuppe

Bloß gestellt und angestarrt
Völlig nackt und weiß
Steht sie da und verharrt
In dem markierten Kreis.

Wird begafft und ausgelacht
Fühlt sich oft allein
Zum Glück wird's Licht gleich ausgemacht
Dann kann sie im Dunkeln sein.

Als ich an jenem furchtbaren Dienstag vor einer Woche nach Hause gekommen bin, konnte und wollte ich mit niemandem darüber sprechen, was in der Umkleide passiert ist. Auch wenn Mama natürlich wieder gefragt hat, was mit mir los sei. Stattdessen habe ich dieses Gedicht in ein kleines, blaues Heft geschrieben, das schon ein Jahr unbeachtet in meiner Schublade gelegen hat. Jetzt hat es eine Daseinsberechtigung bekommen. Ob ich allerdings je ein weiteres Gedicht oder etwas anderes hineinschreiben werde, steht noch in den Sternen.

Auf jeden Fall habe ich es mit meinem Lieblingsparfum eingesprüht. *Eau des merveilles* von Hermès. Bisschen girliemäßig, ich weiß. Aber ich konnte nicht umhin, das Heft damit einzuweihen. Ich habe ziemlich viele Parfums. Viel zu viele, meint mein Papa. Könnte sein, dass er recht hat, aber wenn ich an Douglas vorbei komme, kann ich einfach nicht anders, als rein zu gehen und mein gesamtes Taschengeld für Parfum auszugeben. Jan hat mir mal unterstellt, dass ich versuche, mit dem Duft der Parfums von meinen Flecken abzulenken. „Du hoffst, dass die Leute davon so benebelt sind, dass sie sich überhaupt nicht mehr für deine Flecken interessieren", hat er gesagt. Könnte sein, dass er auch recht hat. Aber erstens würde ich das niemals zugeben, weil in unserer Familie grundsätzlich nur die Frauen recht haben dürfen, und zweitens werde ich so oder so weiter nach *Eau de merveilles* oder *Cool Water* oder *Touch of Pink* duften, wenn ich das will. Basta.

„Puuuuhhh, womit hast du dich denn schon wieder eingesprüht?!" Leonie rümpft die Nase und sieht mich missbilligend an. „Also bitte. Das ist *Miracle* von Lancôme!" „Was auch immer es ist - es stinkt." „Sei doch froh, dann riecht es im Stall gleich nicht so nach Pferdeäpfeln." „Ich würde alles lieber riechen als das!" Leonie macht einen Würgelaut. Ich rolle mit den Augen. „Hast du deinen Helm?" „Klar. Du auch?" Leonie nickt.

Während wir mit unseren Rädern zum Reitstall fahren, erzählt mir Leonie von einem neuen Kinofilm, den sie gerne mit mir sehen will. „Fragst du Josy auch, ob sie mit will?" Ich zögere kurz. Dann sage ich mit leicht belegter Stimme: „Ich denke nicht, dass ich sie fragen werde." Leonie checkt sofort, dass etwas nicht stimmt und guckt mich betreten an. Ich trete fester in die Pedale. Eigentlich will ich nicht darüber reden, aber sie wird mich sonst so lange nerven, bis ich ihr alles erzähle. Also sage ich: „Josy hat kein Interesse mehr daran, mit mir befreundet zu sein." Leonie zieht die Augenbrauen hoch. „Und wieso nicht, wenn ich fragen darf?!" „Tja, sie findet mich peinlich. Naja, genauer gesagt, meine Flecken." Leonie guckt mich finster an und sagt: „Echt jetzt?! Hat sie dir das etwa auch noch so ins Gesicht gesagt? Ich habe immer gewusst, dass sie eine oberflächliche Trulla ist!" Ich grinse. Leonie ist einfach unverbesserlich. Jetzt schlägt sie wütend mit der flachen Hand auf ihren Lenker. Einen Moment lang denke ich, dass sie gleich hinfällt, sie bringt ihr schwankendes Rad aber schnell wieder unter Kontrolle. „Unfassbar, dass die dich einfach so fallen lässt wie `ne heiße Kartoffel! Das hast du echt nicht verdient. Weißt du was? Scheiß' auf die Bitch!" „Das ist leichter gesagt als getan", sage ich sehr leise. Leonie zieht eine Augenbraue hoch. „Du hast auch für jede Situation ein Sprichwort parat, oder?" Ich reagiere nicht und Leonie scheint auch keine Antwort zu erwarten. Der Gedanke an Josy zieht mich wieder einmal total runter. Doch ich will das nicht zulassen. Nicht heute. Nicht jetzt. Ich habe mich so aufs Reiten gefreut! Energisch verbanne ich alle traurigen Gedanken aus meinem Kopf.

Als wir im Stall ankommen, sind die anderen Mädels schon dabei, ihre Ponys zu putzen. „Hey", rufe ich in die Runde. Hier und da ein vereinzeltes „Hallo" oder „Hi". Alle sind mit ihren Vierbeinern beschäftigt. Die anderen Mädels, das sind Linnea, Mia und Nele. Ich mag sie alle drei total gerne. Nachdem sie mich ein Mal gefragt haben, was ich da am Arm habe, und ich mit „Das ist eine Hautkrankheit. Tut aber nicht weh, juckt nicht und ist nicht ansteckend", geantwortet habe, sind sie beruhigt gewesen. Und wenn wir uns unterhalten, sind Pferde und Reiten sowieso immer das Hauptthema. Warum kann das nicht immer so einfach sein?!
Ich gehe zur Box der großen Susi. Wir sind seit nunmehr drei Jahren unzertrennlich. „Hallo, meine kleine, gescheckte Freundin". Susi schnaubt und guckt mich mit ihren großen, dunklen Augen an. Sie lässt sich bereitwillig von mir aus der Box holen und als ich beginne, ihr Fell mit der Bürste zu striegeln, lässt sie entspannt den Kopf hängen und es sieht so aus, als würde ihr das gut gefallen.
„So, Mädels! Seid ihr soweit? Wir reiten natürlich aus bei dem schönen Wetter!", hallt die Stimme unserer Reitlehrerin Susanne durch die Stallgasse. „Kann losgehen!", ruft Leonie.
Es ist wirklich herrlich draußen. Ich genieße die Sonne

und freue mich, dass ich ein T-Shirt angezogen habe und kein Longsleeve.

„Seid ihr bereit für eine kleine Runde Galopp?", ruft Susanne. Der Wind weht mir ins Gesicht und die Bäume fliegen nur so an mir vorbei. Ich lasse alles hinter mir. Es gibt keine Vergangenheit und keine Zukunft. Nur die große Susi und mich. Uns zwei. Im Hier und Jetzt.

KAPITEL 10

Beschmutzt

Als er an jenem im wahrsten Sinne des Wortes beschissenen Tag nach Hause kommt, geht er zuerst in sein Zimmer und zieht sich aus. Die stinkenden Klamotten tut er in eine Plastiktüte und knotet sie fest zu. Er nimmt sich vor, sie später in die Mülltonne draußen zu tun. Dann geht er ins Badezimmer und duscht. Bestimmt 40 Minuten lang. Immer wieder seift er sich von Kopf bis Fuß ein. Doch der Gestank nach fremder Scheiße will einfach nicht verschwinden. Auch das Gefühl der totalen Demütigung nicht. Außerdem spürt er Hass. Schrecklichen Hass. Auf die, die ihn gequält und erniedrigt haben. Und auf sich selbst. Dass er sich nicht gewehrt hat. Und dann das auf den Gleisen. Nicht mal das hat er hin gekriegt. Als er endlich aus dem Badezimmer kommt, zieht er sich seine Jogginghose und ein T-Shirt an, nimmt die Tüte und schmeißt sie in den Müll. Es ist niemand zu Haus. Sein kleiner Bruder Leo ist noch in der Schule, seine Mutter auch. Sie ist Grundschullehrerin. Noch mindestens vier Stunden wird sich niemand blicken lassen. Das ist auch gut so. Er lässt die Rollläden in seinem Zimmer runter, stopft sich seine Kopfhörer ins Ohr und legt sich ins Bett. Macht die Musik extra laut, so als hoffte er, die negativen Gedanken in seinem Kopf damit übertönen zu können. Klappt leider nicht. Irgendwann beschließt er, es mit Fernsehen zu versuchen und geht ins Wohnzimmer. Funktioniert auch nicht. Es ist sinnlos. Seine Gedanken kreisen ständig um alles, was er an diesem Tag schon hat erleben müssen. Also macht er den Fernseher aus und bleibt einfach reglos auf dem Sofa liegen. Wäre ich doch auf den Gleisen liegen geblieben, denkt er.

Irgendwann hört er einen Schlüssel in der Haustür. „Halloooo!", ruft Leo. „Wo bist du, Mio?" Dienstags hat sein kleiner Bruder noch Matheförderunterricht und kommt deshalb immer später nach Hause als er. Darum findet er es auch nicht komisch, dass sein großer Bruder schon da ist. Dass der heute schon deutlich früher als normal hier gewesen ist, ahnt er natürlich nicht. „Hier!", ruft Mio und seufzt. Leo rennt ins Wohnzimmer. „Stell' dir vor, ich hab' heute in Englisch eine Eins wieder bekommen! Krass, oder?" „Absolut. Bin stolz auf dich!", Mio versucht sich nicht anmerken zu lassen, dass heute der schlimmste Tag seines Lebens ist. „Hat Mama das Essen in den Kühlschrank gestellt?", fragt Leo. „Geh' davon aus. Wie immer halt." Leo zieht Jacke und Schuhe aus, schmeißt seine Schultasche auf den Boden und macht sich sein Essen in der Mikrowelle warm. „Du hast deinen Teller ja gar nicht gegessen", ruft er verwundert aus der Küche. „Nee, hatte noch keinen Hunger", antwortet Mio. „Achso." Leo isst in der Küche, während Mio den Fernseher wieder an macht

und auf dem Sofa liegen bleibt. „Ich geh' nach oben, bisschen zocken", sagt Leo dann. „Ok." Mio schaltet den Fernseher wieder aus. Er hat ihn sowieso nur angemacht, damit Leo sich nicht wundert. Langsam lässt er seinen Blick über die Bücher in dem großen Regal wandern, das neben dem Sofa steht. Unzählige Astrid Lindgren-Titel. Seine Mama liebt Astrid Lindgren. Als er klein war, hat sie ihm ihre Bücher immer und immer wieder vorgelesen. Er sehnt sich nach dieser Zeit zurück. Damals ist alles noch so schön gewesen. So einfach. Und Papa ist noch da gewesen.
Den Rest des Tages verbringt er in seinem Zimmer. Auf dem Bett liegend, mit geschlossenen Augen. Nur manchmal öffnet er sie kurz und sein Blick fällt jedes Mal auf den Porsche 911, der auf dem Poster an seiner Wand abgebildet ist. Es ist der Carrera S in Silber, Motorleistung 309 kW, Beschleunigung von 0 auf 100 km/h in 4,5 Sekunden. Irgendwann wird er dieses Auto besitzen. Das weiß er ganz genau. Am liebsten würde er jedoch schon jetzt sofort in die Ledersitze sinken und wegfahren. Alles vergessen, alles hinter sich lassen.

Als seine Mutter nach der Arbeit kurz zu ihm rein kommt, um zu fragen, ob er noch essen wolle oder nicht, schüttelt er nur den Kopf und schließt dann wieder Augen. Abends klopft sie wieder bei ihm und steckt ihren Kopf zur Tür rein. Als sie ihn wieder in derselben Position vorfindet wie am Nachmittag, blickt sie ihn besorgt an und sagt: „Was ist passiert?" „Nichts." „Das glaube ich dir nicht." „Kannst du ruhig." „Wirst du mir jetzt endlich sagen, wer daran schuld ist, dass du neulich die geschwollene Wange hattest? Haben sie dir heute wieder was getan?" „Ich will nicht darüber reden." Sie seufzt und fährt sich mit der Hand durch die Haare. „Kommst du wenigstens zum Abendbrot jetzt?" „Ja." Wie ein alter Mann steht er langsam vom Bett auf und folgt seiner Mutter nach unten.

KAPITEL 11

Befleckt

Es ist wieder mal Dienstag, aber die Sportstunde liegt zum Glück schon hinter mir. Jetzt ist große Pause und ich sitze, wie so oft, alleine auf der Heizung am Fenster und schreibe. Auf das erste Gedicht sind noch viele weitere gefolgt, ich habe sie alle in das blaue Heft geschrieben. Seit einiger Zeit habe ich es auch in der Schule immer dabei. Falls ich gute Ideen habe, kann ich sie immer gleich notieren. Ich lege das Heft und den Stift an die Seite, gähne und strecke mich. Mein Magen grummelt. Vielleicht sollte ich mir einen Müsliriegel vom Kiosk holen. Gesagt, getan.
Als ich vom Kiosk wieder zurück komme, ist das Heft weg. Ich habe es einfach so auf der Heizung liegen lassen. Mir wird schlagartig heiß und Panik macht sich in mir breit. Wo ist es? Und da sehe ich (natürlich!) Eileen und Josephine. Es versetzt mir (wieder mal) einen Stich, sie so zusammen zu sehen. Sie stehen ein paar Meter von mir entfernt und lesen in meinem blauen Heft. Und lachen. Geh hin, Nike. Reiß es ihnen aus der Hand. Sofort. Steh' nicht einfach rum. Ich nehme all' meinen Mut zusammen und gehe zu ihnen. „Gebt mir mein Heft wieder." „Schau mal, da ist ja Flecki, alias die *Schaufensterpuppe*..." Eileen grinst

Josephine an. „Weißt du, diese Werke sind viel zu gut, um sie der Öffentlichkeit vorzuenthalten. Hey Leute! Kommt mal alle her, wir veranstalten hier eine Lesung von Fleckis neuesten poetischen Meisterwerken!" „Bitte nicht", flüstere ich. Ist da ein Hauch von Mitgefühl in Josephines Blick gewesen? Ich weiß es nicht. Sie sagt jedenfalls nichts und lässt zu, dass sich ziemlich viele Leute um sie und Eileen herum versammeln. Ich fahre mir mit der Hand durch die Haare. Wahnsinnige Wut steigt in mir hoch. Ich versuche, Eileen das Heft aus der Hand zu reißen. Sie ist leider schneller und presst es an sich. Dann streicht sie sich kokett ihre blond gefärbten Haare hinters Ohr und sagt: „So, Leute. Es geht los. Ihr hört jetzt *Befleckt*." Als sie beginnen will zu lesen, starte ich einen zweiten Versuch und dieses Mal habe ich Erfolg. Ich halte mein Heft in der Hand. „Was soll...?", schreit Eileen, doch ich sage mit ruhiger, jedoch ziemlich lauter Stimme: „Ich finde, dass ich selbst vorlesen sollte, was ich geschrieben habe." Alle haben mich gehört. Jetzt starren sie mich erstaunt an und ich genieße diesen Moment der Verblüffung in vollen Zügen. „Wie Eileen eben schon gesagt hat: Ihr hört jetzt Befleckt." Und dann lese ich mein Gedicht vor.

Befleckt

Selbsthass frisst mich. Es ist jetzt Zeit.
Eine Stimme aus dem Abgrund, die meinen Namen schreit.

„Komm' her! Stürz' dich hinab!
Zu uns Befleckten! Hinein ins Grab."

Hinab stürz' ich, ins schwarze Loch.
Suche nach Erlösung und bin doch immer noch
verzweifelt und voller dunkler Gedanken.
Der Gestank der anderen lässt mich wanken.

Bin jetzt bei den Befleckten und Verfluchten.
Bei denen, die das Vergessen suchten.
Sehe aus wie sie und bin dennoch allein.
Werde niemals wieder lebendig sein.

Stille. Dann vereinzelter Applaus hier und da. Einige pfeifen. Jemand ruft: „Nicht schlecht, Flecki." Ich lächele einmal süffisant in die Runde, verbeuge mich, werfe Josy und Eileen einen triumphierenden Blick zu und schreite erhobenen Hauptes zur Heizung, wo ich das blaue Heft seelenruhig in meinem Rucksack verschwinden lasse. Dann beiße ich in meinen wohl verdienten Müsliriegel und mache mich, genüsslich kauend, auf den Weg zur Mathestunde.

KAPITEL 12

Beruhigt

„Scheiße, wem Scheiße gebührt." Immer und immer wieder hört Mio diesen Satz in seinem Kopf. Das geht jetzt schon seit Wochen so. Jedes Mal läuft es ihm eiskalt den Rücken herunter. Er weiß nicht, wie er es eigentlich geschafft hat, jeden Tag wieder das Schulgebäude zu betreten, aber irgendwie ist es ihm gelungen. Doch eigentlich ist er nicht wirklich da. Wie ein Geist schleicht er durch die Schulflure. Er sieht nichts, hört nichts, fühlt nichts. Sogar, dass Henry neulich mehr als zwei Sätze mit ihm gesprochen hat, die nichts mit *Star Wars* zu tun hatten, hat er überhaupt nicht bemerkt. „Mio? Ist alles okay mit dir? Du wirkst ziemlich abwesend im Moment." Kurze Zeit später: „Hallo? Jemand Zuhause? Scheinbar nicht..."
Das Einzige, was zu ihm durchgedrungen ist, ist die Tatsache, dass anscheinend jeder einzelne Schüler der Schule den Film, den der Wichser im Klo von ihm gemacht hat, auf dem Handy hat. Alle können sich also nun daran erfreuen, wie er mit Scheiße beschmiert wird. Und das tun sie. Es gibt kaum jemanden, der sich die Gelegenheit, ihn auszulachen oder ihn zu beschimpfen, entgehen lässt. „Hey! Bleib' mal stehen!", hat ihm heute wieder jemand hinterher

gerufen. „Wir wollen dir einen verdammt krassen Film zeigen, den wir auf dem Handy haben...er ist ziemlich *scheiße*." Niemand regt sich darüber auf, was sie mit ihm gemacht haben. Niemand setzt sich für ihn ein. Die haben alle zu viel Angst vor den Arschlöchern.
Manchmal fragt er sich, ob sie nun endgültig mit ihm fertig sind oder ob sie sich schon etwas Neues überlegt haben, womit sie ihn quälen können. Eigentlich ist es ihm inzwischen aber auch egal. Er ist so abgestumpft, dass er nicht einmal mehr Angst empfinden kann.
Als seine Lehrerin ihn vor ein paar Tagen wieder zu einem Gespräch bewegen wollte, zu dem er wieder nicht bereit gewesen war, hat er einen Entschluss gefasst. Seitdem fühlt er sich etwas besser. Allerdings muss er jetzt hoffen, dass sie ihn unterstützen wird. Seine Mutter. Denn ohne sie wird es nicht gehen.

Als er nach der sechsten Stunde nach Hause kommt, macht er sich sein Essen in der Mikrowelle warm, auch wenn er - wie immer im Moment - überhaupt keinen Appetit hat. Irgendwas muss er aber ja zu sich nehmen. Leo ist schon da und hat bereits gegessen. Das sieht Mio an dem dreckigen Teller, den er auf dem Küchentisch stehen gelassen und nicht weg geräumt hat. Seufzend stellt er ihn in die Spülmaschine. „Leo?", ruft er dann. „Ja, bin oben und zocke." „Alles klar." Als Mio aufgegessen hat, geht er ins Wohnzimmer und setzt sich aufs Sofa. Gleich wird seine Mutter nach Hause kommen. Und da hört er auch schon, wie sie die Tür aufschließt. „Hallo", ruft sie. „Hallo." Nachdem sie sich die Hände gewaschen hat, kommt sie ins Wohnzimmer und setzt sich zu ihm. Sie sieht müde und abgekämpft aus. Erste, silberne Fäden durchziehen bereits ihre kurzen, braunen Haare, obwohl sie noch nicht mal 50 ist. „Wo ist Leo?", fragt sie. „Zockt oben." „Ok. Wenn wir geredet haben, gehe ich zu ihm hoch. Wir müssen nämlich dringend reden." „Ich weiß", sagt er. Sie schaut ihn etwas erstaunt an. Dann sagt sie: „Frau Ehlert hat mich vorhin auf der Arbeit angerufen, um mir zu erzählen, dass du in den letzten Wochen zwei Mal vier Schulstunden nicht anwesend warst und das ohne Entschuldigung. Wo warst du da?" Er schweigt. „Das klären wir noch. Außerdem hat sie mir erzählt, dass sie vermutet, dass es einige Jungs in der Schule gibt, die dir das Leben schwer machen. Sie denkt, dass sie aus der 10b sein könnten. In der Klasse gibt es wohl mehrere Jungs, die schon öfter jüngeren Schülern zugesetzt haben. Sie sorgt sich um dich und meinte, sie hätte schon zwei Mal versucht, mit dir darüber zu sprechen. Aber du hast total abgeblockt. Stimmt das?" Mio kneift die Lippen zusammen und nickt verbissen. Diese alte Schlampe hatte natürlich bei seiner Mutter petzen müssen. „Warum hast du denn nicht mit ihr gesprochen? Wenn du ihr nichts erzählst, dann kann sie nichts gegen die Jungs unternehmen. Sie hat deine geschwollene Wange neulich natürlich auch bemerkt. Und ihr ist aufgefallen, dass du dich komplett zurückziehst. Nur für dich allein bist und alle anderen in deiner Klasse meidest." Mio presst die Lippen noch fester aufeinander und schaut stur geradeaus. „Mio?" Seine Mutter blickt ihn fragend und zugleich bittend an. Er muss ihr antworten, sonst sitzen sie noch ewig hier. Unerträglich. „Und wenn ich ihr was erzähle, was will sie dann tun? Denen Strafarbeiten geben? Die Eltern anrufen? Wenn die rauskriegen, dass ich geredet habe, dann lassen die mich nie mehr in Ruhe..." Bei den letzten Worten hat seine Stimme gezittert und seine Mutter hat es bemerkt. Sie sieht kurz erschrocken aus, fängt sich aber schnell wieder. Dann streicht sie ihm über seine dunklen Locken und blickt ihn liebevoll an. „Wer sind diese Jungen? Und was haben sie mit dir gemacht?" Er will sie nicht ansehen. Sie nicht sehen lassen, wie schlecht es ihm geht. „Mio?", flüstert sie. „Lass' mich in Ruhe, Mama." „Bitte, sprich' doch mit mir." Ihre Augen füllen sich mit Tränen. Als er das sieht, steigen auch ihm Tränen in die Augen. Er schluckt. Dann holt er tief Luft. Jetzt oder nie! Er sagt: „Ich möchte die Schule wechseln." Sie blickt ihn erstaunt an. Will etwas sagen, zögert, tut es doch nicht. Dann nimmt sie ihn fest in den Arm. Sie sitzen eine Weile so da. Wenn sie wüsste, dass er auf den Gleisen gelegen hat. Es würde sie zerstören. Er schämt sich. Fast hätte er sie und Leo alleine gelassen. „Wenn du denkst, dass das das Richtige ist und du woanders neu anfangen willst, dann verstehe ich das. Ich wünschte trotzdem, du würdest mir mehr erzählen." Mio schüttelt den Kopf. „Bitte, Mama. Bitte, lass mich einfach die Schule wechseln." „Ist ja gut, ich informiere mich darüber, was in so einem Fall zu tun ist. Wenn du ganz sicher bist, dass es das ist, was du willst." „Ja." „Trotzdem wirst du mir noch erzählen müssen, wo du in den verpassten Schulstunden gewesen bist. Und ich erwarte, dass das nie wieder vorkommt! Egal, auf welche Schule du in Zukunft gehst. Ist das klar?" „Ja." „Du hast nachher noch einen Termin beim Hautarzt, wir fahren um fünf los." „Okay. Mama?" „Ja?" „Musst du das eigentlich mit Papa absprechen?" „Ja, das muss ich natürlich." „Manchmal hab' ich das Gefühl, dass er Leo und mich gar nicht wirklich sehen will. Er hat ja auch nur ein Wochenende im Monat für uns Zeit." „Du weißt doch, dass er sehr viel im Ausland ist, wegen der Arbeit. Das geht leider nicht anders und es war doch auch schon so, als er noch bei uns gewohnt hat." Sie küsst ihn auf die Stirn. Dann geht sie in die Küche und lässt ihn allein. Er weiß, dass es noch einen anderen Grund gibt, warum sein Vater so wenig Zeit für Leo und ihn hat. Doch er will nicht mit ihr darüber reden. Und sie weiß auch gar nicht, dass er es weiß.

Er ist froh, dass er sich dazu durchgerungen hat, sie nach dem Schulwechsel zu fragen. Denn das ist sein sehnlichster Wunsch. Nicht mehr in diese Schule zu müssen. Spätestens jetzt, wo sie das Video rum geschickt haben, wird dort niemals mehr jemand etwas anderes in ihm sehen als den Jungen, der mit Scheiße beschmiert worden ist. Er will einen Neuanfang. Unbedingt. Vielleicht wird er das Leben dann sogar wieder erträglich finden. Schön nicht. Aber eben erträglich.

KAPITEL 13

Beraubt

Ich öffne die Kabinentür. Im nächsten Moment zucke ich zusammen. Wie sind sie hier rein gekommen, ohne dass ich es bemerkt habe?! Haben sie sich rein geschlichen, während ich gerade die Klospülung gedrückt habe? Mein Herzschlag beschleunigt sich rasant, ohne, dass ich irgendwas dagegen tun könnte. Das sieht nach Ärger aus. Ich hätte wissen müssen, dass sie mich nach der Gedicht-Aktion nicht ungestraft davonkommen lassen würden. Wochenlang haben sie mich einfach nur ignoriert und ich dachte schon, sie hätten das Interesse daran verloren, mich zu ärgern. Weit gefehlt.
„Hallo, Schöne - oder soll ich lieber sagen: Hallo, *Biest*?", Eileen grinst mich an. Die beiden anderen Mädels kichern. Josephines Gesicht zeigt keine Regung. „Wusstest du nicht immer besonders viel, wenn's im Deutschunterricht um Märchen ging?" Ich blicke Eileen verwirrt an. Was will sie von mir?! Sie zieht eine Schere hervor. Was zur Hölle haben sie mit mir vor?! „Wenn du dich so gut mit Märchen auskennst, weißt du jetzt ja genau, was zu tun ist. Rapunzel, Rapunzel, lass' dein Haar herunter..." Ich schnappe nach Luft. Auch wenn sie definitiv zur

Gattung Hexen gehören, werde ich nicht zulassen, dass sie mir die Haare abschneiden. Im Gegensatz zu Eileens Haaren sind meine schließlich naturblond! Blitzschnell drehe ich mich nach rechts und will loslaufen. Doch Eileen hat das kommen sehen und stellt mir ein Bein, über das ich natürlich prompt falle. Dass da auf dem Boden direkt vor meiner Nase ein benutzter Tampon liegt, macht die Situation nicht gerade erfreulicher. Ich rappele mich hoch so schnell ich kann und will wieder loslaufen. Doch sie schließen sich um meine Arme wie Zangen. Die Hände der drei Mädchen. „Nicht so schnell, Rapunzel." „Lasst mich in Ruhe!", schreie ich so laut ich kann. Vielleicht hört mich ja jemand und hilft mir. „Hilfeeeeee! Hilfeeeee!" Doch die Tür bleibt verschlossen, niemand kommt rein, um mich zu retten. Wo ist der verfluchte Prinz auf seinem Scheißgaul, wenn man ihn braucht?! „Halt's Maul!", schreit Eileen und noch bevor ich überhaupt realisiere, was sie vorhat, hat sie mir auch schon eine schallende Ohrfeige verpasst. Der Schmerz ist nicht so schlimm wie die Demütigung. Ich versuche mit aller Kraft mich loszureißen, doch Josy und die anderen beiden halten mich fest. „Sag' mal, spinnst du?", brüllt Eileen los, als ich ihr mit voller Wucht gegen das Schienbein trete. Damit hat sie nicht gerechnet. Jetzt ist sie richtig wütend. Kurzerhand langt sie mit der linken Hand nach meinem Pferdeschwanz. Trotz all' meiner Versuche, mich zu wehren, gelingt es mir auch jetzt nicht, mich aus dem dreifachen Klammergriff zu befreien. Ich werfe einen flehenden Blick in Josys Richtung, doch sie guckt mich nicht an, obwohl auch sie mich fest umklammert. Und dann ist er ab. Triumphierend hält Eileen meinen Pferdeschwanz in die Luft und sagt: „Jetzt siehst du endgültig aus wie ein Biest." Mir wird heiß und kalt gleichzeitig. Mein Hals ist ganz trocken und kurzzeitig habe ich das Gefühl, ohnmächtig zu werden. Sie hat es wirklich getan. SIE HAT ES WIRKLICH GETAN!

Ohne mich eines weiteren Blickes zu würden, lassen sie mich stehen. „Den können wir bei eBay verkaufen." „Oder als Extensions benutzen." Sie lachen. Dann fällt die Tür hinter ihnen zu. Es klingelt. Doch ich werde nicht zum Biounterricht gehen. Langsam bewege ich mich auf den Spiegel zu. Es ist noch schlimmer, als ich gedacht habe. Vorher gingen meine Haare fast bis zum Po. Jetzt habe ich nur noch Kinnlänge und natürlich sehe ich aus wie ein Wischmopp. Meine Haare waren das Einzige, was ich schön an mir fand. Und das haben sie mir jetzt auch noch genommen. Meine Schultern beginnen zu zucken. NEIN. Ich werde nicht weinen. Unter keinen Umständen. Die Blöße gebe ich mir auf keinen Fall. Ich straffe die Schultern, setze meinen Rucksack auf und mache mich auf den Weg zum Friseur. Wenn schon kurze Haare, dann wenigstens gut geschnitten. Meinen Eltern werde ich sagen, dass ich beschlossen habe, dass ich mal eine Veränderung brauche.

„Was ist denn da passiert?", fragt mich der blond gelockte Friseur, als er meine Haare betrachtet. „Hab' selbst versucht, sie zu schneiden, war aber keine gute Idee", murmele ich. Er rollt mit den Augen und sagt: „Allerdings."

KAPITEL 14

Befreit

„Erzähl' mir von dem Tag." „Ich will mich nicht daran erinnern." „Wenn du dich noch einmal dorthin zurück begibst, wirst du hinterher ein Stück weit los lassen können. Alles wird dir etwas länger her und etwas weniger schlimm vorkommen. Sprich' mit mir darüber." Er schaut stur geradeaus. Blickt sie nicht an. Sie mustert ihn durch die Gläser ihrer schwarz umrandeten Brille. Fährt sich mit der Hand durch ihr goldblond gefärbtes Haar. Sie ist nicht besonders alt. Vielleicht Mitte 30. Die Brille lässt sie ein bisschen wie eine Lehrerin aussehen. „Mio", sagt sie jetzt. Leise, eindringlich. Fast bittend. Er mag sie. Dies ist ihre zweite Sitzung und sie hat es beim ersten Mal geschafft, sein Vertrauen zu gewinnen. Jetzt aber würde er am liebsten mit der Faust auf ihren Schreibtisch schlagen und ihre Praxis verlassen. Mit Tür knallen. Er will sich nicht erinnern. „Wenn du wirklich nicht mit mir darüber reden möchtest, ist das in Ordnung. Aber du solltest zumindest alleine zu diesem Tag zurückkehren. In Gedanken. Nur für dich allein. Nimm' dir Zeit und lass' dich darauf ein." Jetzt schaut er sie an. „Und wie soll das gehen?!" Sie deutet auf eine Ecke ihres Behandlungszimmers, wo zwei große, braune Sessel und ein blaues Sofa stehen. Dann zieht sie die Gardinen etwas zu, sodass der Raum dunkler wird. „Wenn du möchtest, kannst du dir auch eine Augenbinde ummachen, damit du dich besser konzentrieren kannst." Er findet das Ganze ziemlich dämlich. Aber immer noch besser, als mit ihr darüber reden zu müssen. Also nimmt er die Augenbinde, setzt sie auf, legt sich auf das blaue Sofa und hört, wie sie sagt: „Atme tief ein und wieder aus. Ein und wieder aus. Ein… und wieder aus…ein…und wieder aus. Du wirst ganz ruhig. Spüre, wie deine Arme schwer werden. Du bist ganz entspannt. Atme ein und wieder aus…deine Beine werden jetzt auch ganz schwer. Du bist ruhig und entspannt." Auch wenn er das gar nicht will, tut er, was sie sagt und gegen seinen Willen entspannt er sich und verschmilzt förmlich mit dem blauen Sofa. „Und jetzt kehrst du zurück zu dem Tag. Konzentriere dich auf deine Umgebung. Was siehst du, was hörst du? Wer ist dort?" Er fühlt sich, als wäre er umhüllt von Nebel, herabgesunken in eine andere Schicht seines Bewusstseins. Ohne dass er es will, beginnt vor seinem inneren Auge ein Film abzulaufen und er ist der einzige Zuschauer, in seinem eigenen, ganz privaten Kinosaal.

Er steht vor der Haustür, will gerade aufschließen. Heute ist die letzte Stunde ausgefallen und er ist früher zu Hause als sonst. Dann hört er sie schreien. Sehr laut. Das Küchenfenster ist offen. Er kann sie nicht sehen, aber sehr gut verstehen. Warum sind sie beide zu Hause? Um diese Zeit? „Du Arschloch! Wie konntest du mir das antun?! Und den Kindern?" Schluchzen. Etwas zerbricht. „Maria..." „Fass' mich nicht an! FASS' MICH NICHT AN!" Er lässt die Hand mit dem Schlüssel sinken und bleibt reglos stehen. Kann sich nicht bewegen. „Es tut mir so leid. Ich hab' das nicht geplant. Es ist einfach so passiert." „Ach ja?! Das klingt ja sowas von dermaßen armselig, Stefan! Ich dachte immer, dass du mir sowas niemals, niemals antun könntest. Aber ich bin ja lernfähig." Lautes Gelächter. Es klingt bitter. Ein bisschen irre irgendwie. So hat er seine Mutter noch nie gehört. Dann wieder lautes Schluchzen. „Wie lange geht das schon?" „Ein halbes Jahr." Die drei Worte spricht er sehr leise. „EIN HALBES JAHR?! Du bist unglaublich." „Maria..." „Nein! Ich will nichts mehr hören!!! Pack deine Sachen! Du ziehst aus. Keine Ehetherapie mehr. Rausgeschmissenes Geld ganz offensichtlich. Nimm' es für ein Hotelzimmer, bis du eine eigene Wohnung gefunden hast. Heute Abend sagen wir den Kindern Bescheid. Nach dem Abendessen. Dann bist du weg." Sein Vater sagt nichts mehr. Nur noch leises Wimmern in der Küche. Scheinbar ist er nach oben gegangen.

Plötzlich merkt er, dass er weint. Geräuschlos. Tränen laufen ihm über die Wangen. Er steckt seinen Hausschlüssel in die Tasche und rennt los. Er weiß nicht, wohin eigentlich. Hauptsache nicht nach Hause. Immer wieder hört er die Stimmen seiner Eltern im

Kopf. *Wie lange geht das schon? Ein halbes Jahr.* Sein Atem geht schnell, sein Herz klopft wie wahnsinnig. Sein Vater hat eine andere Frau. Heute Abend wird er das letzte Mal mit ihnen essen. Dann wird er ausziehen. Er stoppt abrupt beim Spielplatz. Ringt nach Atem. Niemand ist dort. Er geht in normalem Tempo zum Häuschen unter der Rutsche. Setzt sich in den Sand und drückt sich an die Wand. Er versteckt sich wie ein kleiner Junge. Hierher ist sein Papa früher immer mit ihm gegangen. Er hat ihn dann ganz für sich gehabt, weil Mama mit Leo zu Hause geblieben ist. Der war da noch ein Baby. Er bemerkt, dass die Tränen gar nicht aufgehört haben zu laufen. Er schlägt sich die Hände vors Gesicht und fängt an zu zittern. Hass durchzuckt seinen Körper wie ein Blitz. Seine Mutter hat recht. Papa ist ein Arschloch. Ein Riesen-Arschloch. Niemals wird er ihm das verzeihen. NIEMALS.

„Beweg' deine Finger, Mio. Deine Zehen. Recke und strecke dich. Komm' wieder zurück ins Hier und Jetzt." Als er ihre Stimme hört und sich darüber bewusst wird, dass er bei ihr im Behandlungszimmer ist, nicht im Häuschen unter der Rutsche, merkt er, dass er schnell atmet und sein Körper unter Hochspannung steht, obwohl er liegt. Er spürt, wie sie ihm die Augenbinde abnimmt. Lässt seine Augen noch einen Moment lang geschlossen. Versucht, seine Atmung wieder in den Griff zu kriegen. Als er die Augen öffnet und sich aufsetzt, sieht er, dass sie auf den kleinen

Tisch, der direkt vor dem blauen Sofa steht, einen großen, flachen Stein gelegt hat. Daneben liegt ein schwarzer Edding. Das weckt unschöne Erinnerungen...Er blickt sie fragend an. Fühlt sich noch zu benommen, um irgendetwas zu sagen. „Schreib' bitte auf, was du gefühlt hast. Ein Stichwort reicht, es können aber auch mehrere sein. Wie du magst. Dann legst du den Stein zu den anderen Steinen da vorne." Sie zeigt auf das Fenster und er sieht, dass auf der von einem roten Tuch bedeckten Fensterbank noch viele andere beschriftete Steine liegen. Erst will er HASS schreiben. Entscheidet sich dann aber doch für WUT. Mehr als ein Wort will er nicht aufschreiben. Er nimmt sich den Edding und schreibt. Dann geht er zum Fenster. Sie begleitet ihn und beobachtet ihn genau. „Nun schließ' noch einmal kurz die Augen, spüre den Stein in der Hand und sag' dann laut das Wort, das du aufgeschrieben hast." Mio macht alles genauso, wie sie gesagt hat. Er kommt sich albern vor. „Jetzt leg' den Stein zu den anderen Steinen." Bestimmt will sie jetzt gleich wissen, wie ich mich fühle, denkt er. Doch sie sagt nichts. Zum Glück. Tatsächlich fühlt er sich nicht schlecht. Ein bisschen durcheinander vielleicht. Aber auch ein wenig befreit. Als sie sich von ihm verabschiedet und ihm eine gute Woche wünscht, denkt er, dass das jedenfalls immer noch besser war als reden.

„Und, wie war's?", fragt seine Mutter ihn im Auto. „Ganz okay", antwortet er. „Das klingt ja ganz gut",

sagt sie und wirft ihm dennoch einen kurzen, sorgenvollen Blick zu. Auch wenn er ihr nach dem Gespräch über den Schulwechsel nichts erzählt hat, nicht vom Edding, der Scheiße oder den Gleisen, muss sie gespürt haben, wie unglücklich er war.
Er hat sich sehr verändert seit dem Ausbruch der Hautkrankheit. Und nachdem erst sein bester Freund weggezogen und dann sein Vater ausgezogen ist, hat er sich noch mehr in sein Schneckenhaus zurück gezogen. Ihr war klar gewesen, dass etwas passieren muss. Auch wenn er nach den Sommerferien tatsächlich auf eine neue Schule gehen würde, hatte sie darauf bestanden, dass er zusätzlich ein Mal pro Woche zu einer Psychologin geht. Er hat sich zunächst geweigert. Sich nur noch in seinem Zimmer verschanzt. Irgendwann, nach mehreren Tagen, hat sie einfach nicht mehr gekonnt und ist in Tränen ausgebrochen. Da hat er dann eingewilligt.
Sie stehen an einer roten Ampel. „Hast du darüber nachgedacht, welchen Sport du machen willst?" „Gar keinen." „Fang' nicht schon wieder an zu diskutieren. Wir haben das doch besprochen. Wenn du mehr Taschengeld willst, gehst du zum Sport." Sie weiß, dass Erpressung nicht unbedingt die beste Art und Weise ist, ihren Sohn zu etwas zu bewegen. Aber es ist ihr sehr wichtig, dass er sein Einsiedlerdasein wenigstens ein Mal pro Woche aufgibt und aus dem Haus geht. Eigentlich ist es ihr egal, ob er zum Sport geht oder Schach spielt, Hauptsache er hat wieder mehr Kontakt zu Gleichaltrigen, so wie früher. Mio

seufzt. Dann sagt er: „Basketball. Hat mich immer schon mehr interessiert als Fußball und als wir das mal in der Schule hatten, war ich ziemlich gut." Sie lächelt. „Alles klar. Ich mach' mich mal schlau und dann kannst du bestimmt schon bald ein Probetraining mitmachen. Gut?" „Gut." Er hat nicht wegen des Taschengeldes eingewilligt. Sondern wegen ihr. Seit sein Vater weg ist, fühlt er sich verantwortlich. Für sie und für Leo. Er hat keine Lust auf all' das. Weder Psychotherapie, noch Basketball. Er will einfach nur seine Ruhe haben. Aber er will auch, dass sie sich nicht so viele Sorgen um ihn macht. Außerdem ist er ihr dankbar, dass sie ihm erlaubt hat, die Schule zu wechseln.

Als er abends im Bett liegt und versucht, einzuschlafen, hört er immer wieder ihr lautes, bitteres und ein bisschen irres Gelächter in seinem Kopf. Es will einfach nicht aufhören. Er hat ihr nie erzählt, dass er das Gespräch gehört hat. Als sie ihm und Leo abends gesagt haben, dass Papa ausziehen wird und sie sich trennen werden, hat er geschwiegen und einfach an die Wand gestarrt, während Leo total ausgerastet ist und sehr geweint hat.

In Wirklichkeit ist er froh, dass er seinen Vater nur ein Mal im Monat sieht. Denn er hält es nur mit Mühe in seiner Nähe aus, ohne durchzudrehen. Niemals wird er ihm verzeihen, dass er sie verlassen hat. Mama, Leo und ihn. Für eine andere Frau. Und da sind sie wieder. Diese Wut. Dieser Hass. Ich hätte doch HASS auf den Stein schreiben sollen, denkt er.

KAPITEL 15

Bestärkt

Giraffenmädchen: Hey, ist noch jemand wach?
SNAFU: Ja, ich. Kannst du nicht schlafen?
Giraffenmädchen: ☹
SNAFU: Blöden Tag gehabt?
Giraffenmädchen: Kann man so sagen.
SNAFU: Was ist passiert?
Giraffenmädchen: Eigentlich will ich nicht drüber reden.
SNAFU: Aber deshalb bist du doch hier, oder?
Giraffenmädchen: Mhhhhhhh.....kann sein.
SNAFU: Dann schieß' los, dafür gibt's doch diese Gruppe.
Giraffenmädchen: Sie haben mir die Haare abgeschnitten.

Den letzten Satz habe ich direkt an SNAFU geschickt und nicht in die Gruppe geschrieben. Wenn sowieso nur er wach ist, warum soll ich ihn dann nicht direkt anschreiben? Er sendet seine Antwort ebenfalls direkt an mich und schreibt sie nicht in die Gruppe.

SNAFU: Wer ist „Sie"?
Giraffenmädchen: So'n paar Mädels in der Schule.

Eine davon war mal meine beste Freundin.
SNAFU: ☹ Das tut mir leid.
Giraffenmädchen: Versuche, mich nicht davon runterziehen zu lassen, aber ist schwer.
SNAFU: Kenne ich…Kannst du irgendwem in der Schule davon erzählen, damit sie bestraft werden und dich dann hoffentlich in Ruhe lassen? Vertrauenslehrer oder so?
Giraffenmädchen: Glaube, das bringt nichts. Würde es nur noch schlimmer machen.
SNAFU: Verstehe. Bestimmt siehst du mit kurzen Haaren auch noch gut aus ☺
Giraffenmädchen: Du weißt doch gar nicht, wie ich aussehe! Auf meinem Profilfoto ist eine Giraffe!
SNAFU: Die sieht jedenfalls süß aus ☺
Giraffenmädchen: ☺ Eigentlich schlimm, dass einen das so runterzieht. Kennst du dieses Model? Winnie Harlow? Die zeigt sich und ihre Vitiligoflecken stolz der ganzen Welt…
SNAFU: Klar, aber sowas gibt's eben nur einmal. Alle anderen müssen sich weiter jeden Tag mit den Blicken und Beleidigungen ihrer Mitmenschen rumschlagen…das ist, wie wenn sich ein berühmter Politiker outet. Nur, weil der schwul ist, und dazu steht, hilft das nicht automatisch allen Schwulen bei den Herausforderungen, denen sie sich täglich stellen müssen.
Giraffenmädchen: Auch wenn's uns im Alltag nicht viel bringt, freue ich mich, dass wir in einer Zeit leben, wo ein Mensch mit Vitiligo ein erfolgreiches Model

sein kann ☺
SNAFU: I agree.
Giraffenmädchen: Tut gut, mit dir zu reden.
SNAFU: Das freut mich ☺
Giraffenmädchen: Warum heißt du eigentlich SNAFU?
SNAFU: Das kommt aus der amerikanischen Soldatensprache. Hab's zuerst in einem Lied von Casper gehört und dann gegoogelt, was es bedeutet.
Giraffenmädchen: Und? Was bedeutet es?
SNAFU: Situation normal, all fucked up ☺
Giraffenmädchen: Lage normal, alles im Arsch? ☺ Passt sehr gut auf mein Leben gerade.
SNAFU: Dito. Bisschen wie dieses Sprichwort: Operation geglückt, Patient tot.
Giraffenmädchen: Magst du Sprichwörter?
SNAFU: Das kannst du laut sagen ☺
Giraffenmädchen: Kennst du den Unterschied zwischen Sprichwörtern und Redewendungen?
SNAFU: Klär mich auf.
Giraffenmädchen: Ein Sprichwort ist ein vollständiger Satz. Der Inhalt ist meistens lehrhaft, die Sprache gehoben. Eine Redewendung muss zu einem bereits vorhandenen Satzanfang hinzugefügt oder in einen Satz integriert werden. Zum Beispiel: Da hat er aber Schwein gehabt.
SNAFU: Du weißt schon, dass Hochmut vor dem Fall kommt? ☺
Giraffenmädchen: Du hast gefragt!
SNAFU: ☺ Weißt du, warum ich Sprichwörter mag?
Giraffenmädchen: ?

SNAFU: Es steckt so viel Wahrheit in ihnen.
Giraffenmädchen: Sie sind so unerschütterlich, unzerstörbar, weil es sie schon immer gab und immer geben wird.
SNAFU: Und irgendwie tröstlich.
Giraffenmädchen: Das finde ich auch ☺ Du, ich glaube, ich gehe jetzt mal offline und versuche, zu schlafen...man soll ja aufhören, wenn's am schönsten ist. Redewendung oder Sprichwort? ☺
SNAFU: Sprichwort natürlich.
Giraffenmädchen: Du bist gut.
SNAFU: Ich weiß.
Giraffenmädchen: Danke.
SNAFU: Wofür?
Giraffenmädchen: Fürs Reden.
SNAFU: Keine Ursache.

Ich stelle mein Handy auf Flugmodus und lege es auf meinen Nachttisch. Eigentlich bin ich zuerst Mitglied bei der Vitiligo-Gruppe auf Facebook (oder Fratzenbuch, wie ich es gerne nenne) geworden und habe immer am Laptop die Postings der anderen Mitglieder gelesen, selbst aber nie etwas geschrieben. Aber dann hatte einer die Idee, eine WhatsApp-Gruppe zu gründen und wer wollte, konnte seine Handynummer angeben und dabei sein. Ich hab's gemacht und jetzt chatte ich manchmal mit den anderen. Meistens geht's darum, sich gegenseitig aufzubauen, wenn einer einen schlechten Tag hatte. Manchmal erzählen die Leute aber auch von den

Behandlungsmethoden, die sie schon ausprobiert haben.

Es war das erste Mal, dass ich nur mit SNAFU gechattet habe und kein anderer online war. Ich weiß nicht warum, aber irgendwie fühlte sich das verdammt gut an. Ich liege in meinem Bett und rühre mich nicht. Ich habe Angst, dass es weg geht, wenn ich mich bewege. Dieses verdammt gute Gefühl. Irgendwie kommt es mir gar nicht mehr so schlimm vor, dass ich jetzt kürzere Haare habe. Auch wenn die Umstände, unter denen das passiert ist, sicher schöner hätten sein können. Situation normal, all fucked up. Ich schlafe mit einem Lächeln auf den Lippen ein.

KAPITEL 16

Beschenkt

1. Oktober, Mios 15. Geburtstag. Ein ganz normaler Schultag wartet auf ihn. Leo und seine Mutter gratulieren ihm, als er zum Frühstück runterkommt. „Sollen wir singen?", fragt Leo. „Oh nein, bitte nicht!" Mio grinst. An seinem Platz liegen einige Geschenke und seine Mutter hat eine Kerze für ihn angezündet. Er packt die Päckchen aus. Ein Buch, eine neue Uhr und ein Kino-Gutschein. Leo hat ihm ein Bild gemalt, auf dem sie beide beim Spielen mit der Xbox zu sehen sind. „Danke", sagt Mio und lächelt. „Das sind tolle Geschenke." Seine Mutter streichelt ihm kurz über den Rücken und Leo sagt: „Wollen wir den Gutschein fürs Kino zusammen einlösen?" „Na klar. Das machen wir."

Während Leo noch seine Cornflakes isst, geht Mio schon in den Flur, um sich die Schuhe anzuziehen. Plötzlich steht seine Mutter neben ihm. „Tut mir so leid", flüstert sie und sieht ihn schuldbewusst an. „Was?" „Dass du nur so wenige Geschenke bekommen hast dieses Jahr. Weißt du, es ist nur so, dass..." „Schon gut, Mama. Du musst nichts sagen. Ich weiß, dass es nicht einfach für dich ist, seit Papa weg ist. Bitte mach' dir keinen Kopf, ja?" Sie sieht ihn dankbar an, steht aber trotzdem noch immer da wie ein Häufchen Elend. Er geht auf sie zu, inzwischen ist er einen Kopf größer als sie, und umarmt sie kurz. „Hey, gratulierst du Mio schon wieder, oder was?!" „Wir müssen los, komm' jetzt", sagt Mio statt einer Antwort und die beiden machen sich auf den Weg zur Schule.

Leo geht zu Fuß zur Grundschule um die Ecke und Mio fährt mit dem Bus zu seiner neuen Schule. Sie ist etwas weiter weg als die alte. Das ist ihm egal, er ist einfach nur dankbar, dass er nach den Sommerferien nicht wieder in seine alte Schule gemusst hat. Im Bus setzt er sich relativ weit vorne auf einen freien Platz, der Sitz neben ihm bleibt die ganze Fahrt über frei. Er hört *Esperanto* von Freundeskreis.

Als er den Klassenraum betritt, empfängt ihn eine Mischung aus lauter Musik und Stimmengewirr. Seine Mitschüler stehen fast alle in einer Ecke des Raumes und drängen sich um ein Handy, auf dem scheinbar ein Musikvideo läuft. „Wincent Weiss ist sooooooooooooooo süß", hört er ein Mädchen sagen. Was die bloß an dem finden, denkt er, sie sollten lieber Freundeskreis hören. Er setzt sich auf seinen Platz und packt seine Tasche aus. Neben ihm sitzt ein Junge namens Tim. „Hey", sagt Mio. Tim nickt. Er spricht ebenso wenig wie Henry, was Mio sehr recht ist. Bisher hat ihn niemand groß beachtet. Da die Klasse nach den Ferien sowieso neu zusammengesetzt worden ist, ist er als neuer Schüler gar nicht besonders aufgefallen. Der eine oder andere hat ihn ab und an mal etwas genauer gemustert, aber gesagt hat bisher keiner was. Zumindest nicht so, dass Mio es mitgekriegt hätte. Er weiß, dass das wohl nicht so bleiben wird. Es ist nur eine Frage der Zeit. Aber so schlimm wie an der alten Schule würde es hoffentlich nicht werden.

Es klingelt, seine Klassenlehrerin rauscht herein. „Einen wunderschönen guten Morgen euch allen." Verschlafenes Murmeln aus der Klasse. Wenn man sich sehr anstrengt, kann man es als „Gutn Moagn Frau Wittelsbacha" identifizieren. „Heute haben wir ein Geburtstagkind, das ist der Mio. Und deshalb singen wir jetzt ein Geburtstagslied für ihn." Mio denkt, er muss tot umfallen. Ein Geburtstagslied?! Muss das denn sein? In der neunten Klasse? Und da geht das Gegröle auch schon los. Hääääääpppiiii Börsdeeee tu ju…..Er wird rot und blickt krampfhaft auf seine Federmappe, um bloß keinen anschauen zu müssen. Als sie fertig sind, sagt er sehr leise „Danke" und hofft, dass sich sofort ein Loch neben ihm auftut, in dem er versinken kann. Und natürlich ist jetzt die Zeit für den ersten blöden Spruch gekommen. „Zur Feier des Tages hat er sich extra weißen Lidschatten und Lippenstift drauf gemacht." Ein großer, schlaksiger Typ namens Torben hat das gesagt. Er sitzt Mio schräg gegenüber. Gelächter. Mio tut so, als hätte er nichts gehört und beginnt in seinem Erdkundebuch zu blättern. In seinem Inneren tobt jedoch ein Sturm. Ganz ruhig, sagt er zu sich selbst. Ganz ruhig. So lange dich keiner im Klo mit Scheiße beschmiert, ist alles gut. „So, ihr Lieben. Ruhe jetzt. Wer möchte seine Hausaufgabe vorlesen? Ihr solltet ja einen Aufsatz zum Thema ‚Tourismus in Garmisch-Patenkirchen' schreiben. Also?" Entweder hat sie den Spruch nicht gehört oder sie hat sich entschieden, ihn einfach zu übergehen. So etwas ist Mio von Lehrern schon gewohnt. Die kriegen nie irgendwas mit. Oder wollen nichts mitkriegen.

Den Rest des Tages über passiert nichts mehr und der Schultag verläuft ganz normal. Als seine Mutter ihn mittags abholt und fragt, ob etwas Außergewöhnliches passiert sei, sagt er: „Nee, alles wie immer, hab' allerdings ein ziemlich schiefes Geburtstagsständchen bekommen." Sie lächelt und sieht erleichtert aus. „Soll ich auch noch mal für dich singen? Es wird auch bestimmt nicht schief!", ruft Leo, der auf der Rückbank sitzt. „Nee, danke. Ein Ständchen reicht." Leo zieht einen Flunsch. Kurze Zeit später fahren sie auf den Parkplatz von McDonalds ein. Dort werden sie heute zu Mittag essen. Das ist etwas Besonderes, weil sie das sonst nie tun. „Ungesunder Fraß", sagt seine Mutter immer. Doch Mio hat sich das für heute gewünscht und jetzt freut er sich schon sehr auf den „ungesunden Fraß". Auch Leo ist schon ganz aufgeregt. „Heute mal nicht Vollkornreis mit Gemüse…Gott sei Dank", murmelt er. „Was hast du gesagt?" Seine Mutter runzelt die Stirn. „Ach, nichts."

Beide Jungs bestellen einen Hamburger Royal mit Pommes. „Du solltest jeden Tag Geburtstag haben", sagt Leo mit vollem Mund. „Wenn du den Film *Super Size Me* gesehen hättest, würdest du so nicht reden. Wenn man das Zeug jeden Tag isst, kann das übel enden." „Allerdings", sagt seine Mutter und beißt genüsslich in ihren Cheeseburger.

Nach dem Essen fragt Leo: „Kommt Papa eigentlich heute noch?" „Nein, er kann leider nicht, wegen der Arbeit. Aber am Wochenende seid ihr ja wieder bei ihm." Mio freut sich kein bisschen darauf. Im Auto auf dem Rückweg ist er sehr schweigsam, während Leo ununterbrochen redet. „Alles ok?", fragt ihn seine Mutter. Mio nickt. „Du hast heute Basketballtraining und danach musst du noch zur Bestrahlung." „Ich weiß." Letzte Woche ist er das erste Mal beim Basketball gewesen und es hat ihm gut gefallen, obwohl er erst überhaupt keine Lust gehabt hat. Die anderen Jungs sind nett gewesen und der Trainer hat gesagt, dass man sofort sehen würde, dass er Talent hätte. Das hat ihn sehr gefreut. Auf die lästige Bestrahlung beim Hautarzt hat er überhaupt keinen Bock. Ein Mal die Woche geht er dorthin, seit ziemlich genau einem Jahr, doch seine Haut sieht noch genauso aus wie vorher. Allerdings sind seitdem keine neuen Flecken dazugekommen. Wenigstens das.

Als sie zu Hause ankommen, sieht er, dass das Auto seines Vaters auf dem Gehweg steht. „Papa ist da!", ruft Leo, springt aus dem Auto, sobald sie angehalten haben, und läuft auf seinen Vater zu, der inzwischen ausgestiegen ist. Mios Mutter blickt ihn im Rückspiegel an. „Ich wusste nichts davon. Mir hat er gesagt, er muss arbeiten." Mio sagt nichts. Sie steigen aus. Seine Mutter nickt seinem Vater kurz zu und sagt mit kühler Stimme: „Willst du reinkommen?" „Nein, ich wollte nur kurz Mio gratulieren. Mein Flug nach Tokyo ist auf morgen verschoben worden und da dachte ich, ich schaue kurz vorbei." „Gut. Komm' Leo, sag' Papa Tschüss und dann gehen wir schon mal rein. Mio kommt gleich nach." Die beiden gehen ins Haus. Mio hat die ganze Zeit einfach nur da gestanden. Jetzt blickt er seinen Vater abweisend an. Irgendwie fühlt es sich nicht so an, als wäre dieser große, schmierige Typ mit den dunklen Locken, die genauso aussehen wie seine, sein Vater. Er kommt ihm vor wie ein Fremder.

„Hallo mein Großer. Alles Gute zum Geburtstag. 15 Jahre, unglaublich. Es kommt mir vor, als wäre es erst gestern gewesen, dass ich dich zum ersten Mal im Arm gehalten und dir das Fläschchen gegeben habe." Er klopft seinem Sohn auf den Rücken. Mio weicht einen Schritt zurück. Er sagt immer noch nichts. Dann beginnt sein Vater, irgendetwas von seinem Business Trip nach Tokyo zu erzählen. Mio hört nicht zu. Er blickt angestrengt in das Innere des Wagens. Sitzt da nicht eine blonde Frau auf dem Rücksitz? Ja, ganz eindeutig! Wer ist das? Etwa die Freundin seines Vaters?! Die Frau, die seine Familie zerstört hat? „Sag' mal, spinnst du eigentlich?!", schreit Mio ihn plötzlich an. Er stutzt, hört mitten im Satz auf zu reden. „Wie redest du denn mit mir?" „Ist das die Schlampe, mit der du Mama betrogen hast?" „Was?!" „Antworte mir!" „Mio, ich…" „Sie ist es, oder? Das ist nicht dein Ernst! Du bringst sie einfach mit hierher? An meinem Geburtstag?" „Wir wollen gleich noch Essen gehen. Und nenn' sie nicht…" „Ach ja? Das interessiert mich einen Scheiß! Und Leo kann dich am Wochenende alleine besuchen. Nur damit das klar ist. Ich weiß nicht, ob ich überhaupt noch mal mitkommen werde. FICK DICH!" „Aber da wollte ich dir doch noch dein Geschenk geben und…" „Ist mir egal, hau einfach ab!" Mio nimmt seine Schultasche, die er neben sich auf den Bürgersteig gestellt hat, und rennt zum Haus. Klingelt wie ein Irrer und stürmt an seiner Mutter vorbei, die ihm die Tür aufmacht. „Die Schlampe sitzt im Auto!", schreit er. Seine Mutter blickt zum Auto, sieht die blonde Frau, schüttelt den Kopf und sagt laut: „Ernsthaft, Stefan? Du bringst sie hierher? Hast du eigentlich auch nur einen Funken Verstand in deinem egoistischen und dämlichen Hirn?!" Dann knallt sie die Tür zu. Als Mio in seinem Zimmer ist, hört er noch, wie der Wagen seines Vaters wegfährt. Wie kann er nur so bescheuert sein? Reicht es nicht, dass er seine Frau und seine Familie im Stich gelassen hat? Er weiß gar nicht, wo er hin soll, mit seiner Wut. Rennt wie ein Tiger im Käfig auf und ab. Es klopft. „Jetzt nicht." „Mio, bitte, es tut mir so leid. Ich wusste davon nichts. Er hätte das nicht tun sollen." „Lass' mich einfach in Ruhe, ja?" Er hört, wie sich ihre Schritte entfernen. Was für ein Scheiß-Tag.

„Konzentriere dich auf das Gute in deinem Leben", hatte Kathrin, die Psychologin, in der letzten Sitzung zu ihm gesagt. Und was ist, wenn es überhaupt nichts Gutes gibt? Dann fällt ihm ein, dass er ja gleich noch Basketball-Training hat. Immerhin. Das ist was Gutes.

Auch diese Woche macht ihm das Spielen wieder viel Spaß. Als er nach dem Training mit den anderen Jungs in der Umkleide ist, geht einer von ihnen auf ihn zu. Er ist noch einen Kopf größer als Mio und sehr viel breiter gebaut als er. Das wird noch durch seine raspelkurzen, hellblonden Haare betont. „Hey, du spielst echt nicht schlecht. Dafür, dass du gerade erst angefangen hast. Hast du vorher schon mal woanders im Verein gespielt?" „Nee, nur mal ein halbes Jahr in der Schule." „Respekt, Mann. Ich hab' heute mein Wasser vergessen. Kann ich einen Schluck von dir haben?" „Klar." „Sag' mal, was hast du da eigentlich für helle Stellen am Körper?" Mio zuckt kurz zusammen. Dann fängt er sich wieder und sagt ganz ruhig: „Das ist Vitiligo. Is' 'ne Hautkrankheit. Nix Schlimmes und auch nicht ansteckend." „Okay. Verstehe. Wollte einfach nur mal wissen, was das ist." Mio nickt. „Wie heißt du noch mal? Hab' deinen Namen leider schon wieder vergessen." „Nick. Du bist Mio, richtig?" „Ja, genau." „Okay, dann bis nächste Woche, Mio." „Bis nächste Woche." Wie unkompliziert das gewesen war. Und ganz ohne Beleidigungen. Zum ersten Mal seit sehr langer Zeit fühlt Mio sich absolut wohl in seiner Haut. Als er zu seiner Mutter ins Auto steigt, sagt sie erstaunt: „Du siehst aber happy aus! Hat es so viel Spaß gemacht?" „Allerdings hat es das. Bestellen wir gleich Pizza und schauen uns einen Film an? Und sagen die Bestrahlung für heute ab?" „Was? Wir waren doch schon bei McDonalds!" „Ja, aber heute ist mein Geburtstag, oder?" Seine Mutter lacht laut auf. „Ja, das stimmt. Und ich freue mich so darüber, dass du so gut drauf bist, dass du mich gar nicht länger überreden musst. Pizza, Film und keine Bestrahlung. Aber nächste Woche gehst du wieder hin!" Mio grinst. Als er mit seiner Mama und Leo, jeder ein Stück Pizza in der Hand, vorm Fernseher sitzt, denkt er, dass er schon lange nicht mehr so glücklich gewesen ist. Und das, obwohl er vor ein paar Stunden noch alles kurz und klein hätte schlagen können.

KAPITEL 17

Bestürzt

Sehe ich mit 14 irgendwie anders aus als mit 13? Prüfend blicke ich in den Spiegel. Nein, nicht wirklich. Heute ist der 10. Oktober. Mein Geburtstag. Ich habe schon geduscht und mir die Haare geföhnt. Gerade, als ich mir das Parfum für den heutigen Tag aussuchen will, sehe ich, dass DOCH etwas anders an mir ist. Nein, denke ich, nein. Das kann nicht wahr sein. Nicht schon wieder, nicht heute! Entsetzt betrachte ich den riesigen, weißen Fleck an meinem Hals. Direkt unterm Kinn. Unförmig, lang gezogen. Wie gut, dass bald Winter ist und die Schalsaison beginnt, denke ich voller Bitterkeit. Wie viele Flecken werde ich noch bekommen? Ist es nicht mal langsam genug?! Ich lege mich wieder ins Bett und vergrabe mich unter der Decke. Ich werde nicht weinen. Heute nicht. Ich werde auch nicht schreien. Ich werde einfach hier liegen und nichts tun. Gerade, als ich überlege, mich einfach krank zu stellen und das Bett überhaupt nicht mehr zu verlassen, platzen sie in mein Zimmer rein: Mama, Papa und Jan. Stellen sich in einer Reihe vor mir auf und singen laut und schief „Happy Birthday", mit strahlenden Gesichtern. Ich schaue mir das Spektakel an, nur mein Gesicht guckt aus der Decke heraus. Als sie fertig sind, nuschele ich ein „Dankeschön". „Herzlichen Glückwunsch! Das Frühstück ist fertig und wenn du magst, gibt es auch schon ein Stück Geburtstagskuchen." „Das klingt gut", murmele ich und versuche, fröhlich zu klingen, obwohl mir nicht nach Essen zumute ist. „Sag' mal, hast du nicht eben schon geduscht?!", fragt Jan. „Ich hab' doch was gehört." Ich nicke. „Warum liegst du dann wieder im Bett?" Er guckt verwirrt. Dann verzieht er das Gesicht. „Bist du etwa nackt?!" Mit einem Würgelaut verlässt er hastig das Zimmer. Mein lieber Bruder. „Ach, dann haben wir dich gerade überrascht, als du dich anziehen wolltest", sagt Mama. „Und dann hast du dich schnell unter die Decke geflüchtet", fügt Papa hinzu und schmunzelt. „Mach' dich erst mal in Ruhe fertig und dann kommst du runter." Endlich lassen sie mich allein. Dass ich schon länger unter der Decke gelegen hatte und gar nicht vor gehabt hatte, mich anzuziehen, können sie ja nicht wissen. Lustlos ziehe ich mich an. Grüner, langer Rock und ein weißes Longsleeve. Dazu eine blickdichte Strumpfhose. Ich sehe aus wie Eugenia, das Baptistenmädchen aus meiner Parallelklasse. Sie ist nett, aber zeigt niemals zu viel Haut. Darf sie wahrscheinlich nicht. Vielleicht sollte ich auch Baptistin werden. Der Kleidungsstil wäre auf jeden Fall das geringste Problem. Meine Onkel und Tanten wissen ja alle von meinen Flecken, aber ich fühle mich einfach wohler so. Auch im Kreis der Familie. Den neuen Fleck am Hals sieht man natürlich trotzdem. Man wird ihn immer sehen. Wut steigt in mir auf. Fast wie ferngesteuert bewegt sich meine Hand auf den roten Flacon zu, der inmitten all' meiner Parfums auf der Kommode steht. „Poison" steht darauf. „Poison" heißt Gift auf Französisch, genau wie auf Englisch, das weiß ich, auch wenn Französisch nicht gerade mein Lieblingsfach ist. Und ohne, dass ich groß darüber nachdenke, beginne ich, wie eine Verrückte die neue weiße Stelle damit einzusprühen. Nach ungefähr zehn Stößen muss ich anfangen zu husten.

Beim Frühstück beschweren sich alle über den penetranten Geruch, der von mir ausgeht. Sie wissen natürlich von meiner Parfumsucht und sind daran gewöhnt, dass ich meistens ziemlich intensiv nach irgendwas rieche, aber so gebadet in Parfum haben sie mich auch noch nicht erlebt. „Seid doch froh, dass ich wenigstens nach Parfum rieche und nicht nach Käsefüßen, so wie Jan", sage ich. Er verpasst mir einen Seitenhieb. Ich wehre mich nicht. Das ist unter meiner Würde. „Seid lieb zueinander, heute ist Nikes Geburtstag! Da könnt ihr euch ja wohl ein Mal vertragen", sagt Mama vorwurfsvoll. Typisch Mama. Immer auf Harmonie aus. Mir ist aber nicht nach Friede, Freude, Eierkuchen - Geburtstag hin oder her. Nach dem Frühstück (in meinem Fall zwei Stücke Schneewittchentorte, obwohl ich doch gar keinen Hunger gehabt hatte), brechen Mama und ich zu einem Spaziergang auf. Vielleicht wird sich mein Giftgeruch dann ja etwas verflüchtigen und ich kriege meinen Frust in den Griff. Ich hole meinen Winterschal aus dem Schrank und mache ihn um. „Ist es nicht noch ein bisschen zu warm für einen Schal?", fragt Mama mich verwundert. „Nein", gebe ich patzig zurück. Als wir draußen sind, beschließe ich, den Schal doch wieder abzunehmen, weil mir damit viel zu heiß ist und zeige ihr die neue Stelle am Hals. Ich weiß auch nicht, warum ich das mache. Diesen mitleidigen Blick und diese Traurigkeit in ihren Augen, wenn ich ihr von einem neuen Vitiligofleck erzähle, kann ich immer nur schwer ertragen. „Ausgerechnet an deinem Geburtstag", sagt sie mit trauriger Stimme. Und da ist er auch schon wieder, dieser Blick. Ich weiß, sie wird jetzt versuchen, mich aufzumuntern. „Willst du deine Geschenke auspacken, wenn wir wieder zurück sind?" Na bitte. Ich nicke und versuche zu lächeln.

Ich bekomme einen Douglas-Gutschein, einen neuen Reithelm, zwei Bücher und einen Ring, den ich im Schaufenster bei Bijou Brigitte gesehen und mir gewünscht habe. Von Jan bekomme ich eine Handyhülle mit einem kleinen silbernen Pferd drauf. Das finde ich süß von ihm. Tatsächlich bauen mich die Geschenke ein wenig auf. Ich beginne, mich sogar ein bisschen auf die Familienfeier am Nachmittag zu freuen. Wir sind immer ziemlich viele. Papa hat zwei Schwestern und Mama einen Bruder und eine Schwester, meine Tante Monika. Fast alle haben Kinder und ich somit viele Cousinen und Cousins.

Richtig gut verstehe ich mich aber nur mit Leonie. Alle, bis auf Onkel Martin, den Bruder meiner Mutter, werden heute kommen. Er hat irgendeinen wichtigen Termin in seinem Museumsverein, wo er, als zweiter Vorsitzender, natürlich nicht fehlen darf. Darüber ist aber keiner traurig. Er ist nämlich ein absoluter Alptraum. Und er hat es geschafft, jedes einzelne Familienmitglied mindestens ein Mal in den Wahnsinn zu treiben.

Kurz vor 15 Uhr klingelt das Telefon. Mama geht ran. „Onkel Martin kommt doch. Seine Sitzung ist verschoben worden." Na toll. Wir sind gerade beim Kuchen essen, als es klingelt. „Ich geh' schon", sage ich und öffne die Tür. Dann ertrage ich die völlig erdrückende Umarmung, die Onkel Martin mir jedes Mal zuteilwerden lässt, wenn er mich begrüßt. „Nikilein, alles Liebe zum Geburtstag!", dröhnt seine Stimme durch das ganze Haus. Nikilein...noch so ein Ding der Unmöglichkeit. Er gibt mir mein Geschenk - wahrscheinlich wieder in Geschenkpapier eingepackte Pralinen, die ich nicht mag - und rauscht an mir vorbei ins Wohnzimmer. Dort geht seine One-Man-Show weiter und als ich durch die Tür trete, sehe ich schon die ersten Leute die Augen rollen. Leonie wirft mir einen gequälten Blick zu. Gerade, als ich mich wieder auf meinen Platz setzen will, um meinen Kuchen weiter zu essen (mein drittes Stück Schneewittchentorte heute), wendet er sich mir wieder zu. Oh nein. Was ist denn jetzt noch?! „Nikilein, nun bist du schon 14 Jahre alt. Ein richtiges *Fräulein* sozusagen. Man könnte auch sagen ein *Backfisch*." Er gluckst vor sich hin. Da ich alle Nesthäkchen-Bücher meiner Mutter gelesen habe, weiß ich, dass Backfisch ein sehr altes Wort für Teenager ist. Dennoch ist mir schleierhaft, was er eigentlich von mir will. „Ja, und?", frage ich genervt. Er blickt mich bestürzt an. Findet er mich unhöflich? Sein Problem! Wenn er solchen Unsinn von sich gibt. Aber dann bemerke ich, dass er mir gar nicht in die Augen, sondern auf den Hals schaut. Nicht irgendwohin. Sondern auf meinen neuen Vitiligofleck. Ich werde rot. Fiebrige Hitze strömt sofort durch meinen ganzen Körper. Meine Hände werden feucht. Immer noch klebt sein Blick an meinem Hals. Seine kleinen blauen Schweinsaugen wollen einfach nicht woandershin schauen. Und als sich sein Mund öffnet, wünsche ich mir, dass seine Stimme versagt und er plötzlich stumm wird. Doch das Leben ist kein Wunschkonzert. „Nikilein!", seine Stimme dröhnt so laut durch den ganzen Raum, dass alle aufhören zu reden und es ganz still wird. „Mein armer kleiner Nikispatz, du bist ja jetzt wirklich von Kopf bis Fuß befleckt. Das ist ja furchtbar. Gut, dass du so hellhäutig bist, wie deine Urgroßmutter Elsbeth, da sieht man das Elend wenigstens nicht ganz so doll. Das muss aber sehr schwer für dich sein, jetzt, wo du doch eine junge Dame bist und auch die Herren der Schöpfung ein wenig beeindrucken willst, oder?" Ungläubiges Schweigen. Hat er das gerade tatsächlich gesagt? „Martin, musste das jetzt sein?", fragt meine Mutter vorwurfsvoll. „Setz' dich jetzt einfach hin und iss' ein Stück Kuchen. Und halt' vor allem den Mund." Da sie wirklich sehr ärgerlich geklungen hat, macht Martin, was sie ihm gesagt hat, obwohl er offenbar überhaupt nicht versteht, was er falsch gemacht hat. Ich bin zur Salzsäule erstarrt. Da musst du drüber stehen, versuche ich mir selbst einzureden. Er ist nun mal so, völlig unfähig, sich in andere hinein zu versetzen. Nimm' es nicht ernst.

Doch das Schlimme ist ja, dass er recht hat. Absolut recht. Ich bin entstellt. Verunstaltet. Von Kopf bis Fuß befleckt. So wie er gesagt hat. Niemals wird mich ein Junge schön finden. Ich denke an SNAFU und daran, was er über meine kurzen Haare gesagt hat, obwohl er weder mich noch ein Foto von mir gesehen hat. Ich schaffe es nur noch, meine schwitzigen Hände zu Fäusten zu ballen, die Tränen, die bereits meine Augen zu überschwemmen drohen, zurückzuhalten und erhobenen Hauptes zur Tür zu gehen. Alle Blicke folgen mir. Und dann renne ich nach oben in mein Zimmer. Gehe zu meinem Bett, schlüpfe unter die Decke und mache mich so klein wie nur möglich. Zum zweiten Mal an diesen Tag. Am liebsten wäre ich unsichtbar. Die Tränen laufen und laufen. Ich bin nicht mal wütend auf meinen Onkel. Dazu habe ich gar keine Kraft. Und außerdem ist er ja nur ehrlich gewesen. Wahrscheinlich denkt jeder Einzelne meiner gesamten Familie, dass ich niemals einen Kerl abkriege, so wie ich aussehe. Nur spricht es eben keiner aus. Weil man sowas nicht macht. Die Wahrheit tut weh. Ich schluchze in meine Bettdecke und fühle mich leer und unendlich traurig. Warum habe ich Vitiligo? Warum nicht Josephine? Oder Eileen? Oder irgendwer anders? Warum ich?! Was habe ich getan, dass ich so aussehen muss? Auch wenn es gemein ist, wünsche ich in diesem Moment allen anderen diesen Fluch an den Hals. An den Hals. Haha. Im wahrsten Sinne des Wortes. Ich berühre die neue weiße Stelle und kratze mit meinen Fingernägeln darüber. Ich tue mir selbst furchtbar weh, vielleicht blute ich schon, aber das ist mir egal. Ich höre erst auf, als Mama in mein Zimmer kommt und sich auf meine Bettkante setzt. Meine Haut brennt. „Mein Schatz", sagt sie leise und sehr vorsichtig. „Das war furchtbar, was Martin zu dir gesagt hat. Es tut mir so leid. Wäre seine Scheißsitzung doch bloß nicht ausgefallen." Mama benutzt eigentlich nie Schimpfwörter. Sie ist also richtig wütend. „Ich sollte ihn rausschmeißen." „Nein, mach' das nicht", nuschele ich unter der Decke. „Bitte zwing' mich nur nicht, da wieder runterzugehen. Ich will einfach nur hier bleiben und die anderen alle nicht mehr sehen." „Aber..." Ich ziehe mir die Decke vom Gesicht und blicke sie an. Tränenüberströmt wie ich bin. „Bitte, Mama. Ich kann nicht." Es muss wohl die Verzweiflung in meinem Gesicht sein, denn sie sagt leise: „Okay. Ich gucke nachher wieder nach dir." „Vielleicht kann Leonie ja hoch kommen?" Sie nickt. Zum Glück hat sie meine rot gekratzte Stelle nicht gesehen. Kurz darauf kommt Leonie rein. Sie sieht wütend aus. Ihre roten Locken stehen wild in alle

Richtungen ab, wie elektrisiert. „Dieser Widerling! Unfassbar, dass wir so ein unsensibles Arschloch unseren Onkel nennen müssen!" Sie knallt die Tür hinter sich zu und setzt sich an das Ende meines Bettes. „Dem habe ich was erzählt, nachdem du raus gegangen bist! Mama musste mich zum Schweigen bringen, indem sie mir ein Riesenstück Raffaellotorte in den Mund geschoben hat, aber sie fand's natürlich auch unmöglich, was Martin da von sich gegeben hat." Sie atmet laut ein und wieder aus. Dann blickt sie mich prüfend an. „Bist du okay? Du darfst dir das nicht zu Herzen nehmen, was er gesagt hat, das weißt du, oder?" Ich nicke. „Sag' mal, warum riechst du heute eigentlich so, als hättest du Douglas überfallen?", fragt sie plötzlich und hält sich die Nase zu. „Hab' versucht, mir einen neuen Vitiligofleck mit Parfum wegzuätzen." Leonie blickt mich erstaunt an. „Du hast wieder einen neuen Fleck entdeckt? Ausgerechnet heute? Oh man...weißt du was? Lass' uns abhauen, du musst hier raus." Sie reißt mir - trotz meines Protests - die Decke weg und schon schleichen wir wie zwei Indianer auf leisen Sohlen durchs Haus in den Keller. Wir hören die Stimmen aus dem Wohnzimmer, treffen aber niemanden und schwupps sind wir durch die Kellertür raus und keiner hat's bemerkt. Ich schnappe mir mein Rad, Leonie nimmt sich Jans Fahrrad und wir rasen in einem Affenzahn die Straße runter. Es tut gut, den Fahrtwind im Gesicht zu spüren. Für Oktober ist es ziemlich warm heute, fast schwül. Wahrscheinlich gibt es nachher noch Regen.

Kurze Zeit später geht es los. Von einer Sekunde auf die andere gießt es wie aus Kübeln. Leonie und ich schreien und lachen und treten wie wild in die Pedale, fahren Zick Zack und ich beschließe, dass das bis jetzt der schönste Moment des heutigen Tages ist.
Ein paar Minuten später stehe ich völlig durchnässt vor der Box der großen Susi und beobachte, wie sie seelenruhig ihr Heu frisst. „Hey", flüstere ich. „Ich hab' heute Geburtstag. Willst du mir gratulieren?" Susi blickt auf und als sie sich auf mich zu bewegt und mir dann liebevoll mit der Nase an die Schulter stupst und mich nach Leckerlis durchsucht, finde ich meinen neuen Fleck am Hals und das, was Martin gesagt hat, gar nicht mehr so schlimm.
Leonie und ich setzen uns auf die Heuballen, die direkt neben der Sattelkammer liegen und lauschen dem gleichmäßig aufs Dach prasselnden Regen und den leisen, beruhigenden Geräuschen der Pferde. Plötzlich zieht Leonie einen leicht geschmolzenen und durchnässten Fair Trade-Schokoriegel aus ihrer Hosentasche und hält ihn mir hin. „Hälfte Hälfte?" Ich lächele. „Du hast auch immer mindestens einen davon in der Tasche, oder?" „Mindestens." Ich beiße ein Stück ab. Dann sage ich: „Warum isst du eigentlich nur Fair Trade-Schokolade?" „Erstens: Weil's besser schmeckt als der ganze Industriescheiß. Zweitens: Weil ich auf diese Weise wenigstens einen kleinen Beitrag für mehr Gerechtigkeit in dieser beschissen

ungerechten Welt leisten kann." „Willst du nach der Schule immer noch nach Afrika?" „Auf jeden Fall. Wenn ich das Medizinstudium schaffe, dann arbeite ich danach vielleicht für Ärzte ohne Grenzen." Ich blicke sie bewundernd an. Leonie weiß immer genau, was sie will. Ganz anders als ich. „Und weißt du inzwischen, was du machen willst?" Ich schüttele den Kopf. Dann sage ich zweifelnd: „Bücher schreiben?" Leonie guckt skeptisch. „Ist doch eine brotlose Kunst. Du wirst Hautärztin und findest ein Mittel gegen Vutikigo." „Vitiligo heißt das." „Weiß ich doch! Mein Wörterbuch aufm Handy macht aber immer Vutikigo draus, wenn ich dir schreibe. Und mein Wörterbuch hat immer recht." Sie grinst mich an. „Wie läuft's eigentlich mit der Bestrahlung?" „Die Fahrerei jede Woche ist nervig, für Mama ist das auch ganz schön stressig, immer nach der Arbeit mit mir dahin zu gurken. Ansonsten habe ich ehrlich gesagt nicht das Gefühl, dass sich bisher irgendwas getan hat..." Ich denke an meinen neuen Fleck. „Bestimmt bist du einfach nur noch nicht lange genug dabei. Kommst du morgen eigentlich mal wieder mit zum Schwimmen?" „Nein." „Was kann ich tun, um dich zu überreden?" „Nichts." „Aber mit deiner neuen Frisur dauert das nervige Fönen ja auch nur noch halb so lang!" „Schwaches Argument." Ob sie wegen der Haare etwas ahnt? Scheinbar nicht. Ich habe allen erzählt, dass ich Lust auf eine Veränderung gehabt hätte. Verfluchte Hexen-Gang. Ich lehne mich an Leonie und lege den Kopf auf ihre Schulter. „Was würde ich ohne dich eigentlich machen?" „Keine Fair Trade-Schokolade essen und nicht Hautärztin werden." „Du bist meine Lieblingscousine, weißt du das?" „Das will ich aber auch schwer hoffen."

Wir sitzen eine Weile schweigend einfach so da, als plötzlich etwas an meinem Bein vibriert. Leonies Handy. Sie zieht es aus ihrer Hosentasche. „Oh oh, vier verpasste Anrufe. Ich gehe mal lieber ran." Sie telefoniert. Ich habe wegen unseres überstürzten Aufbruchs gar kein Handy dabei, aber Leonie hat ihres grundsätzlich immer in der rechten Hosentasche. „Das waren meine Eltern, sind ziemlich sauer, dass wir nicht gesagt haben, wo wir hin wollen und einfach abgehauen sind. Sollen sich mal nicht so anstellen, wir sind schließlich keine Kleinkinder." Ich habe sofort ein schlechtes Gewissen. Leonie seufzt. „Jedenfalls kommen uns meine miesen, fiesen Erzeuger nicht mal abholen. Wir sollen durch den Regen zurückkommen und zwar sofort. Als Strafe sozusagen." Leonie grinst. Warum bloß?! Ich bin schon total durchgefroren und die Aussicht, jetzt noch mal durch den Regen zu fahren, finde ich nicht gerade erbaulich. Sie zieht zehn Euro aus der Hosentasche. „Wir lassen die Räder hier und bestellen uns ein Taxi." „Quatsch! Nimm' das Geld lieber für..." „Keine Widerrede! Heute ist dein Geburtstag und das ist mein Geschenk für dich." „Du hast mir doch schon was ge..." „Ruhe jetzt."
Fünf Minuten später sitzen wir im Taxi nach Hause.

Wie zwei Königinnen lassen wir uns durch die Stadt chauffieren. Wir sagen dem Fahrer, dass er uns etwas früher raus lassen soll, damit unsere Eltern nichts mitkriegen. Aber spätestens wenn Jan demnächst sein Fahrrad sucht oder ich zu Fuß zur Reitstunde laufe, werden sie auf alle Fälle Fragen stellen. Egal.
Nach einer kleinen Standpauke bekommen wir einen warmen Kakao und überreden unsere Eltern, dass Leonie bei mir schlafen darf. Alle anderen Gäste sind inzwischen weg und bald fahren auch Leonies Eltern nach Hause.

Als wir ein paar Stunden später beide in meinem Zimmer liegen, ich im Bett, Leonie auf der Luftmatratze, sagt Leonie: „Ich hab' neulich Luca geküsst." „Waaaas? Warum? Äh, ich meine WO? Und wie war's?" „Weil er verdammt süß ist, auf der Geburtstagsfeier von Elsa, nass und wahnsinnig schön." Ich denke an das, was Martin heute zu mir gesagt hat. Ich werde wohl für immer ungeküsst bleiben. „Seid ihr jetzt zusammen?", frage ich. „Weiß nicht, aber er schreibt mir seitdem dauernd." Leonie gähnt. „Das ist doch schon mal ein gutes Zeichen", sage ich und gähne auch. „Na dann: Süße Träume. Aber wehe, du fängst im Schlaf an zu stöhnen und seinen Namen zu rufen. Dann schmeiß' ich dich raus!" Leonie kichert und kurze Zeit später ist sie eingeschlafen. Ich weiß nicht warum, aber ich liege noch länger wach, obwohl ich todmüde bin, und denke an SNAFU. Seit unserem Chat neulich haben wir noch oft geschrieben, kaum in der Gruppe, meistens nur wir zwei. Ich mache mein Handy noch mal an und schreibe *Bist du noch wach?*. Als nach drei Minuten noch keine Antwort gekommen ist, mache ich es wieder aus und lege es auf den Nachttisch. „Gute Nacht SNAFU", murmele ich im Halbschlaf und hoffe, dass wir morgen wieder schreiben werden.

KAPITEL 18

Beduselt

Eine moderne Penthousewohnung mit riesiger Dachterrasse. Alle Möbel weiß, ebenso wie die Wände. Grauer Steinfußboden. Blanke, glänzende Flächen überall, Bilder mit abstrakten Motiven an den Wänden. Auf dem Sideboard neben dem riesigen Flachbildfernseher zwei silberne Bilderrahmen. In dem einen ein Bild von Mio, in dem anderen eins von Leo. Mio ist lange nicht hier gewesen. Nach seinem Geburtstag hat er sich geweigert, seinen Vater zu besuchen. Das ist das erste Mal, dass er wieder hier ist, seit über zwei Monaten. Heute, am 31. Dezember. Es gab lange Diskussionen mit seiner Mutter, aber schließlich hat er eingewilligt, Silvester mit seinem Papa, Leo, einem Freund von Leo und dessen Papa zu feiern. Mios Mutter wird zu Hause mit ein paar Freundinnen feiern. Da wäre er lieber. Und das will was heißen. Eigentlich ist er jetzt nur hier, damit er seine Ruhe hat. Sie hat nämlich so sehr auf ihn eingeredet, dass er irgendwann die Nase voll gehabt und nachgegeben hat. Immer wieder hat sie gesagt: „Bitte, Mio. Schau' mal, natürlich war das absolut daneben, was dein Vater an deinem Geburtstag gemacht hat, aber es tut ihm leid, das weißt du doch. Sie wird nicht da sein. Nicht versteckt auf dem

Rücksitz in seinem Auto und auch nicht in seiner Wohnung. Er hat es versprochen." „Dass du das so gelassen hinnehmen kannst, dass er diese ... Frau mit zu uns gebracht hat! Dich müsste das ja noch viel wütender machen als mich!", hat er erwidert. „Wut bringt uns alle nicht mehr weiter in dieser Situation. Ich weiß, dass das schwer ist, auch für mich, weißt du. Aber glaub' mir, es führt zu nichts. Und egal, was er getan hat oder tut, er wird dich immer lieben und immer dein Papa sein." „Ja, leider", hat er gemurmelt. Letztlich hatten sie sich darauf geeinigt, dass er nur den Abend und die Silvesternacht mit Leo bei seinem Papa verbringen würde. Gleich morgens würde sie sie dann wieder abholen. Und jetzt ist er hier. Leo und sein Kumpel Ben spielen Verstecken, die Väter sitzen, jeder mit einem Bier in der Hand, auf dem Sofa. Mio sitzt etwas abseits im Sessel. Wenn er nicht aus dem Fenster starrt, spielt er an seinem Handy rum. Er hat noch nicht viel mit seinem Vater gesprochen an dem Abend und er hat auch nicht vor, es noch zu tun. Schon vor der Aktion an seinem Geburtstag hat er eine Riesenwut auf ihn gehabt, aber das war einfach zu viel gewesen. Und jetzt sitzt er hier lachend und großspurig auf seinem Luxussofa in seiner schnieken Penthousewohnung. Bestimmt wird er morgen mit der Schlampe zu Mittag essen. In irgendeinem Schickimickiladen. Denn das ist jetzt sein Leben. Ein Leben, von dem Mio überhaupt kein Teil sein will. Als es klingelt, öffnet er und nimmt die Pizzalieferung an. Beim Essen schweigt er, was nicht groß auffällt, weil

Leo und Ben ununterbrochen reden. Hinterher trägt er das Geschirr in die Küche, sein Vater folgt ihm, ebenfalls mit Tellern und Besteck auf dem Arm. „Mio", sagt er, „ich sage es dir noch mal: Es tut mir sehr, sehr leid. Ich hätte sie nicht mit zu euch bringen dürfen. Das sehe ich jetzt ein. Aber du musst einfach verstehen, dass La..." „Ich will den Namen der Schlampe überhaupt nicht wissen! Glaubst du wirklich, das interessiert mich?!", schreit Mio ihn an. Sein Vater geht einen Schritt auf ihn zu, sieht einen Moment so aus, als wolle er ihn ohrfeigen, bremst sich dann aber doch. „Nur zu!" Mio blickt ihn herausfordernd an. „Nenn' sie nicht so." Er atmet tief ein und aus. Fährt sich mit den Händen durch die Haare. „Ich verbiete dir, so zu reden!" „Du verbietest mir gar nichts mehr. Du hast uns im Stich gelassen, uns alle. Und nur, weil du gerne noch ein Mal im Monat für zwei Tage mein Vater sein willst, heißt das nicht, dass ich das mitmache." Gerade, als sein Vater noch etwas sagen will, betritt Leo die Küche. „Alles ok? Warum hat Mio geschrien? Streitet ihr euch?" Sofort hat Mio ein schlechtes Gewissen. Leo hängt immer noch sehr an seinem Papa und er weiß überhaupt nichts von der anderen Frau. „Ist schon gut, Leo. Lass' uns noch was spielen, ja?" Mio wirft seinem Vater einen bitterbösen Blick zu und geht dann ins Wohnzimmer, um mit den Jungs eine Runde „Das verrückte Labyrinth" zu spielen. Sein Vater bleibt noch einen Moment in der Küche. Als er auch wieder ins Wohnzimmer kommt, riecht er stark nach Ouzo.

„Saufen tut er jetzt also auch noch", denkt Mio verächtlich. Nach dem Spielen schauen sie sich alle zusammen *Rogue One: A Star Wars Story* an, doch er kann sich überhaupt nicht auf den Film konzentrieren und würde sich lieber wegbeamen.

Um Mitternacht steht Mio alleine auf der Dachterrasse. Alle anderen sind mit dem Fahrstuhl nach unten gefahren, um ein paar Böller zu zünden. Er schaut sich das Feuerwerk an. Wahnsinnsausblick von hier oben. Fast hätte er dieses Silvester überhaupt nicht erlebt. Nur er und Kathrin wissen davon. In der letzten Sitzung hat er es ihr erzählt. Niemals wird er mit jemand anderem darüber reden können, das weiß er. Auch das mit dem Edding und der Scheiße hat er ihr erzählt. Sie hat sehr genau zugehört. Als er fertig gewesen ist, hat sie gesagt, dass sie sehr froh sei, dass er sich dazu entschlossen habe, dem Leben trotz dieser furchtbaren Erlebnisse noch mal eine Chance zu geben. „Ich finde es außerdem sehr gut, dass du deine Mutter um einen Schulwechsel gebeten hast. Und dass du mit einem Sport angefangen hast, wo du regelmäßig und gerne hin gehst. Das tut dir offensichtlich sehr gut! Du hast gezeigt, dass du Mut besitzt, obwohl es dir so schlecht ging. Du hast dein Leben in die Hand genommen. Und davor habe ich großen Respekt." Sie hat ihn sehr ernst angesehen und dann noch hinzu gefügt: „Mio, wenn du dich trotzdem irgendwann wieder so fühlen solltest, wie in dem Moment, als du zu den Gleisen gegangen bist - was ich wirklich nicht hoffe - dann rufst du mich bitte sofort auf meinem Notfall-Handy an. Und wenn du mit mir nicht sprechen magst, dann ruf' bitte die Nummer der Notfall-Seelsorge an. Dort ist immer jemand erreichbar, 24 Stunden lang." Sie hat ihm einen Zettel mit den beiden Nummern gegeben und ihn gebeten, ihn sofort in sein Portemonnaie zu tun, in das Reißverschlussfach, wo er ihn schnell finden kann. Für den Fall der Fälle.

Eine grüne Explosion rechts von ihm. Kleine rote Blitze direkt über seinem Kopf. Er muss an das Lied „Wind of Change" von den Scorpions denken, das sie gerade im Musikunterricht analysiert haben. Es ist zwar schon alt und in einer ganz anderen Zeit entstanden, aber auch er fühlt ihn in diesem Moment, den „Wind of Change". Tief in sich drin. Die Wunden in seinem Inneren sind noch nicht verheilt, würden es vielleicht niemals ganz sein. Und die Situation mit seinem Vater ist auch alles andere als leicht. Aber die neue Schule ist besser als die alte Schule und das Basketballspielen gibt ihm viel Kraft. Es macht ihn stärker, selbstbewusster. Und da ist ja auch noch sein Kumpel Nick, mit dem er sich seit einiger Zeit auch außerhalb des Basketballtrainings trifft. All' das hat ihm das Gefühl gegeben, wieder ein relativ normales Leben führen zu können. Nein, er würde sich nicht wieder auf die Gleise legen. Wie Kathrin gesagt hat, hat er sich dazu entschieden, dem Leben noch eine Chance zu geben. Er ist bereit für das neue Jahr. Auf dem Wohnzimmertisch stehen noch zwei halbvolle Sektgläser. Er beschließt, dass er mit 15 alt genug ist, um das neue Jahr mit Sekt zu feiern. Er denkt an den Ouzo, nach dem sein Vater gerochen hat. „Wie der Vater, so der Sohn", murmelt er vor sich hin und grinst. Schnell leert er die beiden Gläser und spürt sofort, wie ein angenehmes Kribbeln durch seinen ganzen Körper schießt. Leicht beduselt wankt er dann in das Gästezimmer, zieht sich bis auf seine Boxershort aus und krabbelt in seinen Schlafsack. Bevor er einschläft, summt er leise „Wind of Change" vor sich hin. Als die anderen wieder hoch kommen und Leo sich neben ihn auf die Matratze legt, ist er längst tief und fest eingeschlafen.

KAPITEL 19

Berauscht

Glitzernde Weihnachtsdeko im ganzen Haus. Sterne, rote und goldene Girlanden, Zweige. Große rote Kerzen auf dem Adventskranz. Der Duft von selbst gebackenen Plätzchen. Mama hat ihre Weihnachts-lieder-CD hervor geholt und sie läuft in Dauerschleife bei uns im Wohnzimmer. Am schönsten finde ich *Jingle Bells* und *Leise rieselt der Schnee*. Ich bin mit Leonie einige Male auf dem Weihnachtsmarkt gewesen und habe Schokobananen und Schmalz-kuchen gegessen. Ich liebe die Weihnachts-zeit nicht nur wegen all' dieser Dinge so sehr, sondern auch, weil ich viel seltener an meine Vutikigoflecken denke. Da ich im Winter natürlich blasser bin als im Sommer, fallen sie viel weniger auf und außerdem trage ich, genau wie alle anderen, warme Sachen und mummele mich immer von Kopf bis Fuß ein.

Kurz vor Beginn der Weihnachtsferien waren wir mit der ganzen Klasse auf dem Weihnachtsmarkt. Eigent-lich sollten wir ja in Dreiergruppen gehen, aber mit mir, der liebsten Feindin von Eileen und Co, wollte sowieso keiner gehen. Ich bin einfach alleine los gezogen. Haben die Lehrer nicht bemerkt. Die standen sofort beim Glühweinstand und haben gar nichts mehr mitgekriegt. Seit der Rapunzel-Aktion hat mich die Hexen-Gang völlig ignoriert. Entweder haben sie inzwischen ein anderes Hobby gefunden oder ihnen fällt jetzt nichts mehr ein, womit sie mich schikanieren können. Whatever. Ich habe Leonie, meine Mädels vom Reiten und…SNAFU. Beim Gedanken an ihn wird mir immer ganz warm und in meinem Bauch kribbelt es. Ihm kann ich immer sagen, wie ich mich gerade fühle und er versteht es sofort. Er erzählt gar nicht viel von sich, meistens schreibe ich viel mehr als er, aber irgendwie hat er immer die richtigen Worte parat.

Als ich alleine über den Weihnachtsmarkt gelaufen bin und voller Vorfreude auf Weihnachten die schön geschmückten Buden und die große Pyramide in der Mitte des Marktes bestaunt habe, habe ich auch an SNAFU gedacht. Ich habe mir gewünscht, dass er neben mir herläuft und meine Hand hält. Doch stattdessen sah ich plötzlich meine Mutter auf einer Bank im Park sitzen. Sie hat geraucht, was sie ewig nicht getan hat, und sah sehr unglücklich aus. Wenn es etwas gibt, was ich abgrundtief verabscheue, dann ist das Rauchen. Es ist eklig und tödlich. Voller Wut im Bauch fragte ich mich, warum in aller Welt sie diese widerliche Zigarette in der Hand hielt. Ich bin ich zu ihr hin gegangen und sie war genauso überrascht, mich hier zu sehen wie ich sie. „Was machst du denn hier ganz alleine?! Du müsstest doch in der Schule sein!" „Heute machen wir doch den Ausflug zum

Weihnachtsmarkt. Weißt du nicht mehr? Du hast den Zettel unterschrieben, dass ich mitdarf." Mama blickte mich zerstreut an und sagte: „Ja, ach ja. Stimmt. Wieso bist du alleine?" „Bin ich gar nicht, die zwei anderen Mädels, mit denen ich unterwegs bin, sind da vorne", log ich. „Da gehe ich auch gleich wieder hin. Ich hab' dich gesehen und wollte dich nur schnell fragen, warum du nicht in der Buchhandlung bist - und warum du rauchst." Meine Mutter blickte verwirrt auf die brennende Zigarette in ihrer Hand, lief rot an, drückte sie schnell aus und warf sie in den Mülleimer neben der Bank. „Ich, äh, ich...ich mache gerade Mittagspause." „Um 11.00 Uhr?!" Ich blickte sie skeptisch an. „Ja!", fuhr sie mich an. Ich zuckte zusammen. „Entschuldige, ich bin heute nicht so gut drauf. Ich muss jetzt auch wieder los. Bis nachher, mein Schatz!" Sie nahm mich kurz in den Arm und weg war sie. Aber sie lief überhaupt nicht in Richtung der Buchhandlung, wo sie arbeitete, sondern quer durch den Park. Völlig verwirrt blieb ich dort zurück und musste mich erst mal auf die Bank setzen. Eigentlich hätte ich in dem Moment auch einen Glühwein gebrauchen können. Oder eine Zigarette.

Das ist jetzt schon über eine Woche her und egal, wie oft ich versucht habe, sie noch einmal darauf anzusprechen - sie blockt jedes Mal sofort ab und wechselt das Thema oder muss ganz schnell irgendwas erledigen. Die Weihnachtstage liegen hinter uns und wie jedes Jahr haben wir alle zu viele

Kekse gegessen und die Tage im Schlafanzug am Weihnachtsbaum verbracht und uns mit unseren Geschenken beschäftigt. Oma und Opa sind drei Tage zu Besuch gewesen und da wir sie nur noch selten sehen, seit sie ans Meer gezogen sind, freuen Jan und ich mich uns immer sehr, wenn sie an Weihnachten kommen. Oma und ich unterhielten uns jeden Abend sehr lange am Weihnachtsbaum, bis die Kerzen runter gebrannt waren. Ich muss immer wieder an einen Satz denken, den sie gesagt hat: „Wenn du denkst, es geht nicht mehr, kommt von irgendwo ein Lichtlein her." Ich weiß gar nicht mehr, in welchem Zusammenhang das eigentlich war. So einfache Worte, die doch so tröstlich sind. Vor allem, weil Oma sie gesagt hat.

Ich habe von ihr eine wunderschöne Ausgabe von Grimms Märchen mit Ledereinband bekommen. Eigentlich sitze ich seit der Abreise meiner Großeltern jeden Abend am Weihnachtsbaum und lese darin. Doch heute, am 31.12., lese ich etwas anderes. Und zwar schon zum bestimmt hundertsten Mal. Es ist ein Artikel aus der ZEIT. Natürlich habe ich als angehende Autorin diese Zeitung abonniert und lese sie stets mit Begeisterung - nein, Scherz. Ich muss für Deutsch in den Weihnachtsferien ein Referat vorbereiten. Jeder hat eine Zeitung zugewiesen bekommen, über die er vor der Klasse sprechen soll. Als Vorbereitung habe ich mir die letzten vier Ausgaben besorgt und arbeite sie jetzt durch, damit ich etwas über die inhaltlichen Schwerpunkte, Struktur, Sprache bla bla bla sagen kann - was Lehrer eben so hören wollen. Doch seit ich diesen Artikel entdeckt habe, kann ich mich auf nichts anderes mehr konzentrieren. *Hautkranke. Heilungserfolge. Kur. Israel. Totes Meer.* Immer wieder springen mich diese Worte an und immer wieder fällt mein Blick auf das große Foto einer jungen Frau, die im Toten Meer badet und fröhlich in die Kamera lächelt. Es wird darüber berichtet, dass Patienten mit Neurodermitis, Schuppenflechte und Vitiligo große Heilungserfolge während einer Kur am Toten Meer in Israel erlebt haben. Ich habe davon noch nie vorher gehört, weder von einem der zahlreichen Ärzte, bei denen wir schon gewesen sind, noch in meiner Vitiligo-Gruppe. Ich nehme mir vor, SNAFU zu fragen, ob er irgendwas darüber weiß. „Nike!" Ich höre nichts. Bin immer noch völlig versunken in den Artikel. „NIKE!!" Ich zucke zusammen. „Was ist denn?" „Es ist jetzt gut mit Lesen, komm' bitte in die Küche und hilf' mir, das Raclette vorzubereiten." Ich rolle mit den Augen. „Nichts lieber als das", murmele ich und schlurfe in die Küche. Eigentlich hatte ich mich weigern wollen, aber ich weiß, dass es keine gute Idee ist, Mama an Silvester wütend zu machen. Wir schnippeln Tomaten, Gurken, Radieschen und Pilze klein. Füllen Mais, Ananas und Mandarinen in kleine Schüsseln und bereiten Platten mit Salami, Schinken und Käse vor. Schälen Kartoffeln. Und rühren eine Quarkspeise als Nachtisch an. Leonie wird mit ihren Eltern kommen und ich freue mich schon auf den Abend. Wir feiern jedes Jahr Silvester zusammen und es ist immer schön und lustig.

Als wir mit allem fertig sind, setzen wir uns mit zwei Tassen Rotbuschtee an den Küchentisch.

Das ist meine Chance. Ich stehe auf und hole den Artikel aus dem Wohnzimmer. Mama blickt mich fragend an. „Lies' bitte", sage ich nur und lege ihn vor sie auf den Tisch. Während sie liest, beobachte ich sie und mir fällt auf, wie müde sie aussieht. Ob sie noch mal geraucht hat? Jedenfalls nicht hier zu Hause. Erst wollte ich mit Papa über unsere komische Begegnung im Park reden, habe mich dann aber doch dagegen entschieden. Sie soll mir selbst erklären, was los ist. Aber jetzt will ich wissen, was sie über den Artikel denkt.

„Und?", frage ich ungeduldig. „Was sagst du dazu?" Mama runzelt die Stirn. „Ich habe noch nie davon gehört und wundere mich ein bisschen, dass Doktor Adler uns gar nichts von dieser Möglichkeit erzählt hat." „Ja, das habe ich auch sofort gedacht. Komisch, oder? Aber klingt das nicht total gut?" Ich blicke sie erwartungsvoll an. Sie sagt nichts. „Mama? Fliegen wir nach Israel nächsten Sommer?" Sie zuckt regelrecht zusammen, als ich das sage, und weicht meinem Blick aus. „So einfach ist das nicht. Man muss zum Amtsarzt und eine Kur beantragen und selbst wenn die genehmigt wird, muss man noch sehr viel selbst bezahlen und..." „Und...WAS?!", schreie ich. Meine euphorische Stimmung ist von einer Sekunde zur anderen ins Gegenteil umgeschlagen. Wieso benimmt sie sich so? Das verstehe ich nicht! Normalerweise müsste sie ausflippen vor

Begeisterung, dass ich auf diesen Artikel gestoßen bin. SIE hat mich doch vor ein paar Monaten in die Hautklinik gefahren und darauf bestanden, dass wir nicht aufgeben und nach neuen Behandlungsmöglichkeiten suchen. Und jetzt fährt sie mich jede Woche zur Bestrahlung. Und die Kur in Israel will sie nicht mal in Betracht ziehen? „Lass' uns den Artikel beim nächsten Termin zu Doktor Adler mitnehmen und ihn fragen, was er denkt, okay?", sagt sie leise und sieht mich fast bittend an. Meine Wut ebbt schlagartig wieder ab und ich schäme mich, dass ich mich so aufgeregt habe. „Okay." Es folgt ein Moment unbehaglichen Schweigens. „Du sagst mir auch heute nicht, warum du neulich geraucht hast und überhaupt nicht zur Buchhandlung, sondern ganz woandershin gegangen bist, oder?" Sie springt auf. „Ach, die Kartoffeln sind bestimmt schon viel zu weich! Ich muss ganz schnell das Wasser abgießen!" Natürlich muss sie das. Während sie mir den Rücken zudreht, seufze ich laut und schüttele dann den Kopf.

Als ich in meinem Zimmer nach einem passenden Outfit suche, überschlagen sich die Gedanken nur so in meinem Kopf. Israel, denke ich. Israel. Das klingt wirklich wunderschön, verheißungsvoll. Ich will mich trotzdem nicht zu sehr rein steigern in diese Idee. Schon gar nicht nach Mamas Reaktion vorhin, die ich immer noch nicht verstehe. Eigentlich habe ich gedacht, dass es, abgesehen von der Bestrahlung, keine anderen Möglichkeiten mehr gibt, die ich ausprobieren kann. Gibt es scheinbar aber doch. „Während der Kur können bei den Patienten schon nach kurzer Zeit Veränderungen der Haut beobachtet werden. Die Ärzte der Hautklinik stehen jederzeit mit Rat und Tat zur Seite." So steht es in dem Artikel. Ich beginne zu summen und ziehe das rote Kleid an, das ich mir ausgesucht habe. Noch einen Spritzer „Touch of Pink" und fertig. Kurz darauf klingelt es auch schon und ich laufe runter, um Leonie und ihren Eltern die Tür auf zu machen.

Nach dem Essen lässt Leonie sich auf mein Bett plumpsen und sagt: „Ich glaube, du musst morgen dein Zimmer streichen." „Wieso?" „Weil ich gleich platzen werde und das wird eine Riesensauerei." Ich lache. Wir haben beide genau zehn Raclettepfännchen gegessen.
Jetzt sind wir in meinem Zimmer, um ungestört zu reden. Ich erzähle ihr von dem Zeitungsartikel und davon, dass wir vielleicht im Sommer nach Israel fliegen, wenn die Kur genehmigt wird und wenn meine Mutter wieder zur Vernunft kommt. „Das klingt ja cool!", sagt Leonie. „Israel, krass. Das ist ganz schön weit weg. Aber ist das nicht auch ziemlich gefährlich? In den Nachrichten berichten sie ja immer von Anschlägen und so..." „Ja, das stimmt. Aber ich denke, in dem Kurort, wo die ganzen Touristen und Hautkranken sind, ist es sicher." „Das will ich auch hoffen." Wir surfen noch ein bisschen mit unseren Handys im Internet und lesen uns gegenseitig Fakten

über Israel vor. Einwohnerzahl: ca. 9 Millionen; Amtssprachen: Hebräisch und Arabisch; Staatsform: Parlamentarische Republik...

„Wo genau liegt Israel eigentlich?", fragt Leonie plötzlich. Wir gucken bei *Google Maps*. „Guck' da! Oh, wie klein und niedlich ist das denn? Und da ist der Libanon, siehst du? Syrien ist auch nicht weit weg und Jordanien liegt genau gegenüber, wenn ich das richtig sehe." „Siehst du richtig. Und hier, siehst du die kleine blaue Fläche? Das ist das Tote Meer." „Im Artikel steht, dass der Salzgehalt vom Toten Meer so hoch ist, dass man oben treibt, wie die Frau auf dem Foto. Heißt es deshalb Totes Meer? Weil man wie tot auf dem Wasser liegt und gar nicht richtig schwimmen kann?" Leonie grinst. „Könnte sein und vielleicht auch, weil keine Tiere oder Pflanzen darin überleben. So ein Meer gibt es nirgendwo anders auf der Welt. Naja, genau genommen ist es ein See, steht hier." Ich nicke. „Und es soll sehr mineralstoffreich sein und deshalb gut für die Haut." Gerade als Leonie mir noch mehr vorlesen will, ruft Papa uns.

Wir gehen die Treppe hinunter. Es ist Zeit für das traditionelle Bleigießen, das wir jedes Jahr machen. Bald soll das ja verboten werden - vielleicht machen wir es jetzt also zum letzten Mal. Als wir das Wohnzimmer betreten, lasse ich Leonie schon vorgehen und bleibe noch einen Moment stehen, sauge die besondere Atmosphäre in mich auf. Die Kerzen am Weihnachtsbaum leuchten, es riecht nach Raclettekäse und Schokoplätzchen. Meine Eltern sitzen Arm in Arm auf dem Sofa, daneben halten Leonies Eltern Händchen. Ihre Wangen sind gerötet, vielleicht von der Wärme, vielleicht vom Wein. Jan sitzt im Sessel und liest einen Comic. „Na, was ist? Kommst du?", fragt Leonie. „Ja, ich komme." Alle versammeln sich um den Wohnzimmertisch und das Bleigießen beginnt. Das Blei schmilzt schnell über der Flamme und wir lachen jedes Mal laut, wenn es darum geht, zu definieren, was das Ergebnis nun eigentlich darstellen soll. Letztlich stimmen wir bei jedem ab und die Mehrheit bekommt recht. Bei Mama meinen die meisten, dass es ein Ei sei. Wir gucken nach, was das bedeutet. „Familienzuwachs" steht da. Lautes Gelächter. „Das wüsste ich aber!", sagt Mama und lacht auch. Ich denke daran, dass sie uns irgendetwas verheimlicht. Ist sie vielleicht wirklich schwanger? Aber dann hätte sie nicht geraucht, oder?

Bei Leonie ist es ziemlich sicher eine Krone, zumindest stimmen fünf von sieben dafür. Und das bedeutet Reichtum. „Damit kann ich leben!", sagt sie und grinst. Ich habe natürlich ein Herz. Und zwar so eindeutig, dass wir nicht mal abstimmen brauchen. Es gibt überhaupt keinen Zweifel. „Du wirst dich im kommenden Jahr verlieben", liest Leonie vor. Wer's glaubt, wird selig, denke ich und werde ein bisschen rot. „Der Kerl tut mir jetzt schon leid", sagt Jan. Leonie boxt ihn in die Seite. „Also wirklich! Sei nett zu deiner Schwester!" Unwillkürlich muss ich an SNAFU denken und frage mich, wie er jetzt gerade Silvester feiert.

Die Zeit bis Mitternacht geht schnell rum. Das

Feuerwerk schauen Leonie und ich mit unseren Müttern oben vom Balkon aus an. Jan und die Väter zünden unten vor der Garage ein paar Böller. Jetzt ist das Jahr offiziell vorbei. Ich denke an Israel. Ein wunderschöner, goldener Funkenregen prasselt ganz nah an unseren Köpfen vom Himmel herunter. Was wird mir nächstes Jahr durch den Kopf gehen, wenn ich wieder hier stehe und das Feuerwerk anschaue? „Frohes neues Jahr! Yeah!", schreit Leonie plötzlich und umarmt mich. Wir drücken uns und springen dann wie zwei Verrückte auf und ab. „Frohes neues Jahr! Frohes neues Jahr!", rufen wir wieder und wieder. Unsere Mütter gucken sich an und lachen. Und da ist es wieder. Dieses befreiende Glücksgefühl, das ich immer an Silvester spüre. Es ist, als hätte jemand die Löschtaste gedrückt und gesagt: „Lass' die Vergangenheit Vergangenheit sein. Alles vergeben und vergessen. Freu dich auf die Zukunft!" Und das tue ich. Ich freue mich auf das neue Jahr.

KAPITEL 20

Beraten

„Wie geht es dir heute?", fragt Kathrin und blickt ihn freundlich an. „Ganz gut eigentlich." „Wann hast du deinen Papa das letzte Mal gesehen?" „Naja, Leo und ich haben ja Silvester bei ihm gefeiert. Es lief nicht so super, er hätte mir fast eine gescheuert, weil ich seine neue Freundin ‚Schlampe' genannt habe." Kathrin sagt nichts und blickt ihn einfach nur an. Mio seufzt und redet dann weiter. „Ansonsten ist eigentlich alles beim Alten. Basketball macht immer noch Spaß, ich bin inzwischen ziemlich gut und durfte auch schon bei einigen Turnieren mitspielen. Das war cool. Und mit Nick verstehe ich mich auch immer noch gut. Wir waren neulich im Kino." Kathrin lächelt und nickt. Dann blickt sie ernst. „Darf ich etwas zu der Situation mit deinem Vater sagen?", fragt sie. Er nickt. „Es war sicher nicht sehr diplomatisch, seine Freundin so zu nennen, das weißt du selbst. Allerdings warst und bist du wütend auf ihn, das verstehe ich. Vielleicht solltest du ihn wirklich erst mal nur noch alle zwei Monate sehen, bis du das Gefühl hast, dass ihr ein klärendes Gespräch miteinander führen könnt. Ich kann dir anbieten, dass du ihn, wenn du dich bereit fühlst, mal zu einer Sitzung mitbringst. Vielleicht kann ich euch ein paar Impulse geben, wie ihr langfristig miteinander umgehen könnt." Mio schaut sie skeptisch an. Im Moment hat er nicht das Gefühl, dass er irgendetwas mit seinem Vater klären kann oder will. Ob er ihm überhaupt jemals vergeben kann? Er weiß es nicht. Kathrin drängt ihn nicht zu einer Reaktion und wechselt das Thema. „Wie geht es dir jetzt in der neuen Schule? Das erste Halbjahr ist fast rum. Hast du dort Anschluss gefunden? Wie verhalten sich deine Mitschüler dir gegenüber?" Mio blickt auf seine Schuhe. Er schweigt einen Moment lang. Dann schaut er Kathrin an. „Es ist immer noch besser als in der alten Schule. Aber Freunde habe ich nicht, falls du das mit Anschluss meinst. Und die blöden Sprüche kenne ich ja schon. Das ignoriere ich einfach. Seit ich Vitiligo habe, gehört das zu meinem Leben ja irgendwie dazu." „Hast du schon mal darüber nach gedacht, dich zu wehren, wenn jemand gemein zu dir ist?" Was stellt sie heute eigentlich so dämliche Fragen?! Mio hätte eben fast mit den Augen gerollt, hat sich im letzten Moment aber noch gebremst. „Klar, aber nach dem, was ich an der alten Schule erlebt habe, hab' ich da wenig Lust zu, ehrlich gesagt." „Das verstehe ich. Dennoch solltest du darüber nachdenken, dich verbal, also mit Worten, zur Wehr zu setzen. Du musst dabei nicht ausfällig werden, so wie es die anderen wahrscheinlich sind. Eine ganz simple Frage, die du ruhig, aber bestimmt stellst, kann manchmal schon viel bewirken, auch wenn der Angreifer in dem Moment so tut, als wäre es ihm egal.

Du könnest zum Beispiel fragen: *Fühlst du dich gut dabei, mich wegen meiner Hautkrankheit, für die ich nichts kann, zu beleidigen?* Und du weißt ja, was du machen sollst, wenn es auch nur ansatzweise wieder so weit kommt, dass andere Jungs dich körperlich angehen oder Cybermobbing betreiben, so wie das an deiner alten Schule der Fall war, oder?" „Ja, ich weiß. Sofort zur Klassenlehrerin oder zum Vertrauenslehrer gehen. Nicht warten. Vorschlagen, dass eine Klassenkonferenz abgehalten wird. Die Lehrer bitten, die Eltern einzuschalten." Mio betet das herunter, was Kathrin ihm immer und immer wieder gesagt hat. Er hofft jedoch sehr, dass es nie wieder so weit kommen wird, denn er weiß nicht, ob das dann wirklich helfen würde. Meistens bekommen die, die die Erwachsenen mit einschalten, hinterher nämlich erst richtig aufs Maul. Kathrin schaut auf die Uhr und sagt. „Unsere Zeit ist bald um, aber ich wollte noch eine Sache mit dir besprechen. Du gehst doch regelmäßig zur Bestrahlung seit einiger Zeit, oder? Und eine Repigmentierung ist dadurch noch nicht erfolgt, aber die Krankheit ist zum Stillstand gekommen?" „Ja." „Ich habe neulich eine Dokumentation über einen Ort in Israel gesehen, Ein Bokek heißt er, wo Hautkranke zur Kur hinfahren können und wo große Erfolge erzielt werden. Es war auch eine Frau dabei, die jahrelang zur Bestrahlung gegangen ist - ohne Veränderung der Haut. Und in Ein Bokek sind während der sechswöchigen Kur sehr viele Pigmente wieder zurück in ihre weißen Stellen gekommen. Ich habe mal einen Prospekt von der Hautklinik angefordert, von der sie in der Doku berichtet haben. Hier ist er." Sie gibt ihm den Prospekt. „Schau' doch bitte mal mit deiner Mutter rein. Vielleicht wäre das was für dich. Ich könnte dir ein Empfehlungsschreiben schreiben, aber du benötigst auch auf jeden Fall eines von deinem Hautarzt." Mio nimmt den Prospekt entgegen und wird von einer jungen Frau, die anscheinend voller Begeisterung im Toten Meer badet, angelächelt. Er runzelt die Stirn. Dann murmelt er: „Okay...danke."

KAPITEL 21

Bemerkt

Reden ist Silber, Schweigen ist Gold. Ein Sprichwort, das sich die Verkäuferinnen von Douglas (natürlich) nicht zu Herzen nehmen. Leider ist das jedes Mal mein Untergang, wenn ich doch nur eben schnell mal gucken möchte, wie die neuen Düfte so riechen. Sobald eine der Douglas-Damen angeschwebt kommt und mich mit ihren bezaubernden rosafarbenen Lippen anlächelt, womöglich noch einen betörenden Augenaufschlag mit perfekt geschwungenen, künstlichen Wimpern vollführt, bin ich so hin und weg, dass ich ihr sofort aus der Hand fresse und schließlich, nach umfassender Beratung mit lieblich-säuselnder Stimme, mit einem neuen Parfum im Schlepptau raus gehe. Heute befindet sich JLuxe von Jennifer Lopez in der kleinen mintgrünen Wundertüte, die fröhlich in meiner rechten Hand baumelt. Ich muss mich unbedingt an Papa und Jan vorbeischleichen, wenn ich nach Hause komme. Wenn die sehen, dass ich schon wieder ein neues Parfum gekauft habe, kann ich mir was anhören. Bevor ich nach Hause gehe, will ich aber noch kurz bei Mama in der Buchhandlung vorbeischauen. Sie schließen in einer halben Stunde und ich muss mich beeilen. Vielleicht haben sie ja noch ein Exemplar vom neuen Green da: *Schlaft gut, ihr fiesen Gedanken*. Der Titel hat mich sofort angesprochen, weil ich das so ziemlich jeden Abend vor dem Einschlafen denke...

Im Schaufenster hängt ein großes Plakat, wahrscheinlich Werbung für irgendeinen Bestseller. Als ich näher rangehe, stockt mir für einen Moment der Atem. *Nach 25 Jahren müssen wir Ende dieses Monats leider schließen. Wir danken Ihnen für Ihre Treue.* DAS steht auf dem Plakat. Deshalb ist Mama neulich also so durcheinander gewesen, das hat sie also vor uns verheimlicht. Sie wird ihren Job verlieren. Auch, dass sie von der Israel-Idee nicht begeistert war, verstehe ich jetzt. Selbst, wenn die Kur genehmigt würde, bliebe immer noch genug übrig, was sie als meine Begleitperson selbst bezahlen müsste. Hat mir einer in der Vitiligo-Gruppe vom Fratzenbuch erklärt. Und Papa verdient nicht so viel, dass er das neben den laufenden Kosten alles allein stemmen kann.
Gerade, als ich in den Laden gehen will, kommt sie aus der Tür heraus. Als sie mich sieht, lächelt sie. „Wolltest du mich abholen oder den neuen Green kaufen?" „Beides." „Dann musst du dich beeilen. Soll ich noch mal mit reinkommen oder draußen auf dich warten?" „Warum hast du mir nichts davon erzählt?" „Wovon?" Ich blicke vielsagend zu dem Plakat im Schaufenster. „Jetzt weißt du es also." Sie blickt auf den Boden. Dann sagt sie leise: „Papa weiß Bescheid, aber ich wollte euch nichts davon sagen, bis ich einen

neuen Job gefunden habe. Ihr solltet euch keine Sorgen machen." „Ich bin kein Kind mehr, Mama. Du kannst mit mir über sowas reden." Sie seufzt und blickt mich kleinlaut an. „Du hast recht und es tut mir leid."
Wir gehen schweigend nebeneinander her, Richtung Park, und setzen uns genau auf die Bank, auf der ich sie vor einiger Zeit rauchend gefunden habe. Den neuen Green kann ich auch wann anders kaufen. „Das muss schwer sein für dich und deine Kollegen." Sie nickt und zieht sich ihre Mütze über die Ohren. Es ist zwar schon Anfang März, aber trotzdem noch verdammt kalt. „Alle sind sehr traurig. Zu viele Leute bestellen Bücher im Internet und so kleine Buchhandlungen wie unsere überleben das dann einfach nicht..." Ich werde auch ganz traurig und lehne meinen Kopf an ihre Schulter. „Ich habe immer gerne Bücher bei euch gekauft." Ich habe ein schlechtes Gewissen, dass ich das nicht noch öfter gemacht habe. Ich liebe Bücher, aber leider hat mein Taschengeld oft nicht mehr gereicht, wenn ich vorher bei Douglas gewesen bin. Und sowas will Autorin werden...Schande über mich. „Das weiß ich, mein Schatz", sagt Mama und streichelt mir über den Kopf. „Wo bist du neulich eigentlich hin gegangen, nachdem wir uns hier begegnet sind?" „Das war der Tag, an dem meine Chefin mir gesagt hat, dass wir schließen müssen. Ich habe Zeitungen gekauft, um die Jobanzeigen zu lesen." „Und du hast noch nichts Neues gefunden?" „Leider nicht." „Hast du auch auf

monster.de und StepStone und so geguckt?" "Natürlich." Wir sitzen noch eine Weile schweigend da. "Hast du seitdem noch mal geraucht?" "Nein, das war eine Ausnahme." "Und das soll es auch bleiben." "Ja, Mama", sagt sie und grinst mich an. Ich grinse zurück.

KAPITEL 22

Besprochen

„Warum hat Doktor Wiegand uns nichts von Israel erzählt?!" Seine Mutter sieht ärgerlich aus. „Keine Ahnung." „Ich verstehe das nicht! Als Hautarzt müsste er doch davon wissen!" „Lass' uns den Prospekt von Kathrin beim nächsten Termin einfach mitnehmen und ihm zeigen." „Darauf kannst du Gift nehmen." Sie trinkt ihren Tee in einem Zug leer und knallt die Tasse auf den Tisch. Mio weiß, wie gefährlich es ist, ihr nicht uneingeschränkt zuzustimmen, wenn sie in diesem Zustand ist, aber er geht das Risiko ein. Sie ist ja nicht auf ihn sauer. Noch nicht. „Mama?", fragt er vorsichtig. Sie blickt ihn an und er muss sich ein Grinsen verkneifen. Sie sieht aus wie ein Stier, der nur darauf wartet, auf das rote Tuch zuzulaufen. „Ja?" „Es könnte ja auch sein, dass die einem das Blaue vom Himmel versprechen und nachher bringt das Ganze genauso wenig wie die Bestrahlung hier in Deutschland...und dann sind wir da extra hin geflogen und..." Er holt Luft, will weiter reden, doch sie unterbricht ihn: „Nun lass' uns doch erst mal abwarten, was Doktor Wiegand sagt. Ich finde, dass alles, was in diesem Prospekt steht, absolut vielversprechend klingt. Und wenn er davon gewusst und uns trotzdem nichts gesagt hat, muss er einen verdammt guten Grund haben, weil ich ihm sonst den Kopf abreiße."

Ein paar Tage später erfahren sie, dass er einen guten Grund hat. Er sagt ihnen, dass er zwar von einer möglichen Kur in Israel gewusst habe, sie jedoch nicht darüber informiert habe, weil er das Hautkrebsrisiko dabei für zu hoch halte. Die Sonneneinstrahlung sei aufgrund der Intensität seiner Meinung nach eher schädigend als heilsam. Von ihm würden sie also definitiv kein Empfehlungsschreiben bekommen.
Für Mio ist die Idee damit gestorben. Hautkrebs?! Nein, danke. Den kann er nun wirklich nicht auch noch gebrauchen. Aber seine Mutter lässt nicht locker. „Ich habe das noch mal gegoogelt. Man findet *überhaupt nichts* im Internet darüber. Nur wieder wahnsinnig viele Geschichten über Heilungserfolge. Ich finde, wir sollten noch eine zweite Meinung einholen." „Das kann doch wohl nicht dein Ernst sein! Hautkrebs! Hallo?!" „Ja, ich weiß. Aber ehrlich gesagt nehme ich Doktor Wiegand das nicht richtig ab. Ich glaube, er will nur nicht, dass wir mit der Bestrahlung aufhören." Mio schüttelt den Kopf. „Ich weiß nicht..."
Doch ehe er sichs versieht, sitzt er schon in der Praxis eines anderen Hautarztes. Der ist tatsächlich ganz anderer Meinung als Doktor Wiegand. Nachdem Mios Mutter von der Israel-Idee berichtet hat, sagt er, direkt an Mio gewandt: „Du wärst dort in guten Händen, die Ärzte der Hautklinik würden dich

natürlich betreuen und deine Kur intensiv begleiten. Ich habe schon sehr viele positive Berichte von Kollegen und Patienten über das Tote Meer gehört und gelesen und ich würde dir und deiner Mutter in jedem Fall raten, es zu versuchen." „Und was ist mit dem Hautkrebsrisiko?", fragt Mio. „Davon ist mir nichts bekannt." Seine Mutter sieht ihn vielsagend an.

„Das sieht ja krass aus!" Nick hat es sich auf Mios Bett gemütlich gemacht und hält den Prospekt von Kathrin in der Hand. Er schaut sich die Vorher-Nachher-Fotos der Vitiligopatienten an. „Guck' mal, der Typ hatte vor der Kur auch Flecken um die Augen und den Mund herum. Und auf dem Nachher-Foto ist zwar nicht alles weg, aber es ist viel weniger geworden und fällt gar nicht mehr so auf." „Ich weiß", sagt Mio. „Du flippst nicht gerade aus vor Freude", bemerkt Nick. „Was ist, wenn die einem nur falsche Hoffnungen machen?" „Flieg' hin und find's raus! Außerdem brauchen die da unten mal einen, der ihnen sagt, dass sie lieb zueinander sein sollen." Mio grinst. „Nee, mal im Ernst. Ich glaube, wenn du das nicht ausprobierst, dann ärgerst du dich irgendwann." „Kann sein. Wir müssen jetzt sowieso erst mal abwarten, ob die Kur genehmigt wird. Meine Mutter hat den ganzen Kram eingereicht, Empfehlungsschreiben und so weiter, aber es wird dauern, bis wir Rückmeldung kriegen." „Verstehe. Sag' mal, ist das der Porsche 911 Carrera S?" Nick blickt auf das Poster. „Yep. Den kaufe ich mir irgendwann." „Nimmst du mich dann mit?" „Wenn ich nicht nach Israel ausgewandert bin bis dahin...vielleicht."

KAPITEL 23

Beendet

Giraffenmädchen: 1) Mich so akzeptieren, wie ich bin. 2) Mich nicht mehr verstecken. 3) Mich stärker wehren, wenn ich angegriffen werde.
SNAFU: Gute Vorsätze. Ab sofort gelten die auch für mich.
Giraffenmädchen: Du musst mich erst um Erlaubnis fragen. Es sind schließlich MEINE.
SNAFU: Biiiiiiiiittttteeeeee.
Giraffenmädchen: Na gut ☺ Wenn du mich so lieb bittest.
SNAFU: Was genau meinst du eigentlich mit „Mich nicht verstecken"?
Giraffenmädchen: Naja, ziehst du im Sommer gerne T-Shirts und kurze Hosen an? Ich trage meistens lange Hosen und Longsleeves, egal, wie warm es draußen ist. Ich hasse diese Blicke.
SNAFU: Mh, bei mir ist es eigentlich egal, was ich anhabe...
Giraffenmädchen: Wieso?
SNAFU: Weil die Flecken um meine Augen und meinen Mund herum so auffällig sind, dass sowieso jeder guckt. Leider habe ich ziemlich dunkle Haut und werde mega schnell braun. Das ist nicht gerade

vorteilhaft.
Giraffenmädchen: ☹ Tut mir leid. Ich habe zwar Flecken auf den Augenlidern, aber die sieht man kaum. Sieht aus wie heller Lidschatten.
SNAFU: Sonst keine Flecken im Gesicht?
Giraffenmädchen: Nein.
SNAFU: Du Glückliche.
Giraffenmädchen: Dafür ziehe ich nie Bikinis an.
SNAFU: Wieso das?!
Giraffenmädchen: Weil mein Bauch eine einzige, weiße Fläche ist. Sieht wirklich verboten aus. Hab's mal mit Braunspray probiert, aber das war ein ganz anderer Ton als meine normale Hautfarbe. Ist sowieso egal, weil ich schon länger nicht mehr schwimmen gehe.
SNAFU: ☹ Mich würde das nicht stören. Ich meine, dich im Bikini zu sehen. Egal, wie weiß dein Bauch ist. ☺
Giraffenmädchen: ☺ Du bist ganz schön frech.
SNAFU: Ach ja? ☺
Giraffenmädchen: Ja! Ehrlich gesagt wirkst du ziemlich selbstbewusst. Ich glaube, du brauchst Vorsatz Nr. 1 und Nr. 3 überhaupt nicht.
SNAFU: Da irrst du dich. Ich bin nicht sehr selbstbewusst. Es gibt eigentlich keinen Tag, an dem ich mir nicht wünsche, wieder normal auszusehen...und mich gegen die anderen zu wehren klappt bisher auch nicht besonders gut ☹
Giraffenmädchen: Geht mir genauso...Weißt du, was Winnie Harlow neulich in einem Interview gesagt hat?
SNAFU: ?

Giraffenmädchen: „Ich habe mich dafür entschieden, zu lieben, was mich anders macht."
SNAFU: ☺ Hätte Michael Jackson damals auch so gedacht, dann wüssten heute noch viel mehr Menschen, was Vitiligo ist. Er war ja noch viel bekannter als Winnie.
Giraffenmädchen: Allerdings. Habe mir den Spruch über mein Bett gehängt – leider muss ich aber erst mal Vorsatz Nr. 1 verwirklichen, bevor ich meine Flecken lieben kann...wenn ich es denn jemals kann. Ich wollte dir noch was sagen.
SNAFU: ?
Giraffenmädchen: Mit dir zu schreiben bedeutet mir wirklich viel. Und ich mag dich echt gerne.

Drei Minuten vergehen ohne Antwort von SNAFU.
Fünf Minuten vergehen ohne Antwort von SNAFU.

Giraffenmädchen: Noch da?
Giraffenmädchen: Alles ok?
Giraffenmädchen: Langsam mache ich mir Sorgen. Was ist los?!
Giraffenmädchen: Tut mir leid, wenn ich was Falsches gesagt habe...

Ich werde panisch. Streiche automatisch mit meinem rechten Zeigefinger schnell vier Mal hintereinander über das Ziffernblatt meiner Uhr. Was ist, wenn ihm was passiert ist?! Aber was soll ihm schon passiert sein? Ich habe ihn vertrieben. Hätte ich doch bloß

nicht gesagt, was ich für ihn empfinde. Ich blöde, sentimentale Kuh. Hoffentlich kommt er nachher noch mal online. Ich gucke, was die anderen gerade in der Gruppe schreiben und ob SNAFU auch mit diskutiert. Es geht mal wieder um Cremes. SNAFU meldet sich nicht zu Wort. Was habe ich nur getan?
Ich wollte ihn doch auch noch nach Israel fragen. Dazu ist es jetzt gar nicht mehr gekommen. Als ich in die Gruppe schreibe und frage, ob jemand schon mal in Israel war, schreibt nur einer zurück, dass er tatsächlich schon eine Kur dort gemacht hat und dass diese als Unterstützung der Bestrahlung hilfreich war und er einige neue Pigmente bekommen hat.
Wenn Mama nachher von der Arbeit kommt, werde ich ihr davon erzählen. In drei Tagen ist unser Termin bei Doktor Adler und ich hoffe, dass er uns ein Empfehlungsschreiben für die Kur schreibt, denn ohne wird sie niemals genehmigt werden.
Situation normal, all fucked up. SNAFU, warum schreibst du mir nicht mehr?!

KAPITEL 24

Bestätigt

Sie ist groß, breitschultrig, blond und hat eine klitzekleine Nase, die wie eine Kartoffel geformt ist und im Verhältnis zu ihrer Körpergröße irgendwie fehl am Platz wirkt: Ella. Nachdem sie einen großen Schluck aus ihrem Pappbecher voller Kaffee genommen hat, fängt sie wieder an zu reden. Sie hat eine sehr laute Stimme. Bestimmt hört sie der ganze Flur, denkt Mio etwas peinlich berührt. Aber was sie zu sagen hat, interessiert ihn viel zu sehr, als dass er sich weiter mit der Lautstärke ihrer Stimme beschäftigen möchte. „Ja und dann ging's los mit den Pigmenten. Erst kamen nur ganz wenige an der Hand und am Ellenbogen und dann nahm es gar kein Ende mehr. Wirklich krass, sage ich dir." Mio blickt auf ihre Hand. Ein Fleck ist tatsächlich fast zu gegangen. Ella stöhnt wie ein alter Mann, lehnt sich vor und krempelt ihre Jeans hoch. „Guck' hier, am Knie, siehst du da?" Sie zeigt mit dem Finger drauf. Mio beugt sich vor, guckt und nickt. „Da ist auch richtig viel passiert. Die kleinen, braunen Scheißerchen sind tatsächlich zum Teil zurück gekommen." Sie lacht laut. „Ich weiß nicht, ob's bei dir in Israel auch so laufen würde, aber ich kann dir eins sagen: Wenn du die Kur genehmigt kriegst, würde ich's auf jeden Fall versuchen. Ich will diesen Sommer auch wieder hin, wenn's klappt." „Und was ist mit dem Hautkrebsrisiko?" „Alles Quatsch, wenn du mich fragst. Die Ärzte sagen dir ja ganz genau, wie lange du in die Sonne darfst und wenn man sich da doch mal einen Sonnenbrand holt, ist das auch nicht besser oder schlechter für die Haut als in Deutschland." Mio seufzt. Ella klopft ihm mit solcher Wucht auf den Rücken, dass Mio ein Stück nach vorne geschleudert wird. Sie hat wirklich Bärenkräfte. „Mach' dich nicht verrückt, wird schon alles! Und jetzt brauche ich noch einen Kaffee!" Sie stapft mit großen Schritten Richtung Kaffeeautomat und lässt Mio auf der Wartebank zurück. Noch bevor sie wieder da ist, wird er schon zur Bestrahlung rein gerufen. Scheiß-Bestrahlung, denkt er. Bringt auch nicht wirklich was.

Die Lehrerin nimmt ihn dran, ohne dass er sich gemeldet hat, und da er gerade über sein Gespräch mit Ella gestern nachgedacht hat, hat er natürlich keine Ahnung, worum es geht. „Mio, was denkst du darüber?" „Äh, worüber?" „Ist Dürrenmatts *Die Physiker* deiner Meinung nach eher eine Komödie oder eine Tragödie?" Mio schweigt einen Moment lang. Alle beobachten ihn. „Ich weiß es leider nicht", sagt er dann leise. Lautes Gelächter. „Oh, der Arme", ruft Melanie, die immer eine besonders große Klappe hat. „Er ist ganz blass im Gesicht vor lauter Angst und Ahnungslosigkeit. Fast weiß sozusagen." Wieder Gelächter. Mio denkt an das, was Kathrin ihm geraten hat. Jetzt oder nie, sagt er sich, und holt tief Luft. Dann guckt er Melanie direkt in die Augen und sagt: „Du findest das total cool, oder? Mich so bloß zustellen? Meine Hautkrankheit hat nichts damit zu tun, dass ich gerade nicht zugehört habe." Das hat ihn viel Kraft gekostet. Und er spürt seine Hände unterm Tisch zittern. Melanie blickt ihn erstaunt an. „Mio hat völlig recht. Seine Unfähigkeit, meine Frage zu beantworten, hat nichts mit seinem Äußeren zu tun und ich verlange von dir, Melanie, dass du dich dafür entschuldigst. Und Mio: Folge jetzt bitte wieder mit voller Konzentration dem Unterricht." Mio nickt und Melanie murmelt ein sehr leises „'Tschuldigung" in seine Richtung. Er verzieht keine Miene, aber in seinem Inneren tanzen gerade sehr viele Glückshormone Samba.

Er ist immer noch bester Laune, als er ein paar Stunden später nach dem Basketballtraining auf der Mauer vor der Sporthalle sitzt. Nick rempelt ihn freundschaftlich an. „Komm', jetzt erzähl mal, Mann." „Ach, da gibt es nicht viel zu erzählen." „Nicht viel heißt aber: Da war was! Oder eine besser gesagt!" Nick grinst. Mio schweigt, grinst aber auch. „Na gut, dann mach' ich halt den Anfang. Also, da waren vier Mädels, nee, warte mal, fünf, die ich geküsst hab'. Naja und mit der Fünften war ich auch mal vier Wochen so richtig zusammen. Da ging dann auch bisschen mehr, weißt du, mit Fingern und so. Aber mehr nicht. Leider. Wenn's nach mir gegangen wäre...Aber deshalb hat sie dann auch wohl Schluss gemacht. War ihr glaub' ich bisschen viel mit mir. Sie war ja auch erst 13." Mio grinst. „Verstehe. Als ich noch kein Vitiligo hatte, da war ich grad zwölf geworden, hatte ich auch mal so eine Art Beziehung. Sarah hieß sie. Wir haben ziemlich viel unternommen zusammen, Kino und so. Und da haben wir dann immer geknutscht im Dunkeln. Ich durfte sie auch mal oben rum anfassen." Nick schaut Mio an. „Und warum warst du seitdem mit keiner mehr zusammen?" „Das ist doch wohl klar, oder?" Mio wirft ihm einen verärgerten Blick zu. „Als ob irgendeine so jemanden wie mich anfassen wollen würde. Wahrscheinlich würde sie gleich die Polizei anrufen, wenn ich ihr zu nahe käme." Nick ist völlig unbeeindruckt und macht eine wegwerfende Handbewegung. „Ach, so ein Quatsch! Du musst einfach selbstbewusst daran gehen, das findet jedes Mädel gut. Die paar weißen Stellen sind doch schnurz!" „Ja, du kannst das so leicht sagen, aber lauf' mal einen Tag lang so rum wie ich und dann sag mir, ob's wirklich so schnurz ist. Außerdem glaube ich nicht an Liebe und sowas." „Nicht?" „Nein. Nach dem, was sich zwischen meinen Eltern abgespielt hat...Diese Scheiße möchte ich niemals erleben." „Nur, weil's bei denen nicht gut gelaufen ist, musst du das doch nicht automatisch auf dich beziehen." „Ach ja? Jede dritte Ehe wird geschieden." „Du darfst das nicht so schwarz sehen, klar?" Mio antwortet nicht. Irgendwann sagt er: „Ich fahr' jetzt mal los." „Alles klar. Und denk dran: Immer schön durch die Hose atmen!" Mio grinst und geht zu seinem Fahrrad. „Bis nächste Woche", ruft er im Vorbeifahren noch in Nicks Richtung.

Der Wind weht Mio ins Gesicht, doch das stört ihn nicht. Einmal richtig durchpusten lassen, das braucht er jetzt. Er denkt an seinen Vater und daran, dass er sich seit Silvester geweigert hat, ihn zu besuchen. Leo ist immer alleine dort gewesen. Ob seine Mutter jemals einen neuen Mann kennenlernen wird? Er will gar nicht daran denken. Einen neuen Vater braucht er wirklich nicht, der eine reicht ihm schon völlig. Vielleicht kann er ihn ja mit Ella verkuppeln. Die würde ihm schon zeigen, wie der Hase läuft. Mio grinst vor sich hin. Vielleicht ist es doch keine so schlechte Idee nach Israel zu fliegen, denkt er.

KAPITEL 25

Bekräftigt

„Du musst Geduld haben." Hat er das gerade wirklich schon wieder gesagt?! Genau wie bei den ganzen anderen Malen, die wir in seinem Behandlungszimmer gesessen und ihm gesagt haben, dass meine Vitiligo sich nach wie vor weiter ausbreitet und mitnichten zum Stillstand gekommen ist?! „Seit fast einem Jahr mache ich jetzt schon die Bestrahlung und es hat sich nichts, aber auch wirklich NICHTS, getan! Meinen Sie nicht, dass ich einfach ein hoffnungsloser Fall bin? Sie haben ja selbst gesagt, dass die Bestrahlung bei manchen einfach nicht wirkt." Mama blickt mich etwas erstaunt an. Anscheinend habe ich ziemlich laut gesprochen und mein Tonfall ist mit Sicherheit vorwurfsvoll gewesen. Aber was erwarten sie denn? Dass ich hier lammfromm sitze und immer alles abnicke, was von Doktor Hakennase kommt? Der blickt mich unbeeindruckt an. Manchmal kommt er mir vor wie ein Roboter, der nur immer und immer wieder die gleichen Sätze von sich gibt. „Nike, ich verstehe, dass du enttäuscht bist, dass sich bisher noch nichts getan hat. Aber die Ausbreitung deiner Vitiligo ist natürlich auch sehr stark und da kann es länger dauern, bis die Haut bereit zur Repigmentierung ist. Ich würde dir wirklich raten, es noch weiter zu versuchen. Deine Tabletten nimmst du doch weiterhin regelmäßig ein? Vitamin B12 und L-Phenylalanin?" „Ja", sage ich, leicht genervt. „Gut, das ist wichtig." Ich schaue Mama an. Jetzt ist ein guter Zeitpunkt, um das Thema „Israel" anzusprechen. Sie nickt mir zu und holt den Zeitungsartikel aus ihrer Handtasche, hält ihn Doktor Adler hin und sagt: „Was halten Sie davon?" Während er liest, lasse ich meinen Blick wieder einmal über seine vielen Zertifikate wandern. Er weiß bestimmt, was er tut, und dass ich eine Hautkrankheit habe, für die es keine Heilung gibt, ist ja nicht seine Schuld. Meine Wut auf ihn lässt ein wenig nach. Er kann ja auch nicht mehr machen als er schon tut. Wir warten auf seine Reaktion. Als er zu Ende gelesen hat, sagt er: „Mir ist die Möglichkeit einer Kur am Toten Meer natürlich bekannt." Ich atme hörbar ein. Ach ja?! Und warum hat er uns nicht längst davon erzählt? Unfassbar! Von wegen, er kann ja auch nicht mehr machen, als er schon tut! Ist er nicht verpflichtet, uns über ALLE aktuell vorhandenen Heilungsansätze zu informieren?! Wahrscheinlich empfindet er die Israel-Kur als Konkurrenzprogramm zu seinem dämlichen Bestrahlungsgerät und hat uns deshalb nichts davon erzählt. Er scheint meine Wut nicht zu bemerken. Auch Mama blickt ihn mit kritischem Blick an. Doch er fährt ungerührt fort: „Auch wenn es natürlich keine Garantie für den Heilungserfolg gibt - jeder Patient reagiert anders - spricht nichts dagegen, es zu versuchen. Durch die

Bestrahlung könnten wir sogar eine gute Grundlage für die Kur geschaffen haben." Na, wenigstens rät er uns jetzt nicht davon ab. Sonst wäre ich auch explodiert, glaube ich. „Sie würden uns also ein Empfehlungsschreiben erstellen und uns bei der Beantragung der Kur unterstützen?", fragt Mama. Doktor Adler nickt. Wir blicken uns erleichtert an.

Als wir auf der Rückfahrt darüber sprechen, warum Doktor Adler uns nicht schon eher von Israel erzählt hat, äußert Mama dieselbe Vermutung, die auch ich schon gehabt habe. „Auf gewisse Weise ist es ein Wink des Himmels, dass du diesen Zeitungsartikel gefunden hast. Wer weiß, ob wir sonst jemals von Israel erfahren hätten..." „Mama?" „Ja?" „Was machen wir eigentlich, wenn die Kur genehmigt wird? Ich meine, wenn sie nicht genehmigt wird, ist ja klar, dass wir dann nicht fliegen werden. Aber wenn doch - bekommen wir dann das Geld für dich als Begleitperson auch irgendwie zusammen?" Sie wirft mir einen liebevollen Blick zu. „Ich habe mit Papa geredet und wir haben alles durch gerechnet. Selbst wenn ich noch nicht so bald wieder arbeiten gehe, schaffen wir das. Wir müssen dann hier zu Hause ein paar Einsparungen vornehmen, aber es wird gehen." Ich lächle sie an. „Dann hoffe ich jetzt, dass wir die Genehmigung bekommen." „Das hoffe ich auch."

„Tja, was sich liebt, das neckt sich!", rufe ich und kichere. „Nerv! Du hast heute Abend Sprichwort-

Verbot. Und die ganze Nacht übrigens auch. Und morgen früh, bis du abgeholt wirst, auch. Klar?" Ich schmeiße mich auf Mia und kitzele sie von oben bis unten durch. Sie lacht und schreit abwechselnd. Im nächsten Moment knallt mir ein Kissen in den Rücken und schon ist eine wilde Kissenschlacht im Gange. Nele rennt mit erhobenem Kissen hinter Linnea her, die versucht, sich hinter einer Luftmatratze zu verschanzen, während Mia und Leonie mich von zwei Seiten bearbeiten. Das geht so lange so, bis wir alle völlig außer Atem sind und uns mit hochroten Köpfen auf unsere Luftmatratzen plumpsen lassen.

Nach dem Besuch bei Doktor Adler habe ich sofort meine Sachen gepackt, denn heute ist Mias Geburtstagspyjamaparty, auf die ich mich schon sehr lange gefreut habe. Nachdem wir bereits zwei Horrofilme geguckt und Unmengen von Pizza verdrückt haben, waren wir eben gerade dabei, über Jungs zu reden (zur Abwechslung mal nicht über Pferde). Mia hat uns erzählt, dass Tom, der in der Schule neben ihr sitzt, sie ständig ärgert und ob wir eine gute Idee für einen Racheakt hätten. Das hat mich zu dem Sprichwort veranlasst.

„Du könntest dein Radiergummi absichtlich runterfallen lassen, dich danach bücken und dabei seine Schnürbänder verknoten", schlägt Leonie vor und steckt sich eine Riesenladung Erdnussflips in den Mund. „Dauert zu lange und außerdem merkt er das sofort. So blöd ist er dann auch nicht." „Mh, du könntest heimlich sein Handy klauen und ihm einen peinlichen Klingelton runterladen. Eine Frau, die seinen Namen stöhnt oder so." Alle lachen. Der Vorschlag kam von Linnea. „Das ist gar keine schlechte Idee!" Wir überlegen noch eine Weile, bis Nele vorschlägt, einen Liebesfilm zu schauen. „Passend zum Thema", murmelt sie und grinst zu Mia herüber. Auch wenn sie es nicht zugeben will, haben wir alle gemerkt, dass sie in Tom verliebt ist.

Ich bekomme nicht viel mit vom Film, weil ich ziemlich bald einschlafe. Als ich irgendwann hochschrecke, ist mein erster Gedanke: Ich hab schrecklichen Durst. Und mein zweiter: Ich habe schon wieder von SNAFU geträumt. Wie kann man nur so oft von jemandem träumen, den man eigentlich überhaupt nicht wirklich kennt?! „Na, bist du endlich wieder wach?", fragt Leonie. „Hast nicht viel verpasst, der Film war ziemlich lahm." Ich gieße mir ein Glas Sprite ein und murmele: „Dann is' ja gut." „Wir haben gerade über Luca gesprochen", sagt Linnea. „Den Luca, den Leonie neulich geküsst hat?" „Allerdings." „Die beiden sind jetzt zusammen." „Wirklich?" Ich blicke Leonie erstaunt an. Sie grinst. „Ja, wirklich. Seit gestern." „Das freut mich. Hoffentlich lerne ich ihn dann auch bald mal kennen." „Ich kann ihn ja mal mit zum Reiten bringen. Wobei das schwierig werden könnte, er hat nämlich Angst vor Pferden." Wir lachen. „Und du? Gibt es bei dir jemanden, von dem wir wissen sollten?" Nele blickt mich neugierig an. Ich werde natürlich sofort rot. Verräterischer geht's ja gar nicht. „Nein", sage ich. „Du bist sofort total rot geworden, als ich dich gefragt habe! Jetzt sag' schon, wer ist es? Kennen wir ihn?" Es ist nicht das erste Mal, dass ich mir Harry Potters Tarnumhang herbei wünsche…oder jetzt einfach woanders hin apparieren, das wäre auch praktisch. „Ich habe heute Geburtstag und das heißt, ich darf bestimmen. Ätschi Bätsch. Hiermit bestimme ich, dass du uns sagst, wer der Kerl ist", sagt Mia gebieterisch. Ich könnte mich einfach weiter weigern, aber irgendwie MÖCHTE ich über SNAFU reden. Und so tue ich es schließlich auch. Ich erzähle von unseren nächtlichen Chatgesprächen und davon, dass er auch Vitiligo hat, ich aber ansonsten überhaupt nicht weiß, wie er aussieht. „Weißt du wenigstens, wie alt er ist? Könnte ja auch so'n alter Perversling sein." Linnea guckt besorgt. „Keine Ahnung, darüber haben wir überhaupt nicht gesprochen." Auf einmal komme ich mir ziemlich dumm vor. „Sowas kann echt übel enden, das weißt du, oder? Verabrede dich bloß nicht mit dem!" Leonie blickt mich ernst an. „Ist sowieso alles egal", gebe ich patzig zurück, „denn wir schreiben uns nicht mehr. Seit ich ihm gesagt habe, dass ich ihn mag, antwortet er mir nicht mehr." „Tssssss, typisch Kerl", sagt Nele und schiebt sich ein Raffaelo in den Mund. Die Mädels rätseln noch ein bisschen, warum SNAFU mir so plötzlich nicht mehr schreiben wollte, aber die Theorien werden irgendwann so abstrus (bis hin zum plötzlichen Mord durch seinen Bruder, der mit einem im Mondlicht glänzenden Küchenmesser vor ihm gestanden haben soll), dass ich sage: „Ruhe jetzt! Ich habe euch alles erzählt, was es zu erzählen gibt, und jetzt lasst uns lieber noch einen Horrorfilm gucken, bevor ihr hier euer eigenes Drehbuch schreibt. Oder will jemand schlafen?" Alle wollen lieber den Film gucken. Gesagt, getan. Doch egal, wie sehr ich mich erschrecke, und mit den Mädels um die Wette kreische - SNAFU geht mir nicht aus dem Kopf. Ich weiß nicht, wie oft ich ihn noch angeschrieben habe - ich weiß nur, dass er nicht mehr geantwortet hat. Auch in der Gruppe schreibt er überhaupt nichts mehr und meine Nachrichten beim Fratzenbuch ignoriert er ebenfalls. Ich habe jedes Mal einen Kloß im Hals, wenn ich an ihn denke und ich verstehe einfach nicht, was eigentlich passiert ist zwischen uns. Wenn ich wenigstens wüsste, weshalb er mich einfach so aus seinem Leben gestrichen hat. Eins habe ich jedenfalls verstanden: Sage einem Jungen niemals, dass du ihn magst. Fataler Fehler. WENN SNAFU überhaupt ein Junge ist - und kein alter Perversling. Aber das kann einfach nicht sein. Auf gar keinen Fall! Oder? Ich bekomme eine Gänsehaut.

KAPITEL 26

Betatscht

Sie sind wahnsinnig schnell. Die Welt da draußen verschwimmt, es gibt nur die Straße, die einladend vor ihnen liegt. Mio wird in seinen Sitz gepresst, sein Herz schlägt schnell und wild. Er ist voller Adrenalin. Highway to hell, denkt er und grinst. „Alles ok?", fragt sein Papa. „Ja."
„Das Schätzchen hat 300 PS. Geht ab wie Schmitz' Katze, oder?" Mio nickt.
Die Geschwindigkeit ist absolut atemberaubend und er hat das Gefühl zu fliegen. Ärgerlich, dass er noch nicht 18 ist, zu gerne würde er selbst am Steuer sitzen. 1000 Euro hat er schon für seinen Führerschein gespart und er zählt die Tage bis zu seiner ersten Fahrstunde. Ungefähr 300 Meter vor ihnen wechselt ein Auto auf die linke Spur. Der Abstand wird immer kleiner. Der Fahrer macht immer noch keine Anstalten rüber zu gehen. Für eine Sekunde stockt Mio der Atem, doch jetzt hat der Fahrer endlich in den Rückspiegel geguckt und macht sich vom Acker. Gerade noch rechtzeitig. Sonst hätte sein Vater eine Vollbremsung machen müssen und das hätte bei über 240 km/h und ohne ABS übel enden können.
Sie werden langsamer, wechseln die Spur und fahren

von der Autobahn ab. „Jetzt noch kurz zu KFC?" „In den Drive-In?" „Auf keinen Fall, ich will nicht, dass die Ledersitze versaut werden." „Dann lieber gleich nach Hause. Hab' keine Lust, da rein zu gehen." Nicht, dass sein Vater noch auf die Idee kommt, sich mit ihm unterhalten zu wollen. „Wie du meinst."

Sein Papa hat sich einen Porsche 911 gekauft, einen Oldtimer. Es ist also nicht der, den Mio irgendwann haben möchte. Aber immerhin ein Porsche. Als er angerufen und gefragt hat, ob Mio eine kleine Spritztour mit ihm machen möchte, hat er sofort ja gesagt. Die nächsten zwei Tage hat er dann allerdings darüber nachgedacht, ob er es mit seinem Vater alleine für ein paar Stunden aushält. Aber schließlich war die Verlockung, in dem Porsche zu fahren, doch größer als der Groll auf seinen Vater gewesen. Außerdem hatte er sich an früher erinnert...Als er noch jünger war, ist sein Vater am Wochenende manchmal mit ihm zum Nürburgring gefahren, um Autorennen anzuschauen. Einmal sind sie dort auch mit dem RingTaxi gefahren. Mio weiß noch genau, wie aufgeregt er gewesen ist und wie er während der rasanten Fahrt nach der Hand seines Vaters gegriffen und ihn angelächelt hat. Er fühlt den besonderen Rausch, der durch dieses ungeheure Tempo ausgelöst wird, noch heute so intensiv, als wäre das erst gestern gewesen. Zu der Zeit wollte er unbedingt Formel-1-Fahrer werden.

Auch wenn Mio heute wieder mit seinem Vater in

einem schnellen Auto unterwegs ist, ist doch alles ganz anders als früher. Mio wünschte, es wäre nicht so. „Hast du heute noch was vor?" „Wieso?" „Nur so, ich interessiere mich für das, was du tust, Mio." Das ist ja mal was ganz Neues, denkt er und zieht eine Augenbraue hoch. Er gehört zu den Menschen, die das können. Bewusst eine Augenbraue hochziehen. Wenn das Gegenüber das sehen kann, ist das sehr nützlich. Man spart sich eine Antwort, denn die Missbilligung über das Gesagte wird auch so absolut deutlich. Leider kann Mios Vater seine hochgezogene Braue aber nicht sehen, weil er auf die Straße guckt. Also sagt Mio: „Das ist ja sehr erfreulich." Der Sarkasmus in seiner Stimme ist nicht zu überhören, doch seinen Vater scheint das nicht zu beeindrucken. „Also?" Er lässt einfach nicht locker. „Wenn du's unbedingt wissen willst, ich gehe zu einer Party." „Nice." Schon wieder ist die Augenbraue oben. Zur Midlife-Crisis seines Vaters gehört offenbar auch die Benutzung von Jugendsprache. Gibt es etwas Peinlicheres?! Mio beschließt, einfach nicht zu reagieren, schließt die Augen und lauscht andächtig dem Geräusch des Motors.

„Hey, Mann, cool, dass du gekommen bist", begrüßt ihn Nick an der Kellertür. „Alles Gute zum Geburtstag." Mio gibt ihm sein Geschenk und Nick reißt sofort das Geschenkpapier ab. „Danke, du weißt ja, dass ich nicht gerade viel lese, aber das werde ich mir garantiert reinziehen. Geht ja schließlich um

Basketball." Er hält das Buch *Gentlemen, wir leben am Abgrund: Eine Saison im deutschen Profi-Basketball* in der Hand. „Ist auch wirklich gut, hab's selbst gelesen." Aus der offenen Kellertür dröhnt Musik und Mio muss laut sprechen, damit Nick ihn überhaupt verstehen kann. „Komm' rein, ich will dir ein paar Leute vorstellen", sagt er und Mio geht hinter ihm in den Keller. Offensichtlich haben Nicks Eltern dort einen richtigen Partyraum eingerichtet mit einer Bar, einem Billardtisch, einem Kicker und gemütlichen, alten Sofas. Die Beleuchtung ist allerdings ziemlich schlecht, es gibt nur zwei alte Stehlampen, die nicht viel Licht spenden - aber wahrscheinlich soll das auch so sein. Und die Luft ist etwas stickig. „Mark, Lino und Steven kennst du ja schon vom Training. Das hier ist Johannes und der da drüben, das ist der Dicke. Heißt eigentlich Timo, sagt aber keiner. Was, Dicker?" Nick klopft einem ungemein großen und dürren Jungen, der irgendwie zweidimensional aussieht, weil er so wenig Körpermasse hat, auf den Rücken. Einen Moment lang sieht es so aus, als würde er unter Nicks Berührung zusammenklappen, dann rappelt er sich wieder hoch und hebt die Hand in Mios Richtung. „Leute, das ist Mio." „Willst du ein Bier, Mio?", fragt Lino. Mio zögert einen Moment. „Okay", sagt er dann. „Meine Eltern haben uns ein Fass spendiert. Wenn das alle ist, gibt's nur noch Fanta und Cola. Also halt' dich ran, damit du noch was abkriegst." Kurze Zeit später ist Mio schon mit Mark und Steven in ein Gespräch über Basketball vertieft. Es ist das erste Mal, dass er

Bier trinkt. So richtig gut schmeckt ihm das Gesöff nicht, aber dass ihm davon ein wenig schummerig zumute ist, findet er ganz angenehm. Irgendwie entspannend. Die Musik kommt ihm jetzt auch gar nicht mehr so laut und die Luft nicht mehr so stickig vor.
Nick hat auch ein paar Mädchen eingeladen. Zuerst hat Mio sie gar nicht bemerkt, aber irgendwann ist das hysterische Gelächter aus der Ecke, wo sie alle sitzen, so laut geworden, dass es sogar immer wieder zwischendurch die Musik übertönt. Mio fällt auf, dass eines der Mädchen schon ziemlich glasige Augen hat, was man trotz der Dunkelheit und der überdimensional großen Brille, die sie trägt, bestens erkennen kann. Er findet, dass sie ziemlich betrunken aussieht. Sein Blick wandert weiter durch den Raum. Alle scheinen sich bestens zu amüsieren. Mio bemerkt, wie Nick sich neben eines der Mädchen setzt und seinen Arm um sie legt. Sie hat einen von diesen Dutts auf dem Kopf, die jetzt alle tragen, und ist sehr hübsch.

Als Mio aufsteht, um sich eine Cola zu holen, steht plötzlich das Mädchen mit den glasigen Augen vor ihm. „Na, du?", sagt sie und schwankt leicht von rechts nach links, sodass er schon den einen Arm ausstreckt, um sie gegebenenfalls festzuhalten. Sie fängt sich aber wieder und lächelt ihn schief an. Mio hat irgendwie Mitleid mit ihr. „Möchtest du dich vielleicht lieber setzen?", fragt er. „Äh, ja, okay. Ich wollte dich sowieso aus der...aus der Nähe angucken, das kann man im Sitzen auch viel...äh...besser." Sie hat offensichtlich Mühe, sich auszudrücken. Wie viel Bier hat sie schon getrunken?, fragt Mio sich. Er bringt sie zum nächsten Sofa und will gerade wieder aufstehen, um sich endlich seine Cola zu holen, als sie ihn am T-Shirt festhält. „Nicht weggehen", lallt sie. „Auch wenn du überall diese weißen Flecken hast, finde ich dich nämlich extrem süüüüüüüüüüß!" Oh, nein. Eigentlich will er sich losreißen, doch er hat Angst, dass sie dann vom Sofa fällt. „Ich bin übrigens Monique." Wieder dieses schiefe Lächeln. Mio starrt sie an. Morgen weiß sie sowieso nicht mehr, wie er heißt. Trotzdem sagt er höflich: „Ich bin Mio." Sie sagt nichts und Mio fragt sich, ob sie ihn überhaupt verstanden hat, als er auf einmal ihre Hand auf seinem Knie spürt. „Äh, Monique..." „Ja, Theo?" Okay, sie weiß jetzt schon nicht mehr, wie er heißt. Mio schwant Übles. Wenn er doch bloß einfach verschwinden könnte. Und da naht die Rettung. Der Dicke hat sich rechts neben ihn aufs Sofa gesetzt. Er sieht wirklich schmächtig aus, aber Mio ist sich sicher, dass er Monique trotzdem festhalten könnte, falls sie vom Sofa rutscht, wenn er sich gleich aus dem Staub macht. Entschlossen steht er auf und bahnt sich seinen Weg zur Tür. „Hey, Theo...!", hört er Moniques weinerliche Stimme. Doch jetzt gibt es kein Zurück mehr. Bevor er die Tür hinter sich schließt, wirft er noch einen Blick zurück und sieht, wie Monique ihren Kopf auf die Schulter des Dicken legt, der damit zunächst ganz zufrieden zu sein scheint. Eine

Sekunde später kotzt sie in seinen Schoß. Jetzt ist der Dicke nicht mehr so guter Laune, offenbar brüllt er sie an. Eigentlich wollte Mio Nick noch Tschüss sagen, aber der ist vollauf damit beschäftigt, den Dicken zu beruhigen. Mio grinst. Der Kelch ist an mir vorübergegangen, denkt er. Dann geht er die Kellertreppe hinauf, atmet tief die klare, erfrischende Nachtluft ein und steigt auf sein Fahrrad.

KAPITEL 27

Begeistert

„Wir fliegen nach Israel! Wir fliegen nach Israel!" Meine Mutter hat mir soeben die frohe Botschaft verkündet und ich renne wie eine Irre durchs Haus und hüpfe auf und ab. Nach langem Warten, haben wir nun endlich die Genehmigung bekommen. In vier Wochen wird es los gehen, zu Beginn der Sommerferien. Erst mal drei Wochen und dann noch eine Verlängerung bis zu sechs Wochen bei Bedarf. Ich rufe Leonie an. „Weißt du was?", schreie ich. „Nein und wenn du weiter so laut brüllst, bin ich gleich so taub, dass ich's nie erfahren werde." „Sorry. Wir fliegen nach Israel!" Ich habe wieder geschrien. Aber anstatt sich zu beschweren, schreit Leonie jetzt ebenfalls: „Yeah, wie geil ist das denn?!" Sie weiß, wie sehr ich gehofft habe, dass es klappt. „Ich freu mich riesig für dich! Wann geht's los?" „In vier Wochen! Hast du gleich Zeit? Ich brauche einen neuen Badeanzug!" „Klar, bin in 20 Minuten bei dir."

Wir fahren mit unseren Fahrrädern in die Stadt. Ich habe das Gefühl zu fliegen. Alles um mich herum kommt mir bunt und schön vor und ich lächle jeden Fußgänger an, der uns entgegen kommt. Fast hätte ich noch gewunken. Aber das wäre dann doch zu viel des Guten. Bevor wir nach einem Badeanzug gucken, kaufen wir uns Eis und schlendern durch die Fußgängerzone. Ich habe wieder mal eine lange Hose und ein Longsleeve an, deshalb fallen meine Flecken heute niemandem auf. Hätte ich eine kurze Hose oder einen Rock an, würden mir jetzt wieder viele Leute auf die Beine gucken. Und zwar nicht, weil sie so schön lang sind. „Wie warm wird es dort wohl sein?", sage ich mehr zu mir selbst als zu Leonie. „Also deine Longsleeves kannst du auf alle Fälle zu Hause lassen…" „Haha, sehr witzig. Hab' ich sowieso vor. Weißt du, worauf ich mich am meisten freue?" „Worauf?" „Die anderen Leute mit Vutikigo. Bei Facebook oder WhatsApp mit ihnen zu schreiben, ist zwar auch total gut, aber wirklich welche zu treffen, ist noch mal was ganz anderes." „Hast du hier eigentlich noch nie jemand anderes mit Vutikigo gesehen?" „Ein Mal. In der Hautklinik. Einen Mann, der ganz viele Stellen im Gesicht hatte. Als ich ihn angeguckt hab', hat der so böse zurück geguckt, dass ich gleich wieder woanders hin geschaut habe." „So ein Idiot. In Israel ist das mit Sicherheit anders. Da freuen sich die Leute bestimmt, wenn sie andere Vutikigo-People treffen!" „Hoffentlich."

Nachdem wir einen schönen, blauen Badeanzug für mich gefunden haben, kaufen wir noch einen Israel-Reiseführer. Wieder zu Hause angekommen, setzen wir uns auf die Terrasse und blättern darin. „Guck' mal, wie krass das aussieht!" Leonie zeigt auf das Bild einer Frau, die im Toten Meer badet. „Ja, oder? Das muss sich total irre anfühlen." Als wir noch ein paar Videos auf YouTube geguckt haben - es gibt ein sehr lustiges, in dem sich Leute mit Schlamm aus dem Meer beschmieren, weil das scheinbar gut für die Haut ist - seufzt Leonie. „Ich würde auch gern mitfahren", sagt sie und lehnt ihren Kopf an meine Schulter. „Ja, das wäre nice. Schon allein deshalb, weil ich dich liebend gerne mal so richtig mit Schlamm einseifen würde." Ich grinse sie an. „Du gemeines Aas." Doch ich lache nur. „Hab' ich dir eigentlich schon erzählt, dass Mama einen neuen Job gefunden hat?" „Nein! Da ist sie aber happy, oder?" „Ja, total. Sie muss zwar ein bisschen weiter fahren, aber das ist wohl okay." „Hab' ich dir schon erzählt, dass Luca am Montag zum ersten Mal *Ich liebe dich* zu mir gesagt hat?" „Nee, hast du nicht. Hast du wenigstens gesagt *Ich dich auch*?" „Nein, natürlich nicht. Ich hab' ihn einfach nur geküsst und gar nichts gesagt." „Liebst du ihn denn?" „Könnte sein. Vielleicht. Ich bin nicht sicher. Vielleicht ist es mir auch einfach zu früh, um das zu sagen." „Okay, verstehe." „In jedem Fall teile ich mir jetzt zur Feier dieses besonderen Tages diesen extrem leckeren Fair-Trade-Schokoriegel mit dir. Sind Kokosflocken drin. Eigentlich teile ich den nie. Also hoffe ich, dass du das zu schätzen weißt." Sie blickt mich streng an. „Oh, vielen Dank, es ist mir eine besondere Ehre."

Abends schauen wir zusammen Germany's next Topmodel. Eigentlich hatte ich keine Lust gehabt, doch Leonie hat mich so genervt, dass ich schließlich nachgegeben habe. Mir ist das immer viel zu viel Drama. Gerade als meine Gedanken nach Israel abschweifen wollen, stockt mir der Atem. Da steht ein Mädchen vor den Juroren, das anders aussieht als alle anderen. Braune, lange Haare. Große, blaue Augen. Wie zwei funkelnde Diamanten. *Weiße Flecken im Gesicht.* Und an den Armen. „Die hat Vitiligo!", flüstere ich. Und dann lauter: „DIE HAT VITILIGO!" Leonie zuckt zusammen. „Ja, du hast recht!" Gebannt folgen wir dem Geschehen. Das Vitiligomädchen darf ein zweites Mal laufen, doch sie kommt nicht weiter. „Ich wollte es auf jeden Fall versuchen", sagt sie im Interview danach. „Als ich gesehen habe, dass man mit Vitiligo auch Model werden kann, so wie Winnie Harlow, wusste ich, dass ich mich auch bei GNTM bewerben will. Ich bin zwar nicht weiter, aber davon lasse ich mich nicht unterkriegen." Sie lächelt selbstbewusst in die Kamera. „So mutig wäre ich auch gerne", murmele ich. „Du könntest da auch mitmachen. Mit deiner Figur! Und deinen Haaren!" Ich lehne mich an Leonies Schulter und seufze. „Ich will doch überhaupt nicht da mitmachen. Ich will einfach nach draußen gehen, ohne mich zu verstecken. Scheiß Longsleeves." „Dann mach' das doch. Scheiß' auf die anderen!" Leonie blickt mich auffordernd an, doch ich sage nichts mehr, weiche ihrem Blick aus. „Ist doch jedenfalls total gut, dass die beim Casting dabei war. Das haben bestimmt ganz viele Leute gesehen und die wissen jetzt, was Vutikigo ist und dass es nichts Schlimmes ist. Das ist doch auch gut für dich - und natürlich für alle anderen, die es haben." Ich nicke.

KAPITEL 28

Besänftigt

„Monique fragt ständig nach *Theo*. Vielleicht solltest du dich mal bei ihr melden." Nick grinst Mio schadenfroh an. „Nicht in tausend Jahren." „Wieso? Die ist doch ganz süß." „Frag' doch den Dicken, ob er sich ihrer annehmen möchte..." Nick lacht laut auf. „Eher würde der nackt durch die Fußgängerzone laufen. Wenn du ihren Namen nennst, fängt er jetzt noch an zu würgen. Hast dich ja kurz vorher aus'm Staub gemacht, bevor's richtig losging, du Held!" „Was? Die Party oder die Kotzerei?" „Beides." „Ruhe dahinten!", zischelt jemand zwei Reihen weiter vorne. „Ist doch eh' nur Werbung! Locker bleiben!", ruft Nick. Sie sitzen in den VIP-Sitzen, ganz hinten im Kinosaal. Die sind zwar deutlich teurer als die anderen, aber auch viel bequemer. „Hab' ich dir eigentlich erzählt, dass die Kur genehmigt wurde und wir definitiv nach Israel fliegen?" „Hast du nicht! Ja, cool! Das freut mich. Wann geht's los?" „Am ersten Tag der Sommerferien." „Das ist ja gar nicht mehr lange hin!" „Nee, bin auch schon bisschen aufgeregt." Der Film geht los. Mios Gedanken schweifen aber immer wieder ab. Inzwischen hat er seine Zweifel, was die Kur angeht, völlig beiseitegeschoben und freut sich auf die Reise.

Kathrin ist bei den letzten Sitzungen zufrieden mit ihm gewesen und hat ihm mehrmals gesagt, was für einen guten Eindruck er macht. Er fühlt sich auch gut. Wenn er daran denkt, wie es ihm vor ungefähr einem Jahr um diese Zeit gegangen ist…Vieles hat sich verändert und das ist gut so.

Auch die Situation mit seinem Papa hat sich etwas entspannt. Sie haben noch einen langen Weg vor sich, keine Frage. Aber Mio ist nach dem Ausflug mit dem Porsche sogar noch ein Mal mitgekommen zu einem Wochenendbesuch. Sie haben versucht, höflich miteinander umzugehen, was die meiste Zeit auch ganz gut geklappt hat. Er denkt daran, dass es vor zwei Tagen sogar eine Art Aussprache zwischen ihnen gegeben hat. Sein Vater hat ihn zum Essen beim Italiener eingeladen. „Wahnsinn, er nimmt sich sogar unter der Woche Zeit für mich", hatte er, in sarkastischem Ton, zu seiner Mutter gesagt. „Dann muss es wichtig sein."

Er lehnt sich zurück und schließt die Augen. Bis jetzt hat ihn der Film nicht so richtig gepackt. Lieber lässt er sich noch mal den wichtigsten Teil des Gesprächs mit seinem Papa durch den Kopf gehen:

Papa: „Ihr fliegt ja bald nach Israel…"
Mio: „Ja, allerdings."
Papa: „Pass' dort gut auf deine Mutter und deinen Bruder auf, ja? Dass ihr heile wieder kommt."
Mio: „Seit wann interessiert du dich dafür, ob es uns gut geht?"

Papa: „Mio, bitte. Du weißt, dass ihr immer meine Familie sein werdet, egal, was passiert. Ich werde mich immer um euch sorgen."

Mio: „Ach ja?! Das hat aber anders ausgesehen, als du Mama betrogen und uns verlassen hast."

Papa: „Ich weiß und das tut mir sehr, sehr leid. Ich hab das nicht geplant oder gewollt, aber manchmal ist das so im Leben. Es geschehen einfach Dinge, die man nie für möglich gehalten hat. Es ist übrigens aus zwischen Lara und mir. Das wollte ich dir noch sagen. Leo hat sie ja kennengelernt, aber ich verstehe, dass du das nicht wolltest. Ich dachte nur, du solltest wissen, dass es vorbei ist."

Mio: „Wolltest du deshalb mit mir Essen gehen? Um mir das zu sagen?"

Papa: „Nein. Ich wollte mit dir essen gehen, um Zeit mit dir zu verbringen. Und um dir alles Gute für deine Kur zu wünschen. Ich hoffe sehr, dass es gut läuft und sich was tut bei deiner Haut. Ich finde es großartig, wie du damit umgehst, weißt du das? Und dass du dich nicht hängen lässt und dein Leben in die Hand nimmst. Meinst du, ich kann demnächst mal zu einem Basketball-Spiel von dir kommen?"

Mio: „Wenn du Zeit dafür hast."

Papa: „Ich werde mir die Zeit nehmen, Mio. Versprochen."

Mio: „Okay."

Er hat es seinem Vater zwar nicht gesagt, aber er hat sich gefreut. Über das, was er über seinen Umgang mit der Vitiligo gesagt hat und darüber, dass er zu einem Basketballspiel kommen will. Er kann ihm nach wie vor nicht verzeihen, aber trotzdem spürt er, wie die Wut, die er schon so lange in sich trägt, ein ganz kleines bisschen weniger geworden ist.

Nach dem Kino hat Mio keine Lust, gleich nach Hause zu fahren. Deshalb beschließt er, noch einen kurzen Abstecher zu machen. Er schließt sein Fahrrad in der Nähe des Bahnhofs an und geht dann zu Fuß weiter. Vor etwa einem Jahr ist er zuletzt hier gewesen. Genau hier. Nach Scheiße riechend und ziemlich durch den Wind. Da sind sie. Die Gleise. Er hält gebührenden Abstand und verharrt im fast hüfthohen Gras. Schließt die Augen. Er sieht sich dort liegen, sieht, wie er, kurz bevor der Zug kommt, aufspringt und zur Seite rennt.
Plötzlich fällt ihm ein, was sein Opa immer zu ihm gesagt hat, als er noch lebte: „Wer kämpft, kann verlieren. Wer nicht kämpft, hat schon verloren." Ja, genauso ist es. In dem Moment damals war er sich wie ein Feigling vorgekommen, aber heute fühlt er sich wie ein Kämpfer. Einer, der nicht aufgegeben hat und im Falle einer Niederlage auch wieder aufstehen und weitermachen kann. Er denkt an Israel und daran, dass es keine Garantie gibt, dass die Kur bei ihm Wirkung zeigen wird. Aber er weiß, dass er nie wieder hierher kommen wird. Er wird weiter kämpfen.

KAPITEL 29

Bereit

„Ich fass' es nicht, dass die sich echt dahin getraut hat!" „Ja, die war ja nun wirklich keine Toni Garrn..." „Ach, guck' mal, da ist Flecki." „Hey, hast du gesehen? Eine von deiner Spezies war gestern bei Germany's Next Topmodel!" „Klar habe ich das", antworte ich. „Und? Bist du nächstes Jahr auch dabei?" Sie kichern. „Vielleicht." „Oh Gott, die arme Jury. Es reicht ja, wenn da ein Mal so 'ne Kackbratze aufläuft, die meint, sie kann mit ihrem entstellten Äußeren Model werden." „Schade, dann kannst du ja auch auf keinen Fall mitmachen nächstes Jahr." Ich blicke Eileen direkt in ihre weit aufgerissenen, schwarz umrandeten Kajalaugen. „Naja", fahre ich fort, „und Josy mit ihren dicken Oberschenkeln hätte wohl auch eher schlechte Chancen, ganz zu schweigen von dir, Pia. Du könntest mit deinen unschönen Pickeln eher die Hauptrolle im nächsten Sams-Film spielen als dich bei GNTM zu bewerben. Stimmt's oder hab' ich recht?!" Alle drei kriegen kein Wort heraus, sondern starren mich nur an. Na bitte, Nike, geht doch. Auch wenn ich die Longsleeves noch nicht ausgezogen habe, arbeite ich trotzdem hart an Vorsatz Nummer 3. Und da die Hexen-Gang mich jetzt so lange in Ruhe gelassen hat, hatte ich genug Zeit, mich auf diesen Moment innerlich vorzubereiten. Ich wusste ja, dass sie irgendwann wieder in Aktion treten würden. Ich lasse sie stehen und gehe bester Laune zum Fahrradständer. Die Sonne scheint, es ist Freitag. Auch wenn ich am Wochenende noch ziemlich viel für die Schule tun muss, wenn ich die Klausuren vor den Ferien alle schaffen will, bin ich bereits so voller Vorfreude auf Israel, dass ich mich auch davon nicht runterziehen lasse.

Die letzten Wochen vor den Ferien gehen wahnsinnig schnell rum. Jetzt sind es nur noch ein paar Tage, bis wir in den Flieger steigen. Ich rede über nichts anderes mehr und bin absolut nicht zu bremsen. „Ich kann mich nicht daran erinnern, wann ich dich das letzte Mal so fröhlich gesehen habe", sagt Mama mehrmals zu mir. Jan dagegen kann es schon nicht mehr ertragen, wenn ich über Israel spreche. So auch an diesem Nachmittag. Wir beide liegen auf dem Sofa im Wohnzimmer und der Fernseher läuft. „Wusstest du, dass wir in einem kleinen Ort namens Ein Bokek wohnen werden?" „Jaaaa, hast du schon zehn bis zwanzig Mal erwähnt", sagt Jan genervt und gähnt. „Der liegt 400 Meter unterm Meeresspiegel und deshalb ist da nicht nur besonders gute Luft, sondern auch eine ganz besondere Sonneneinstrahlung, die sehr gut für die Haut ist. Wusstest du..." „Schnauze!!! Ich will jetzt Fußball gucken." Typisch. Außer Fußball interessiert Jan nichts. Na gut, soll er doch Fußball gucken. Bestimmt will Papa mit mir reden. Ich gehe in die Küche, wo er gerade Zeitung liest. Als ich rein komme, legt er sie auf den Tisch und lächelt mich an. „Papa, wusstest du, dass man in Israel ganz tolle Städte angucken kann? Jerusalem zum Beispiel, da steht die berühmte Klagemauer, wo man einen Zettel mit einem Wunsch, den Gott einem erfüllen soll, reinstecken kann. Das will ich auch unbedingt machen. Und der Felsendom mit der großen, goldenen Kuppel ist da auch." „Das klingt alles toll. Schön, dass du dich so auf eure Reise freust", sagt Papa. „Sicher findet ihr auch Zeit, euch das Land anzusehen. Aber ihr müsst gut auf euch aufpassen, denn die politische Lage in Israel ist sehr angespannt, das weißt du ja. Es gibt oft Unruhen. Wenn ihr Ausflüge macht, dann bitte immer nur mit einem Reiseführer, das ist sicherer als alleine. Versprichst du mir das?" „Klar", sage ich und umarme ihn. „Ich werde dich vermissen, Papa." „Ich dich auch, Nikemaus." Das hat er lange nicht mehr zu mir gesagt.

Der Tag der Abreise ist gekommen. Endlich! Ich habe viele Kleidungsstücke eingepackt, die ich schon ewig nicht mehr angezogen habe. Kurze Sommerkleider und Röcke. Und meinen blauen Badeanzug natürlich. Ich werde wieder schwimmen in Israel. Das erste Mal seit langer Zeit. Und kein einziges Longsleeve ist in meinem Koffer zu finden. Ein gutes Gefühl.
Der Abschied von Leonie gestern war ziemlich tränenreich. Ich werde sie sehr vermissen. Aber Gott

sei Dank gibt es ja WhatsApp.

Als wir uns eben von Papa und Jan verabschiedet haben, sind auch noch mal ein paar Tränen geflossen, obwohl ich mir fest vorgenommen hatte, nicht zu weinen. Aber ich war noch nie so lange von zu Hause weg. Gut, dass ich nicht alleine fliegen muss. Jetzt sitzen Mama und ich in der Wartehalle im Flughafen und ich bin mega aufgeregt. So weit weg zum ersten Mal! Ankündigung aus dem Lautsprecher, das Boarding könne jetzt beginnen. Mama und ich in der Schlange am Terminal. Bordkarte vorzeigen. „Ich wünsche Ihnen einen guten Flug!" Freundliches Lächeln. Der Weg durch die Gangway. Und dann steigen wir in das riesige Flugzeug ein, auf dem in großen Buchstaben „El Al", der Name der israelischen Fluggesellschaft, geschrieben steht. Ich freue mich auf die ganz andere Welt, in der ich wieder aussteigen werde.

Teil 2

KAPITEL 30

Besucht

Das Wasser des Sees liegt still da, keine Bewegung. Nirgendwo. Einfach nur Bullenhitze. Schon wieder schnipst Mio sich ein Gewittertierchen vom Arm. Die große Abkühlung wird wohl nicht mehr lange auf sich warten lassen. Plötzlich springt Matteo auf und rast ins Wasser. „Na los! Komm schon! Ist pisswarm!" „Das glaube ich", sagt Mio und stöhnt. Trotzdem rappelt er sich auf und trabt seinem Freund hinterher. Die beiden liefern sich eine ordentliche Wasserschlacht. Dann schwimmen sie nebeneinander her bis zur Wasserinsel. Sie ziehen sich am Rand hoch und legen sich auf den warmen Untergrund. Es ist nicht viel los, nur ein paar Omas ziehen ihre Bahnen durchs Wasser. Heute Nachmittag wird es sicher voller werden, wenn dann nicht schon das Gewitter wütet. „Und wie fühlt es sich an?" „Unbeschreiblich, Digga." Mio grinst. Matteo ist ganz der Alte. „Wie lange seid ihr jetzt zusammen?" „Sechs Monate. Und sie ist ein Jahr älter als du?" „Allerdings. Und sie ist einfach unglaublich." „Dich hat's richtig erwischt, oder?" „Ich glaub' schon." Matteo setzt sich auf, schüttelt seine nassen Haare, legt sich wieder hin und schließt die Augen. „Und bei dir?" „Was soll sein?!" „Du weißt schon. Wer ist die

Frau in deinem Leben?" „Sehr witzig." „Ist nicht witzig gemeint." Mio spürt, wie die altbekannte Wut, die ihn immer heimsucht, wenn dieses Thema kommt, von ihm Besitz ergreift. „Mann, du weißt doch, dass ich seit Sarah mit keiner mehr zusammen war." „Das ist ewig her!!! Du musst was unternehmen. So geht das nicht weiter. Und komm' mir nicht mit deiner Vitiligo. Das ist Bullshit." Jetzt ist Mio richtig wütend. „Verdammte Scheiße! Lass' mich damit einfach in Ruhe! Erstens: NIEMAND steht auf Vitiligo. Und zweitens ist mir das scheißegal. Hast du nicht gesehen, wie meine Mama sich verändert hat, seit Papa weg ist? Wie sie das Ganze fertig gemacht hat und macht? LIEBE ist Bullshit. Es geht doch sowieso allen nur ums Ficken. Guck' dich doch selbst an. Hast du mir nicht gerade davon erzählt?" Matteo presst die Lippen aufeinander. Er will etwas sagen, überlegt es sich dann doch wieder anders. Dann fährt er sich mit den Fingern durch seine nassen Haare und dreht den Kopf in Mios Richtung, der mit geschlossenen Augen da liegt. „Wenn ich dich nicht so gerne mögen würde, hätte ich dir gerade fast eine rein gehauen. Mit Lana geht's nicht nur ums Ficken. Und wenn du das nicht gerafft hast, dann frage ich mich, wie gut du mich eigentlich kennst. Und JA, Liebe funktioniert nicht immer. Deshalb musst du sie ja trotzdem nicht komplett aus deinem Leben streichen!" „Whatever." Plötzlich spürt Mio etwas Glibberiges zwischen seinen Oberschenkeln und springt auf. „Was zur...?!" Matteo fängt an zu lachen. Mio tastet angewidert an seinem

Bein entlang und zieht schließlich eine Alge aus seiner Badehose. „Hast du die da rein getan?!" „Das hättet du wohl gerne!" Matteo lacht noch lauter. Mio stürzt sich auf ihn, es gibt ein kurzes Gerangel, dann fallen beide zusammen ins Wasser.

Als sie kurze Zeit später wieder auf ihren Handtüchern sitzen, sagt Matteo: „Was machst du eigentlich, wenn die Kur in Israel gar nichts bringt?" „Keine Ahnung. So weiter leben wie jetzt?!" „Dir geht's jetzt wieder ganz gut, oder? Nach dem Schulwechsel und mit Basketball und so." „Besser als damals, nachdem du weggezogen bist, auf jeden Fall." „Das finde ich gut. Warst wirklich in keiner guten Verfassung." Matteo zieht eine Colaflasche aus seinem Rucksack, schraubt den Verschluss ab und hält sie Mio hin. „Darauf trinken wir." „Worauf?" „Dass es dir besser geht, Mann." Mio nimmt einen großen Schluck aus der Flasche und spuckt ihn sofort wieder aus. „Was ist das?!" „Vodla. Meine ganz persönliche Spezialmische aus Vodka und Cola." Matteo grinst ihn begeistert an. „Der erste Schluck ist immer etwas eklig, aber dann schmeckt's lecker." Er nimmt einen großen Schluck aus der Flasche. „Hier, probier' noch mal. Du wirst sehen, dass ich recht habe." Mio guckt ihn zweifelnd an, nimmt dann aber doch noch einen zweiten Schluck. Und tatsächlich - das Gesöff schmeckt auf einmal ganz erträglich. Sie leeren die halbe Flasche. „Sag' mal, warum ist das Zeug eigentlich so warm? Hast du's im Zug mitgeschleppt, oder was?", fragt

Mio irgendwann mit leicht glasigem Blick. „Nee, ich hab' eben rein gepinkelt. Scheeeeerz. Klar hab' ich's im Zug dabei gehabt. Nachdem ich mich heute Morgen noch schnell an der Vodkaflasche von meinem alten Herrn bedient habe, ist es gleich in meinen Rucksack gewandert. Hat mal wieder nix gemerkt." „Ich bestehe darauf, dass du jetzt immer Vodla mitbringst, wenn du mich besuchen kommst. Und jetzt trinke ich auf deine Genialität." „Sehr freundlich, vielen Dank. Den Rest sparen wir uns für heute Abend auf, würde ich sagen." Irgendwie schaffen sie es zu Mio nach Hause, ohne von ihren Rädern zu kippen. Dort angekommen, plumpst Mio in sein Bett und Matteo auf die Luftmatratze daneben. Sie fallen in einen tiefen Schlaf.

KAPITEL 31

Befragt

Flughafen Ben Gurion in Tel Aviv. Ortstemperatur: 35 Grad. Leichter Wind. Als wir nach viereinhalb Stunden aus dem Flugzeug aussteigen, nimmt uns die ungewohnte, trockene Hitze des Landes in Empfang. Ich habe keine Sonnenbrille aufgesetzt und kneife sofort die Augen ein bisschen zu, weil ich mich geblendet fühle. Wie gerne hätte ich sie stattdessen weit geöffnet und alles um mich herum wahrgenommen. So stolpere ich nur ein bisschen benommen vom Flug neben Mama die Treppe herunter und steige dann mit ihr in den Bus ein, der schon für die Passagiere bereit steht. Wir fahren zum Terminal. Passkontrolle. Dann Warten auf die Koffer. Als wir sie endlich haben, reihen wir uns in eine endlos lange Schlange ein. Jeder Koffer wird von einem Flughafenmitarbeiter geöffnet und durchsucht. Und wenn ich sage *jeder* Koffer, dann meine ich das auch…Das Warten nimmt kein Ende. Ich habe das Gefühl, gleich nicht mehr stehen zu können und Mama sieht auch so aus, als könnte sie dringend ein Glas Wasser gebrauchen. Als wir endlich dran sind, schäme ich mich etwas für meinen kleinen braunen Teddy, der immer noch bei mir im Bett schläft, und den ich ganz unten im Koffer versteckt habe. Der Kontrolleur nimmt ihn in die Hand, drückt kurz auf seinem Bauch herum und schüttelt ihn. Verzieht dabei keine Miene. Mein armer Brauni. Hoffentlich wird er ihn nicht noch aufschlitzen und nach Drogen oder sowas suchen. Dann beginnt die Befragung. „Why are you here? Holidays?" Er schaut uns mit undurchdringlichem Gesicht an. Mama sagt: „Zeig ihm deine Hand, damit er die Vitiligostelle sieht." Ich gehorche. „My daughter is sick. We want to go to the Dead Sea." Er nickt. Scheinbar hört er diese Antwort nicht zum ersten Mal. „Do you know anyone in Israel? Do you have friends here?" Wir schütteln den Kopf. Er wühlt ein letztes Mal in Mamas Koffer herum und dann sind wir erlöst. „Puh, das war ja was", sage ich und wische mir den Schweiß von der Stirn. „Ja, das kannst du laut sagen. Sowas habe ich auch noch nicht erlebt. Aber das müssen die hier so machen. Sie haben strenge Vorgaben wegen der politischen Situation." Mama sieht ziemlich erschöpft aus. Mir ist jetzt ein bisschen mulmig zumute. Schrecklich, dass die Menschen hier in so großer Angst leben müssen, plötzlich ihr Leben zu verlieren. Und jetzt würden wir für einige Wochen auch so leben. Hoffentlich ist es das wert. Ich denke an Papa. Mein ungutes Gefühl verstärkt sich noch, als ich die vielen Soldaten sehe, die überall im Flughafen mit grimmigen Gesichtern ihre Runden drehen. Anstatt mich sicherer zu fühlen, machen sie mir eher Angst. Mama hat wohl meine Gedanken erraten. „Mach dir keine Sorgen. Wir fahren ja in einen Kurort, wo sich hauptsächlich Touristen und Patienten der Hautklinik aufhalten. Niemand hat es auf uns abgesehen." Ein schwacher Trost, finde ich. Schließlich wollen wir ja auch mal Ausflüge ins Landesinnere machen. Jetzt will ich aber erst mal einfach in den Bus steigen und von hier weg. Zum Glück steht am Ausgang ein älterer, bärtiger Mann, der ein großes Schild mit unseren Namen hoch hält und uns zum Bus bringt. Er verstaut unsere Koffer und deutet dann auf die Bustür. „You can go in now. Have a safe trip", sagt er. Dann geht er wieder Richtung Flughafengebäude. Unser Fahrer sitzt bereits am Steuer und wartet, dass wir einstiegen. „Hello", sagt er und schaut uns freundlich an. „Welcome to Israel!" Wir lächeln und sagen brav „Thank you". Es steigen noch einige andere Reisende ein, sie sprechen Französisch und Spanisch, glaube ich. Mama und ich setzen uns ganz nach vorne und dann geht es los. Palmen rauschen an uns vorbei. Laute Radiomusik in einer Sprache, die ich nicht verstehe. Ist es Arabisch oder Hebräisch? Unser Fahrer singt jedenfalls laut mit. Er winkt einigen Passanten aus seinem offenen Fenster zu. Man kennt sich. Irgendwann verlassen wir Tel Aviv. Eine lange Fahrt auf der Landstraße folgt. Teilweise nichts anderes als karge, meist steinige Wüstenlandschaft um uns herum, manchmal ein bisschen Grün dazwischen. Hier sieht es so anders aus als in Deutschland. Ich sauge all' die neuen Eindrücke gierig in mich auf. Plötzlich entdecke ich ein frei herum laufendes Kamel am Straßenrand. „Mama, guck' mal, ein Kamel!", rufe ich aufgeregt. Sie ist eingeschlafen und als ich sie wach gerüttelt habe, ist es leider schon zu spät. „Schade, jetzt hast du es verpasst." Sie gähnt. „Vielleicht sehen wir ja später noch mal eins", sagt sie mit verschlafener Stimme. Für den Rest der Fahrt ist jedoch weder an Kamele noch an Schlaf zu denken. Der Bus rast jetzt mit einem unvorstellbaren Tempo durch steile und enge Kurven, die sich um große Wüstenberge herum schlängeln. Irgendwie muss man ja auch 400 Meter unter den Meeresspiegel gelangen, doch in diesem Moment hätten wir uns lieber dorthin gebeamt als in diesem Bus zu sitzen. Vor allem Mama ist schrecklich übel. „Can you please stop?", frage ich irgendwann unseren Fahrer. „My mother is sick." Zum Glück hält er kurz am Straßenrand an und Mama kann ein wenig frische Luft schnappen. Danach geht es ihr etwas besser. Langsam wird es dunkel. Als wir endlich in Ein Bokek ankommen, können wir nicht viel erkennen außer den bunten und glitzernden Lichtern der Hotels. Das ist er also. Der Ort, wo wir uns die nächsten drei Wochen, vielleicht länger, aufhalten werden. So im Dunkeln anzukommen ist kein schönes Gefühl. Lieber wäre ich bei Tag angereist und hätte mir alles genau angesehen. So aber fühlt man sich ein bisschen ausgeliefert, wie in der Höhle des Löwen. Voller Sorge, was einen am nächsten Tag erwartet, wenn man die Augen aufschlägt. Unser Fahrer hält vor einem kleinen Hotel, über dem in großen, leuchtend blauen Buchstaben das Wort *Tamar* steht.

Als wir unsere Koffer ein paar Minuten später durch die Eingangstür rollen, empfängt uns leise Musik in der Lobby, die von warmem Licht erleuchtet wird. Hinter der Rezeption steht ein älterer Mann, der uns freundlich anlächelt. Er hat weiße Haare und tiefbraune Augen. Typ *Gütiger König*. Eindeutig. „Shalom and Good evening. Welcome to the *Tamar* Hotel. Did you have a good trip?" „Good evening. Yes, thank you." Mama nennt unseren Namen und legt die Reservierungsbestätigung vor. „Ah, Sie sind aus Deutschland. Herzlich Willkommen noch einmal. Mein Name ist David Hirshberg. Wenn Sie während Ihrer Zeit bei uns Fragen haben, sprechen Sie mich jederzeit an. Ich betreue die deutschen Gäste. Sie haben die Zimmernummer 455, dort geht es zum Fahrstuhl. Das sind Ihre Zimmerschlüssel. Frühstück ist ab 6.00 Uhr. Kann ich noch etwas für Sie tun?" Wir bedanken uns und wünschen David Hirshberg eine gute Nacht. Todmüde und erschöpft lassen wir uns kurz darauf im Hotelzimmer ins Bett fallen. Ich denke noch mal an die vielen Soldaten im Flughafen, das Kamel am Straßenrand und die großen Wüstenberge, um die wir in einem Affenzahn herum gesaust sind, und die sich nun hinter den angestrahlten Hotels von Ein Bokek auftürmen. Dann nehme ich Brauni ein wenig fester in meinen Arm, kuschele mich in meine Decke, und falle in einen tiefen, traumlosen Schlaf.

Am nächsten Morgen scheint die Sonne hell durch die Gardinen in unser Zimmer hinein und mein erster

Gedanke ist: Ich muss das Tote Meer sehen! Aufgeregt springe ich aus dem Bett und laufe zum Fenster. Türkisblaues Glitzerflimmern im Sonnenlicht. Wunderschön! Und so ruhig. Keine Wellen, nichts. Kein Wunder, das Tote Meer ist ja auch eigentlich ein See. Ich denke an Leonie und daran, wie wir zusammen darüber gelesen haben. Ich vermisse sie jetzt schon furchtbar.

Wie es sich wohl anfühlen wird, im Meer zu baden? Große Vorfreude. Mama schläft noch, doch ich muss sie einfach wecken. „Mama, wach auf! Du musst aus dem Fenster gucken und dir das Tote Meer ansehen!" Sie schlägt die Augen auf und schaut mich etwas verwirrt an. Dann lächelt sie und sagt: „Ach ja, wir sind ja in Israel."

Nachdem auch Mama den Ausblick bewundert hat, duschen wir beide und ziehen uns an. Zum ersten Mal seit einer gefühlten Ewigkeit traue ich mich, wieder einmal mein hellblaues Sommerkleid, das meine blonden Haare schön hervorhebt, zu tragen. Inzwischen sind sie auch wieder länger und es kommt mir vor, als wäre die Aktion der Hexen-Gang schon Jahre her. Mama bemerkt, dass ich mich schick gemacht habe und wirft mir einen erfreuten Blick zu. Dann nehmen wir den Fahrstuhl, um ins Erdgeschoss zu gelangen, wo sich der Speisesaal befindet. Mit uns zusammen fährt auch ein junges Mädchen, das uns freundlich anlächelt, als wir durch die Tür kommen. Ich schätze sie auf 15 Jahre. Sie hat lange, braune Haare und dunkelbraune Augen. Fast ein

Schneewittchen. Ihre Haut sieht furchtbar aus. Aufgeschürfte, wund gekratzte Stellen am ganzen Körper. Knallrot. Ich versuche, nicht so direkt hinzuschauen. Schließlich sind mir die Blicke der anderen auf meine eigene Haut ja nur allzu bekannt und verhasst. Im Speisesaal werden wir an der Tür von zwei jungen Kellnern begrüßt. Beide haben pechschwarze Haare und große, dunkle Augen. Einer führt uns zu einem Tisch für zwei Personen und bringt Mama Kaffee und mir Kakao. „Schau dir mal das Buffet an, Mama. Wenn wir das alles probiert haben, brauchen wir kein Mittagessen und kein Abendbrot mehr…" Die Auswahl ist wirklich riesig. Das reinste Schlaraffenland. Vor allem das frische Obst sieht lecker aus und ich esse einen ganzen Teller davon. Ich lasse mir die Orangenscheiben auf der Zunge zergehen - bestimmt sind das die berühmten Orangen aus Jaffa, von denen ich im Reiseführer gelesen habe. Als ich mir noch einen frisch gepressten Orangensaft holen will, sehe ich zum ersten Mal ein anderes Mädchen mit Vitiligo. Sie nimmt sich gerade ein Stück Kuchen. Ich starre sie an. Sie hat sehr kurze, dunkle Haare. Vorne am Pony eine Strähne weißblond gefärbt. Ihre Hände sind komplett weiß und auch an anderen Stellen ihres Körpers sieht man deutlich die Vitiligostellen. Wie ich hat sie Flecken in den Kniekehlen und an den Ellenbogen. Ich finde sie nicht nur interessant, sondern auch total hübsch. Das rosa Top, das sie trägt, und der weiße Rock dazu sehen toll an ihr aus. Plötzlich guckt sie hoch und begegnet meinem Blick. Dunkelbraune, große Augen. Sie lächelt mich an und ich lächele zurück. Eine Welle des Glücks schießt durch meinen Körper. Ich bin nicht allein. Es gibt tatsächlich noch andere wie mich. Ich traue mich nicht, sie anzusprechen und offenbar geht es ihr genauso. Doch ich bin sicher, dass wir uns noch mal sehen werden, und nehme mir fest vor, sie dann anzusprechen. Auf dem Weg zurück zum Tisch fällt mir auf, dass man auch aus den Fenstern des Speisesaals das Tote Meer und den großen Pool sehen kann. „Mama, wann können wir schwimmen gehen?", frage ich aufgeregt. „Wir haben jetzt gleich erst den ersten Termin in der Hautklinik. Die ist direkt hier im Hotel, im Untergeschoss. Danach können wir gerne schwimmen gehen. Ich bin auch schon gespannt, wie sich ein Bad im Toten Meer wohl anfühlt." Stimmt ja, wir haben heute Morgen einen Umschlag auf dem Boden im Hotelzimmer gefunden, der wohl unter der Tür durchgeschoben worden ist. Darin steht, dass wir um 10.00 Uhr in die Klinik kommen sollen. Ich bin schon ein bisschen nervös.

Als wir in der Klinik ankommen, die übrigens sehr klein ist im Vergleich zu Doktor Adlers Klinik, bringt uns eine nette Krankenschwester gleich in das Behandlungszimmer. Wir müssen überhaupt nicht warten. Kurz darauf kommt auch schon eine dunkelhaarige Frau mit Brille herein, die sich uns als Doktor Weiss vorstellt. Sie hat eine sehr tiefe, angenehme Stimme und ich bin sicher, dass ich sie zweifelsohne der Kategorie *Gute Fee* zuordnen kann. Ich muss mich bis auf die Unterwäsche ausziehen. Sie schaut sich kurz meine Vitiligostellen an und sagt dann in fast akzentfreiem Deutsch: „Nike, die Ausbreitung deiner Vitiligo ist sehr stark. Ich denke, dass du in den kleineren Flecken eine Repigmentierung erreichen kannst, wenn du dich streng an den Sonnenplan hältst, den ich dir gleich geben werde. Bei der großen weißen Fläche, die sich bei dir ja von der Brust, über den Bauch, bis hin zu den Oberschenkeln zieht, besteht leider eine geringere Chance, dass die Haut wieder ihre normale Farbe annehmen wird. Sonnenbrand kannst du dir dort auch leichter holen als an den anderen Stellen, da musst du sehr vorsichtig sein beim Sonnen." Ich nicke. „Also muss ich mich sonnen? Darin besteht meine Kur?", frage ich. Doktor Weiss gibt mir den Sonnenplan. „Ganz genau. Oben auf dem Dach des Hotels befindet sich eine Sonnenterrasse, das Solarium. Es gibt zwei getrennte Bereiche, einen für Männer und einen für Frauen. Auf dem Plan stehen die genauen Zeiten, wie lange du dich pro Tag dort sonnen musst. Wichtig ist, dass du ganz nackt bist, damit alle Vitiligostellen Sonne bekommen. Und für den Fall, dass du Sonnenbrand bekommst, gebe ich dir eine Zinksalbe zur Beruhigung der Haut mit. Ein Mal die Woche kommst du zu mir und wir schauen gemeinsam, ob sich was getan hat. Ideal ist, wenn die Vitiligostellen eine leicht rosa Färbung bekommen, aber nicht verbrannt sind. Dann hast du eine gute

Chance, dass die Pigmente in deiner normalen Hautfarbe zurückkommen." Ich nicke. Einfach nur sonnen. Damit kann ich gut leben. Nur der Gedanke, splitternackt auf dem Dach des Hotels rumzuliegen, mit anderen nackten Frauen, gefällt mir nicht besonders. „Bevor ich es vergesse: Baden im Meer solltest du natürlich auch, aber dafür gibt es keine Vorgaben. Du kannst täglich baden, musst es aber nicht. Nur bitte nicht länger als 30 Minuten am Stück. Da der Salzgehalt des Meeres so hoch ist, solltest du aufpassen, dass du das Wasser nicht in die Augen bekommst und nicht schluckst. Das kann sehr unangenehm sein und auch gefährlich werden. Und hinterher immer gut abduschen, ja?" „Okay." Doktor Weiss gibt uns beiden die Hand. Mit einem guten Gefühl verlassen Mama und ich die Klinik, um uns für unser erstes Bad im Toten Meer umzuziehen.

Als wir aus dem Hintereingang des Hotels treten, schlägt uns die Hitze entgegen. Es ist noch nicht einmal Mittag, aber schon jetzt ist es richtig heiß. Ich mag das. Kurz schließe ich meine Augen und atme tief ein, versuche die Wärme der Sonne mit meinem ganzen Körper aufzusaugen.

Das Wasser ist warm, wie in der Badewanne. Und sehr ölig. Vorsichtig waten wir nebeneinander in das türkisblaue Nass. Jetzt sind wir bis zur Hüfte im Wasser. Automatisch beuge ich mich nach vorn und will anfangen zu schwimmen. Meine Beine werden nach oben gerissen und ich drücke sie schnell wieder nach unten, Richtung Boden, damit ich nicht untertauche. Ich schaue Mama an. „Hast du gesehen, es geht wirklich nicht! Man kann nicht normal schwimmen. Autsch, ich glaube, ich habe Wasser ins Auge gekriegt." Das brennt wirklich höllisch. „Musst du dir die Augen erst unter Dusche ausspülen oder geht es?" „Geht schon", murmele ich. Es wird langsam wieder besser. Mama hat sich inzwischen auf den Rücken gelegt und wie die Leute auf den Bildern im Reiseführer treibt sie oben auf dem Wasser, ohne dabei schwimmen zu müssen. „Hach, ist das herrlich!" So entspannt habe ich Mama schon lange nicht mehr gesehen. Ich mache es ihr nach, lege mich auch auf den Rücken und lasse mich treiben. Wir paddeln eine ganze Weile so nebeneinander her und genießen Sonne und Wasser. Am Strand ist eine große Uhr aufgestellt worden, sodass man nicht die 30 Minuten überschreitet, von denen Doktor Weiss gesprochen hat. Wir halten uns daran. Nach dem Abduschen beschließen wir, vorm Mittagessen noch an den Pool zu gehen. Am Nachmittag wollen wir dann zum ersten Mal zum Solarium, um mit dem Sonnen zu beginnen. Mama legt sich auf eine Liege und beginnt zu lesen, während ich ins Wasser gehe. Zum Glück kann ich hier ganz normal schwimmen, denke ich. Und da ich ja ewig nicht mehr Schwimmen gegangen bin, genieße ich es in vollen Zügen. Es gibt sogar drei Strudelbänke und nachdem ich ein paar Runden im Wasser gedreht habe, lege ich mich auf eine von ihnen. Ich schließe die Augen und tauche in das Geblubber ein. Wasser sprudelt mir in die Ohren. Ich höre nichts und sehe nichts. Dankbarkeit dafür, dass ich hier sein darf, durchströmt mich. Niemand hat mich blöd angestarrt. Keiner hat mich beleidigt. Und ich fühle mich wirklich wohl in meinem Badeanzug. Zum ersten Mal seit sehr langer Zeit. „Hallo." Ich zucke zusammen und mache die Augen auf. „Oh, sorry, ich wollte dich nicht erschrecken." Das Mädchen aus dem Fahrstuhl von heute Morgen. „Hi. Kein Problem. Unverhofft kommt oft." Dass ich nicht mal einen Satz sagen kann, ohne dass mir ein Sprichwort rausrutscht. Das Mädchen scheint es jedoch gar nicht bemerkt zu haben. Ich setze mich etwas auf, damit das Geblubber aus meinen Ohren verschwindet und ich richtig hören kann. Sie blickt mich neugierig an. „Ich bin Lena", sagt sie. „Seid ihr gestern angereist? Und wie heißt du eigentlich?" „Nike. Ja, das ist unser erster Tag. Wie lange bist du schon hier?" „Schon fast zwei Wochen. Aber bis jetzt hat sich bei mir leider noch nicht viel getan. Sieht man ja." Sie hebt ihren rechten Arm und hält mir ihren schorfigen, roten Ellenbogen unter die Nase. „Das tut mir leid. Ich drück' dir die Daumen, dass es dir bald besser geht. Das ist Neurodermitis, oder?" Sie nickt. „Hab' ich jetzt schon vier Jahre so doll. Die Cortisonsalben helfen manchmal ganz gut, aber wenn wieder ein neuer Schub kommt, dann dauert es auch oft länger, bis es wieder besser wird, obwohl ich schmiere wie eine Irre. Du hast es gut, bei dir jucken die Stellen wenigstens nicht und tun nicht weh, oder?" „Stimmt. Ich sehe nur aus wie 'ne Kuh." Wir

gucken uns an und lachen beide gleichzeitig los.
Beim Mittagessen setzen Mama und ich uns zu Lena und ihrer Mutter an den Tisch. Sie heißt Elke. Mama und Elke verstehen sich auf Anhieb gut und so quatschen nicht nur Lena und ich ununterbrochen, sondern unsere Mütter auch. Lena erzählt mir, dass sie 15 Jahre alt ist (wusste ich's doch!) und schon drei Mal beim Autogenen Training für Kinder und Jugendliche war, das im Hotel nebenan angeboten wird, und dass es ihr gut gefallen hat. Ich muss Mama mal fragen, ob ich das auch ausprobieren darf. Außerdem erfahre ich, dass Lena auch reitet und genauso eine Pferdenärrin ist wie ich.

Lena und Elke sind schon morgens auf dem Solarium gewesen und deshalb mache ich mich nachmittags allein mit Mama auf den Weg dorthin. Wir nehmen dieses Mal die Treppen. „Damit wir nicht nach zwei Tagen von diesem leckeren Essen aussehen wie Walrösser", meint Mama und ich bin ihrer Meinung. Im Badeanzug im Meer und im Pool zu baden ist das Eine. Vollständig nackt mit anderen Menschen zusammen auf dem Hoteldach zu sein das Andere. Aber es muss ja sein. Wir betreten den Frauenbereich. Brüste und Hintern überall. Große, kleine, dicke, dünne, junge, alte. Rote, schorfige, rot oder weiß gefleckte. Einige ganz normale. Wir suchen uns zwei Liegen nebeneinander, legen unsere Handtücher darauf, streifen unsere Kleider ab und legen uns hin. Ich bin froh, dass wir eine Ecke direkt an der Wand gefunden haben, nicht in der Mitte, wo einen wirklich jeder sehen kann. Heute muss ich mich nur fünf Minuten von vorne und fünf Minuten von hinten sonnen. So steht es im Plan. Am Ende der drei Wochen werden es bis zu drei Stunden pro Tag sein. Die Zeit geht schnell rum und da die meisten anderen um uns herum mit Eincremen, Lesen, Musik hören, Wasser trinken, Ventilator verschieben oder Quatschen beschäftigt sind, habe ich nicht das Gefühl, dass man uns viel Beachtung schenkt. Zum Glück. Mein Unwohlsein rührt hier zur Abwechslung mal nicht nur von meinen Flecken her, sondern ist der Tatsache geschuldet, dass ich meinen Körper auch sonst nicht besonders vorzeigbar finde... Als wir unsere Kleider wieder angezogen haben und zum Fahrstuhl gehen, sagt Mama: „Und? War doch gar nicht schlimm, oder?" „War okay. Aber ich muss mich erst noch dran gewöhnen." „Das verstehe ich. Wird mit der Zeit bestimmt ganz normal für dich werden. Und ich komme gerne immer mit. Du musst nicht allein gehen. Wollen wir gleich mal ein Foto an Papa und Jan schicken, damit sie sehen, dass es uns gut geht?" „Auf jeden Fall!", sage ich. Im Hotelzimmer angekommen, machen wir uns kurz frisch und versuchen dann ein schönes Selfie vor unserem Fenster hinzukriegen. Es dauert zwar ein bisschen, aber am Ende haben wir es sogar geschafft, das Tote Meer mit drauf zu bekommen. Kurz nachdem wir es gesendet haben, kommt ein Foto von Papa und Jan zurück. Beim Nudeln essen. „Sag mal, ist es jetzt nicht eigentlich schon Nachmittag in Deutschland?", frage ich Mama. „Allerdings." „Die essen jetzt erst Mittag?! Totales Chaos Zuhause, wenn wir nicht da sind!" „Tja, ohne uns Frauen läuft eben nichts." Wir grinsen uns an.

Vorm Abendessen machen wir einen Spaziergang durch Ein Bokek. Nichts als Hotels weit und breit und eine große Straße. Am Straßenrand ein paar Palmen und überall Schläuche auf dem Boden, zur Bewässerung. Wasser ist hier sehr kostbar. Und man darf das Wasser, das aus dem Hahn kommt, nicht trinken. Das größte - und mit Sicherheit auch das teuerste - ist das *Golden Plaza* Hotel. Wir laufen staunend daran vorbei. Dagegen ist unser *Tamar* Hotel schön klein und gemütlich. Zum Glück, das gefällt mir auch besser so. Es gibt noch einen öffentlichen Badestrand, an dem es von Touristen nur so wimmelt. Viele kommen nur hierher, um ein Mal im Toten Meer zu baden und dann gleich wieder in ihren Reisebus zu steigen und weiter zu fahren. Wie gut, dass wir einen zum Hotel dazugehörigen Strand haben, wo wirklich nur Hotelgäste hin dürfen. Am öffentlichen Strand macht es bestimmt keinen Spaß, im Meer zu baden. Mit diesen ganzen aufgeregt schnatternden und Fotos machenden Leuten. Wir entdecken noch ein kleines Einkaufszentrum, das *Suha*, gehen aber nicht rein, das wollen wir uns für ein anderes Mal aufheben. Außerdem bekommen wir schon langsam Hunger - unglaublich, aber wahr. Das muss diese besondere Luft hier sein. Anders kann ich mir das nicht erklären bei allem, was wir an diesem Tag schon in uns rein geschaufelt haben.

Nach dem Abendessen fragen uns Elke und Lena, ob wir mit ihnen noch ein bisschen in der Lobby bleiben wollen, doch wir sind viel zu müde und fallen beide nur noch ins Bett. Satt, zufrieden und voller neuer Eindrücke.

KAPITEL 32

Bewandert

„Also, das Tote Meer ist 67 km lang, 18 km breit und kann sich mit dem Titel ‚Tiefstgelegener See der Erde' schmücken. Wusstest du, dass die Jahresdurchschnittstemperatur in Israel um die 27,9 Grad beträgt? Also..." Dennis holt tief Luft, um zu einem ausschweifenden Vortrag über das israelische Klima anzusetzen, doch Mio klingeln bereits dermaßen die Ohren, dass er ihn einfach unterbrechen muss. „Äh, Dennis, das ist ja alles unglaublich spannend, aber ich hole mir jetzt Nachtisch, okay?" Dennis sieht ein wenig enttäuscht darüber aus, dass sein geduldiger Zuhörer sich einfach so davonmachen will, aber dann nickt er und murmelt etwas widerwillig: „Oh, okay, klar." Sie sind erst vor zwei Tagen angekommen, doch dank Dennis ist Mio bereits bestens über alles, was er wissen muss und eigentlich noch weit darüber hinaus, informiert. Dennis ist 14 Jahre alt, leidet an Neurodermitis und ist mit seinem Opa hier. Er hat eine riesige, rot umrandete Brille auf der Nase, die er sich gerne während seiner Vorträge abnimmt und mit der er dann wild durch die Luft fuchtelt. Wie ein kleiner, verrückter Professor. Mio weiß nicht so recht, was er von ihm halten soll. Aber er legt keinen gesteigerten Wert darauf, jetzt jeden Abend mit Dennis und seinem Opa an einem Tisch zu sitzen.

So richtig begeistert ist Mio von seinem neuen Alltag in Ein Bokek bisher nicht. Das Essen mit den vielen Leuten im Speisesaal findet er furchtbar, alles viel zu laut und stressig. Er befürchtet, von der Klimaanlage im Hotelzimmer eine Erkältung zu bekommen und das Sonnen auf dem Solarium, bei dem er sich - völlig entblößt mit einem Haufen anderer Männer - von der israelischen Sonne bescheinen lassen muss, ist für ihn der Inbegriff des Unerträglichen. „Mio, ich bitte dich. Deshalb sind wir doch hier. Und wenn Frau Doktor Weiss sagt, dass es besser ist, wenn du dich auf dem Solarium sonnst und nicht nur am Meer oder am Pool, dann solltest du das auch machen", hatte seine Mutter gesagt und ihn streng angeschaut. Mio hatte geseufzt und sich gestern und heute bereits seinem Schicksal gefügt und brav den Weg zum Solarium angetreten. Noch musste er ja nicht so lange dort bleiben, aber wenn er sich seinen Plan so anschaute, würde das ja noch kommen.

„Wollen wir noch einen kleinen Spaziergang machen?", fragt seine Mutter jetzt. Mio hat seinen Nachtisch aufgegessen und mit Erstaunen festgestellt, dass Dennis tatsächlich auch mal fünf Minuten den Mund halten kann, wenn er mit Essen beschäftigt ist. „Jaaaaaaaaaa!", ruft Leo so laut, dass Dennis' Opa kurz zusammenzuckt. „Nicht so laut!" „Du hast mir gar nichts zu sagen!" „Jetzt fangt nicht schon wieder an! Seit wir drei in diesem Hotelzimmer aufeinander hocken, seid ihr nur noch am Streiten!" „Vielleicht hätten wir zwei Zimmer buchen sollen", murmelt Mio. „Hat der Herr sonst noch irgendwelche Wünsche? Oder können wir jetzt einfach mal in Frieden einen Spaziergang zusammen machen?!" „Von mir aus." Wenn doch Matteo hier wäre. Oder Nick. „Hey Mio, darf ich auch mitkommen? Mein Opa sagt, es ist in Ordnung, wenn ich danach gleich zu ihm ins Hotelzimmer komme." Oh nein, bitte nicht, denkt Mio. Dann versucht er zu lächeln, was ihm irgendwie nicht so richtig gelingt, und sagt gottergeben: „Natürlich."

KAPITEL 33

Befreundet

Er ist groß und hat, wie alle hier, dunkle Haare und Augen. Auf seinem Namensschild steht Hakim Ezbarga und er hat Mama und mich bei der Begrüßung im Speisesaal die Abende zuvor immer besonders nett angelächelt. Ehrlich gesagt finde ich ihn ziemlich süß. Jetzt steht er neben unserem Tisch, wir sitzen wieder mit Elke und Lena zusammen, und fragt: „Do you want a glass of water?" „Yes, thank you", antworte ich und wende mich dann wieder meinen Nudeln zu. Nachdem ich mir einen besonders vollen Löffel in den Mund geschoben habe, bemerke ich, dass Hakim immer noch da steht und mich anguckt, obwohl er das Wasser längst eingegossen hat. Mama und Elke sind so in ihr Gespräch vertieft, dass sie überhaupt nichts mitkriegen. „What is your name?", fragt Hakim plötzlich und lächelt mich an. Ich schlucke schnell alles auf einmal und fast unzerkaut herunter und sage etwas atemlos: „Nike." „Oh, wonderful name. I like a lot." Ich werde rot und Lena grinst. Dann sagt sie: „And what's your name?" „Hakim Ezbarga. Niki, do you want to be Niki Ezbarga one day?" Sein Lächeln hat inzwischen gigantische Ausmaße angenommen und ich weiß gar nicht, wo ich vor lauter weißen, perfekten Zähnen überhaupt hingucken soll. Wahrscheinlich sehe ich gerade ziemlich grenzdebil aus. „Er will dich heiraten!" Lena boxt mich begeistert in die Seite. „Und er sagt Niki anstatt Nike...ich lach' mich tot..." Ich finde das Ganze überhaupt nicht lustig, sondern schrecklich peinlich. „No, thank you", sage ich und Lena kann sich gar nicht mehr beherrschen. Sie lacht jetzt so laut, dass auch unsere Mütter aufmerksam werden und aufhören, zu reden. „Was ist hier los?", fragt Mama. Lena beruhigt sich ein wenig und sagt dann: „Nike hat gerade einen Heiratsantrag von dem Kellner gekriegt." Ich sage gar nichts und trinke lieber einen Schluck von dem Wasser, das Hakim mir eingeschenkt hat. Der lächelt uns alle freundlich an und sagt: „What a pity. Have a nice evening." Dann zwinkert er mir zu und verschwindet hinter der Tür, auf der „Staff only" steht. „Das sind Nikes blonde Haare", sagt Mama. „Das ist hier ja was ganz Besonderes." Ich wünschte, sie würde den Mund halten und starre in mein Wasserglas. Elke nickt. „Könnten wir bitte das Thema wechseln?", frage ich und mein Tonfall ist so eindeutig, dass auch keiner mehr wagt, etwas zu sagen. Nur Lena kichert leise vor sich hin und murmelt „Niki Ezbarga". Ich gucke sie grimmig an und kneife sie in den Arm. Da gibt sie endlich Ruhe und isst schweigend ihren Nachtisch. Ein Glück.

Am nächsten Tag sind Meike und Elke den ganzen Tag über in Arad, einer kleinen Stadt, die ungefähr 30

Kilometer von Ein Bokek entfernt ist. Sie wollen dort bummeln gehen und auf dem Markt einkaufen. Mama und ich haben uns inzwischen ganz gut an den neuen Lebensrhythmus gewöhnt und wie bisher jeden Tag legen wir uns nach dem Sonnen am Nachmittag an den Pool. Schon seit ein paar Tagen habe ich dort einige Leute beobachtet, die sich alle untereinander zu kennen scheinen. Manche von ihnen haben auch Vitiligo. Vier Kinder im Grundschulalter toben im Wasser, ihre Mütter und zwei ältere Männer liegen auf Liegen am Pool und unterhalten sich angeregt. Es gibt auch zwei Mädchen, die ich auf mein Alter oder ein wenig älter schätze. Eine davon ist das Mädchen, das mich am ersten Tag im Speisesaal angelächelt hat. Ich erkenne sie an der weißblonden Haarsträhne. Die andere hat ein Bauchnabelpiercing, das sich von ihrer gebräunten Haut abhebt und im Sonnenlicht blitzt und blinkt. Ich schließe die Augen und döse eine Weile vor mich hin, frage mich, woher diese Gruppe von Leuten wohl kommt. „Hello." Auf einmal blitzt und blinkt es direkt vor meinen Augen. „Hello", sage ich etwas verdattert. „My friend Sonia over there has Vitiligo, like you. She wants to talk to you, but she is shy. So I told her that I can ask you. I am Ivana, by the way. Nice to meet you." Sie lächelt herzlich. „I am Nike, nice to meet you, too." Ich lächele zurück. Dann fragt Ivana mich, ob ich mich zu ihr und Sonia setzen möchte. Ich möchte. Mama hat unser Gespräch schmunzelnd verfolgt und nickt mir ermunternd zu. Ich erfahre, dass die gesamte Gruppe aus Kroatien kommt, dass Ivana und Sonia 17 und 16 Jahre alt sind und dass sie nur noch zwei Tage hier sein werden, da ihre Kur dann beendet ist. Ivana hat Neurodermitis, aber nichts davon ist jetzt, am Ende ihrer Zeit hier, noch zu sehen. „I am very scared that it will come back when we leave Israel", sagt sie. Ich nicke. Das haben wir jetzt schon von mehreren Leuten mit Neurodermitis gehört. Sie fahren völlig geheilt nach Hause und schon nach ein paar Wochen, manchmal sogar ein paar Tage später, sieht ihre Haut aus wie vor Israel. Total schlimm. Sonia erzählt mir in stockendem, aber dennoch gut verständlichem Englisch, dass sie nicht zurück will, weil ihr der Alltag mit Vitiligo sehr schwer fällt. Das kann ich gut verstehen. Ich erzähle ihr von den Beleidigungen im Schwimmbad, der Hexen-Gang und von dem Tag, an dem ich den Spiegel zerstört habe, weil ich so unglücklich war. Sie nickt verständnisvoll. Es tut gut, sich mit ihr auszutauschen und zu hören, dass es ihr ähnlich geht wie mir. Im Unterschied zu mir aber hat sie Ivana, die beiden waren schon vor Israel befreundet, sie wohnen in einer Stadt und gehen auf dieselbe Schule. Wie gerne hätte ich zu Haus auch so eine gute Freundin an meiner Seite. Ich denke an Josephine und daran, wie sie mich im Stich gelassen hat. „And your skin?", frage ich. „Did it get better here?" Sonia nickt. Sie zeigt mir die Stellen an ihren Armen und Beinen, in die neue Pigmente gekommen sind. Ich spüre ein Kribbeln im Bauch. „Wow, this is so cooll!", rufe ich. Eine Stelle an ihrem Rücken ist sogar fast ganz zu gegangen und man kann nur erahnen, dass dort einmal ein Vitiligofleck gewesen ist. „I am so happy for you." Sie lächelt. Hoffentlich wird es mir in ein paar Wochen auch so gehen. Sonia und ich tauschen unsere Handynummern und Mail-Adressen aus und versprechen uns, dass wir uns schreiben werden. Bestimmt werde ich sie und Ivana aber noch einmal sehen, bevor sie abreisen.

Als ich wieder auf meiner Liege liege und Musik höre, beobachte ich, wie Ivana zum Bademeister geht. Sie setzt sich in den Stuhl direkt neben ihn, unter seinen Schirm, und beginnt ein Gespräch mit ihm. Ganz schön mutig, denke ich. Er ist bestimmt mindestens fünf Jahre älter als Ivana. Braun gebrannt, kurzes dunkles Haar, blitzend weiße und perfekte Zähne (wie Hakim), die bei jedem Lächeln, das er Ivana schenkt, sichtbar werden. Und er lächelt sie oft an. Als Mama und ich ins Hotelzimmer gehen, um uns fürs Abendessen fertig zu machen, sitzt Ivana immer noch bei ihm. Ich grinse sie an und sie winkt mir zu. Im Vorbeigehen sehe ich, dass der Bademeister ein Namensschild trägt, auf dem Assaf steht.

Nach dem Essen schaut Mama sich die Nachrichten auf Englisch an und ich beschließe, noch einen kleinen Rundgang durchs Hotel zu machen. Doch ich komme nicht sehr weit, denn als ich an dem großen Panoramafenster am Ende unseres Flurs stehen bleibe, sehe ich auf einmal zwei Menschen im Pool.

Das ist komisch, denn eigentlich ist der Pool immer nur bis 18.00 Uhr geöffnet. Jetzt ist es 20.30 Uhr. Da wir im vierten Stock wohnen, kann ich nicht alles genau erkennen, aber was ich eindeutig sehe, sind zwei eng aneinander geschmiegte Körper am Rand des Beckens. Ich will wegsehen, kann aber nicht. Wie gebannt schaue ich den beiden zu. Jetzt lösen sie sich voneinander, schwimmen zur anderen Seite des Beckens, bespritzen sich mit Wasser und küssen sich leidenschaftlich. Dann sehe ich ein Bikinioberteil im Wasser treiben, kurz darauf folgt auch die dazugehörige Hose. Rhythmische Bewegungen der beiden Körper im Wasser. Auf und ab, auf und ab. Ach du Schande, denke ich. Wird das Wasser eigentlich täglich gereinigt? Andererseits weiß man ja sowieso nie, wie viele Leute jeden Tag beschließen, den Pool als Toilette zu benutzen, weil sie zu faul sind, aus dem Wasser zu gehen. Da können weitere Körperflüssigkeiten, abgesehen vom Pipi, die Lage auch nicht wesentlich verschlimmern. Hin und her gerissen zwischen Faszination und leichtem Ekel starre ich weiter auf die sich im Wasser bewegenden Körper. Und dann plötzlich erkenne ich sie: Ivana und Assaf. Ein Lächeln huscht über mein Gesicht und als ich mich dann doch endlich entscheide, meinen Blick abzuwenden und zurück zum Hotelzimmer zu gehen, beschließe ich, keinem etwas zu erzählen - außer Lena natürlich. In der Nacht träume ich von Assaf und seinen weißen, perfekten Zähnen. Er lächelt jemandem zu. Es ist nicht Ivana. Sondern ich.

Männer sind Schweine, haben ja schon die Ärzte gesungen. Assaf, der mich im Traum noch so süß angelächelt hat, ist schuld, dass ich zu dieser negativen Schlussfolgerung komme. Denn als ich ihn und Ivana am nächsten Tag wieder beobachte, dieses Mal nicht vom Fenster aus, sondern am Pool, ohne Glasscheibe vor der Nase, verhält er sich wie ein Schwein.

Alles spielt sich zuerst genauso ab wie am Tag zuvor, Ivana setzt sich zu Assaf unter den Schirm. Sie beginnen ein Gespräch. Doch dieses Mal lächelt Assaf sie nicht an, er wirkt abweisend, sogar genervt. Nach dem, was ich gestern Abend gesehen habe, finde ich das ziemlich merkwürdig. Hat er bekommen, was er wollte und ist deshalb nicht mehr nett zu ihr? Weiß er, dass sie morgen abreisen wird? Ivana tut mir leid. Irgendwann gibt sie auf, legt sich auf die Liege neben Sonia und stopft sich Kopfhörer in die Ohren, um Musik zu hören. Assaf scheint das nicht weiter zu stören, er ist offensichtlich eher froh darüber, dass sie ihn endlich in Ruhe lässt.

Ich freue mich auf das Abendessen, denn Mama und ich sind wieder mit Elke und Lena verabredet. Wie immer haben wir viel Spaß zu viert und man hört unser gemeinsames Lachen durch den ganzen Speisesaal. Elke und Mama wollen nach dem Essen noch einen Spaziergang machen und ich gehe mit Lena aufs Hotelzimmer, um *Pretty Woman* zu schauen, Lenas Lieblingsfilm. Der ist zwar schon echt alt, aber ein Kultfilm, und ich habe ihn tatsächlich noch nie gesehen. „Puh, ich muss mich erst mal umziehen", sagt Lena, „irgendwas Bequemeres." Sie zieht sich ihr Kleid über den Kopf und steht in Unterwäsche vor mir. Dann öffnet sie ihren BH und streift ihn ab. Ich will nicht so genau hinsehen, betrachte dann aber doch voller Neid und Bewunderung ihre schönen Brüste. Ihre Haut sieht schon viel besser aus als noch vor ein paar Tagen und man kann die Neurodermitis an ihrem Oberkörper nur noch an wenigen Stellen erahnen. Ich sehe im Vergleich zu ihr ja wirklich aus wie ein Junge. BH-Größe 70A. Na toll. Ob ich mit 15 auch so schöne Brüste haben werde wie Lena?, denke ich. Aber so lange ist es gar nicht mehr bis Oktober... Ich habe da so meine Zweifel. Meine Tage habe ich auch noch nicht bekommen. Wenn ich doch nur einen Tag in Lenas Körper verbringen dürfte! Ich zucke zusammen. Was für ein dummer Gedanke. Zwar hätte ich dann ihre schönen Brüste, müsste aber auch den schlimmen Juckreiz und den Schmerz der wund gekratzten Stellen auf der Haut ertragen... „Woran denkst du gerade?", fragt sie, „Du wirkst ja komplett abwesend." „Schon gut", murmele ich und füge hinzu: „Deine Haut sieht schon echt gut aus, finde ich. Juckt es noch sehr doll?" „Nee, wird jeden Tag besser, ich hätte nie gedacht, dass das so schnell geht. Ich fühle mich so gut wie ewig nicht." Lena holt die DVD aus ihrer Nachtischschublade und tut sie in den DVD-Player. Wir kuscheln uns auf dem großen Bett aneinander und schauen den Film. Lena kann sämtliche Szenen mitsprechen, was ich sehr lustig finde. „Ich liebe diesen Film!", ruft sie immer wieder zwischendurch. Kurz vorm Ende kommen Mama und Elke zur Tür rein. Gerade eben ist Richard Gere mit der weißen Limousine vorgefahren und streckt den Schirm und die roten Rosen in die Luft. „Wollt ihr noch mit uns in die Lobby kommen? Da tritt heute eine Band auf." Mama blickt uns fragend an. „Nee, wollen wir nicht", sagt Lena. „Wir schauen lieber zu Ende." „Gut, aber in einer halben Stunde hole ich dich ab, Nike, und dann geht's ins Bett", sagt Mama und macht die Tür hinter sich zu. Als der Abspann läuft, seufzt Lena. „War das nicht wunderschön?" „Ja, sehr romantisch. Du weißt ja, dass ich total auf Märchen abfahre und *Pretty Woman* ist ein modernes Märchen und entspricht somit absolut meinem Geschmack." „Du könntest Filmkritikerin werden, so wie du redest." „Keine schlechte Idee."

Wir öffnen das Fenster und blicken Richtung Totes Meer, das in der Dämmerung kaum zu erkennen ist. Ich erzähle Lena von Assaf und Ivana. „Typisch Kerl", lautet Lenas Kommentar. „Sowas wie *Pretty Woman* gibt's eben nicht im richtigen Leben."

Als ich abends im Bett liege, schreibe ich noch eine Nachricht an Leonie. *Kennst du eigentlich Pretty Woman? Wenn nicht, müssen wir den mal zusammen gucken. Vermisse dich. Grüße an Luca* ☺.

Am nächsten Morgen lese ich ihre Antwort: *Mir geht's*

total beschissen. Luca hat Schluss gemacht. Er ist jetzt mit Isabelle zusammen. Vermisse dich auch sehr. Die Arme. Was ist überhaupt los mit den ganzen Kerlen?! Unfassbar, was die sich erlauben. *Du hast was Besseres verdient! Wäre jetzt gerne da, um dich in den Arm zu nehmen* ☹, schreibe ich zurück.

Als ich später mit Lena am Pool liege, erzähle ich ihr von Leonie und Luca. Sie ist auch total wütend. Unser Männerhass verschlimmert sich noch, als wir zu Assaf gehen, um nach neuen Handtüchern zu fragen. Er grinst uns mit seinen blitzenden Zähnen an und sagt: „No problem, ladies. I'll see what I can do." Er telefoniert kurz und eine Minute später sind die frischen Handtücher da. Ich bedanke mich artig auf Hebräisch: *Toda raba*. So viel Höflichkeit hat der eigentlich gar nicht verdient. Dann fällt mir auf, wie Assaf Lena mustert. Sie fühlt sich sichtlich unwohl und wirkt erleichtert, als wir wieder auf unseren Liegen liegen. „Wie ich das hasse!", stößt sie hervor und krallt sich mit beiden Händen in ihren dunklen Schneewittchenhaaren fest. „Was meinst du?", frage ich, doch ich ahne, worauf sie hinaus will. „Diese Glotzerei auf meine Brüste. Es ist widerlich und ich wünschte, ich könnte die Dinger irgendwie loswerden." „Kann ich verstehen", sage ich, „Assaf ist wirklich ein Idiot! Weiß nicht, ob dich das tröstet, aber ich hab so gut wie keine und das ist auch ätzend." Sie lächelt. „Lass' uns ein paar lustige Selfies machen", schlägt sie vor. Ich schicke eins davon an Leonie. Vielleicht lenkt sie das ein wenig vom Liebeskummer ab. Dann blättern wir in den Zeitschriften, die sie aus Deutschland mitgebracht hat: *Cosmopolitan, Bravo, InStyle*. Wir lachen zusammen über die Leserbriefe in der Bravo (Themen sind unter anderem „Mein erstes Mal" und „Woher weiß ich, ob ich einen Orgasmus hatte?"). Plötzlich guckt sie mich an. „Sag' mal, hast du schon mal einen geküsst?" „Nee. Du?" Sie schüttelt den Kopf. „Vielleicht treffe ich hier meinen Traumprinzen", meint sie hoffnungsvoll und blickt verträumt in die Ferne. „Darauf kannst du wetten! Und kurz bevor du abreist, wird er dann wieder zum Frosch", sage ich und grinse sie an. Sie grinst zurück. Wir kichern. „Du musst dich aber beeilen, denn unsere Zeit hier ist schließlich begrenzt und die Konkurrenz groß. Wer zu spät kommt, den bestraft das Leben." „Sag' mal, du fährst ziemlich auf Sprichwörter ab, kann das sein?!" „Allerdings." „Verrücktes Huhn." Ich mache Anstalten, lauthals zu gackern, aber Lena flüchtet sich schnell mit einem Kopfsprung in den Pool.

Nach dem Abendessen will ich eigentlich direkt ins Hotelzimmer gehen und ein bisschen lesen, Mama sitzt noch mit Elke in der Lobby und quatscht, Lena hat sich mit Kopfschmerzen ins Bett gelegt. Aber dann sehe ich, dass das kleine Reisebüro unten neben dem Hoteleingang erleuchtet ist. Ein Mann sitzt darin. Neugierig schaue ich die Plakate im Schaufenster an. Ausflüge nach Masada, Ein Gedi und Jerusalem werden angeboten. In Ein Gedi wartet laut Plakat ein

18 Meter langer Wasserfall auf die Touristen, Masada ist vor sehr langer Zeit einmal die Festung des König Herodes gewesen. Und in Jerusalem gibt es mit der Klagemauer und dem Felsendom natürlich auch viel anzugucken. Bis jetzt haben wir außer dem Flughafen in Tel Aviv und Ein Bokek mit seinen Hotels, den Wüstenbergen und dem Toten Meer noch nichts vom Land gesehen. *„As-salam alaykom."* Der Mann aus dem Reisebüro ist neben mich getreten und lächelt mich an. „Hello", sage ich und schaue etwas verlegen auf meine Schuhe, weil ich nicht weiß, was ich als Nächstes sagen soll. „Where do you come from?", fragt er dann freundlich. Er ist kaum einen Kopf größer als ich, hat schmale, dunkle Augen und eine ziemlich krumme, große Nase. Erinnert mich ein bisschen an Doktor Adler. Aber Typ *Böser Wolf* ist er nicht. Wäre er eine Märchenfigur, dann wäre er entweder ein Diener oder ein Hofnarr. Auf jeden Fall absolut harmlos. „Germany." „Deutschland! Das is' gut. Habe ich eine Zeit dort gelebt. Tolle Land. Nette Leut. Schnelle Autos. Ich bin Samir", sagt er. „Ich heiße Nike." „Nike is' schöner Name. Habe ich Schuhe von Nike." Ich grinse und sage etwas altklug: „Ja, aber meinen Namen spricht man nicht so aus wie die Marke. Einfach Nike. So wie man's schreibt." „Alles klar", sagt Samir. „Willst du rein kommen?" Er deutet auf sein Reisebüro. Ich bleibe eine Stunde bei ihm. Er gibt mir einige Prospekte und ich schaue mir alle Ausflüge, die er anbietet, an. Gleich im Hotelzimmer werde ich Mama fragen, ob wir mit Samir nach

Jerusalem fahren können. Besonders den Felsendom mit seiner strahlenden, goldenen Kuppel will ich unbedingt sehen. Während Samir telefoniert, lese ich. Zwischendurch schaut er immer mal wieder freundlich zu mir herüber. „Willst du probieren arabischer Tee?", fragt er. Ich will. Weil ich ihn so lecker finde, macht Samir mir gleich noch eine zweite Tasse. „Samir, was hast du eigentlich zu mir gesagt vorhin? War das „Guten Tag" auf Arabisch?", frage ich. „Ja. *As-salam alaykom* ist „Guten Tag"." „Und was heißt *Kus Omak*? Das hast du eben am Telefon immer gesagt." Samir lacht laut. „Is' eigentlich nix für kleine Mädchen. Is' nicht nett sowas zu sagen...Heißt nämlich Hurensohn." „Oh", sage ich und grinse. „Dann warst du wohl ziemlich sauer auf den Typ am Telefon." Samir nickt. „Ging um Geld." Dann bringt er mir die Zahlen von 1 bis 10 auf Arabisch bei. Ich nehme mir einen der kleinen Notizzettel, die auf seinem Schreibtisch liegen, und schreibe die Zahlen so auf, wie Samir sie mir vorgesprochen hat. Ich will sie nachher noch mal üben und nicht gleich wieder alle vergessen. Etwas streberig, ich weiß. Als ich sie vorgelesen habe, sagt Samir: „Sehr gut, du bist eine kluge Mädchen." Plötzlich guckt Mama zur Tür rein. „Da bist du!", sagt sie. „Gut, dass ich dich durch die Scheibe gesehen habe, sonst hätte ich mich wohl erschrocken, wenn ich dich nicht im Hotelzimmer angetroffen hätte!" Ich gucke schuldbewusst. „Samir hat mir Arabisch bei gebracht", sage ich dann, um ihr zu zeigen, dass ich die Zeit sinnvoll genutzt habe.

„Außerdem möchte ich unbedingt mit ihm nach Jerusalem fahren! Er macht in zwei Tagen wieder die Tour!" Mama lächelt. Dann geht sie auf Samir zu, stellt sich vor und bucht für uns zwei Plätze für die Jerusalem-Tour. Er freut sich. „Kann immer sein, dass Unruhen ist. Dann muss ich Tour absagen. Sage ich euch aber noch mal kurz vorher Bescheid", erklärt er uns. Mama nickt. Wir verabschieden uns von Samir und gehen in unser Hotelzimmer. Vorm Einschlafen spreche ich noch mal leise die Zahlen vor mich hin. *Wahid, Itnen, Talata...*". Dann erscheint vor meinem geistigen Auge der Felsendom in Jerusalem mit seiner großen goldenen Kuppel und ich spüre die Vorfreude auf unsere Tour übermorgen und schlafe zufrieden ein.

KAPITEL 34

Berieselt

Dennis und Mio laufen an den künstlich bewässerten Palmen vorbei Richtung Hotel *Ein Gedi Paradise*. Dort findet gleich das Autogene Training für Kinder und Jugendliche statt. Erstens hat Doktor Weiss ihm dazu geraten, zweitens geht Dennis dort auch hin. Vor ein paar Tagen hätte man noch denken können, dass das für Mio eher ein Gegenargument gewesen wäre. Als Dennis ihm jedoch bei einem der letzten Abendessen von den unterschiedlichen Foltermethoden seiner Mitschüler berichtet hat, alles in einem sehr wissenschaftlichen, neutralen Tonfall, hat Mio nicht anders gekonnt, als ihn zu mögen. Zu sehr haben ihn Dennis' Schilderungen an seine eigenen Erlebnisse erinnert. Ist er eben ein kleiner, kugelrunder Professor, der nichts lieber tut als reden und essen, hat er sich gedacht. So what?! Von dem Moment an nannte er ihn nur noch *Professor*, was Dennis nicht zu stören schien.

„Wo müssen wir hin?", fragt Mio. „Geradeaus, links, rechts und wieder links. Das Hotel *Ein Gedi Paradise* ist übrigens das zweitälteste hier in Ein Bokek. Das älteste ist das *Carlton*. Sollest du mal reingehen, sieht aus wie aus dem 19. Jahrhundert, obwohl es natürlich noch gar nicht so alt ist und…" „Professor?" Dennis blickt ihn verdattert an. „Ja?" „Ich glaube, wir sind da." Vor dem Raum stehen bereits einige, etwas verschüchtert aussehende, Kinder und Jugendliche. Mio fallen sofort zwei hübsche Mädchen auf, die dicht beieinander stehen und in ein sehr angeregtes Gespräch vertieft sind. Umso überraschter ist er, als Dennis völlig selbstverständlich auf die beiden zumarschiert und sie begrüßt. „Mio, das sind Julia und Lisa. Wohnen im *Dead Sea Palace*, direkt neben uns." „Hi", sagt Mio und blickt dann schnell auf den Boden. Er weiß auch nicht, warum er sich verhält, als wäre er gerade 10 Jahre alt geworden. Der Professor klärt Mio auf. „Lisa hat Schuppenflechte und Julia ist auch wegen Neurodermitis hier, wie ich. Wusstet ihr, dass man Neurodermitis auch atopisches Ekzem oder atopische Dermatitis nennen kann? Ich…" „Ist doch egal, wie man es nennt, das macht den Scheiß-Juckreiz auch nicht besser", murmelt Julia und schon wandern ihre Finger zu ihrem Knie und sie kratzt sich. „Nicht kratzen, mein Schatz!", tönt plötzlich eine sanfte, engelsgleiche Stimme aus dem Nichts. Dann tritt eine sehr kleine, sehr dünne Frau mit langen, weißen Haaren hinter Mio hervor und schließt die Tür des Raumes auf. „Das ist Marita", flüstert Dennis ehrfürchtig. Sie gehen hinein, ohne zu reden, so als hätte Maritas besondere Präsenz sie bereits in eine andere Welt versetzt. Jeder sucht sich eine Matte und legt sich darauf. Mio liegt neben Dennis und Lisa, die bisher sehr schweigsam gewesen ist. „Machst du das zum ersten Mal?", fragt sie jetzt. „Allerdings." „Dann viel Spaß", sagt sie und grinst. Das kann ja heiter werden, denkt Mio.

Doch als Maritas säuselnde Stimme erklingt und er die Augen schließt, spürt er, wie die ganze Anspannung der letzten Tage von ihm abfällt und er sich ganz auf das einlassen kann, was Marita von ihm verlangt. „Atme tief ein und aus. Ein und aus. Du spürst, wie dein rechter Arm ganz schwer wird, dann dein linker. Sie kribbeln leicht. Tief einatmen und aus..." Erinnert ihn ein bisschen an das, was Kathrin manchmal mit ihm macht. Aber Marita macht mit ihnen jetzt eine Fantasiereise, keinen Ausflug in die Untiefen der Vergangenheit.

Um sie nach einiger Zeit alle wieder ins Hier und Jetzt zu holen, geht Marita einmal zu jedem von ihnen und streichelt sanft über ihre Wangen und ihre Stirn. Erst zuckt Mio unter der überraschenden Berührung zusammen, doch dann entspannt er sich wieder und auch wenn er es sich nicht erklären kann, findet er Maritas Berührung sehr tröstlich und angenehm.

„So, ihr Lieben, das war's für heute. Seid gut zu euch und eurer Haut!", flötet sie. „Sie ist wunderbar, oder?", fragt Dennis mit leicht verklärtem Blick. Lisa lacht. „Dennis schwebt noch in ganz anderen Sphären..." „Das glaube ich auch", antwortet Mio und grinst. Julia streckt und reckt sich. „Und? Wie hat's dir gefallen? Kannst du damit was anfangen? Ich fand' diese Berieselung am Anfang bisschen seltsam, aber jetzt hab' ich mich dran gewöhnt." „Denke schon. Bin nächstes Mal wieder dabei." „Gehen wir noch was trinken im *Suha*?", fragt Lisa. „Nee, wir müssen jetzt zum Mittagessen", antwortet Dennis. Anscheinend ist er wieder in der Realität angekommen und da ihm Essen mindestens genauso wichtig ist wie Reden, hat er es jetzt eilig, wieder ins Hotel zu kommen. Sie verabschieden sich von den Mädchen und machen sich auf den Weg zum Hotel *Tamar*. Plötzlich bleibt Dennis stehen und sagt aufgeregt: „Guck' mal, da vorne ist ein kleines Kunstwerk an der Straßenecke. Es heißt Lot's Frau. Wusstest du, dass Lot ein Neffe von Abraham war? Und dass seine Frau zu einer Salzsäule erstarrt ist, als sie es gewagt hat, auf die sündhafte Stadt Sodom zurückzublicken?" Mio schaut ihn belustigt an. „Gibt es irgendetwas, das du nicht weißt, Professor?" „Nein, das gibt es nicht", sagt Dennis im Brustton der Überzeugung und marschiert eiligen Schrittes Richtung Speisesaal.

KAPITEL 35

Beseelt

Als ich Lena von unserem geplanten Ausflug nach Jerusalem erzählt habe, wollte sie auch unbedingt mit und sie und ihre Mutter haben die letzten beiden Plätze in Samirs Kleinbus bekommen. Jetzt fahren wir nebeneinander sitzend durch die furchtbaren Kurven, die sich um die Wüstenberge, die nach Ein Bokek führen, schlängeln, und lassen das Tote Meer und unsere glitzernde Hotelwelt hinter uns. Ich bin glücklich darüber, dass Lena da ist und lehne mich an sie. „Ich freue mich total auf die Klagemauer", sage ich. „Ich werde dort nämlich einen Zettel rein stecken. Hab' ich schon in der Tasche." „Und was steht drauf?", fragt Lena neugierig. „Darf ich nicht sagen, sonst geht der Wunsch nicht in Erfüllung." „Okay. Verstehe." Lena knufft mich in die Seite. Ich lächele. Auf dem Zettel steht: „Bitte, lieber Gott, mach', dass meine Vitiligoflecken weggehen." Ich weiß ja, dass die Chance, dass ich wirklich irgendwann wieder so aussehen werde wie vor Ausbruch der Krankheit, verschwindend gering ist, aber darum bitten kann ich ja trotzdem für alle Fälle. Dann kann hinterher wenigstens keiner sagen, ich hätte es nicht versucht. Plötzlich hallt eine fröhliche Stimme durch den Bus.

„So, ihr Lieben. Bin ich sehr froh, dass ihr alle da seid und wir heute nach Jerusalem, Jeruschalajim auf Hebräisch, al-Quds auf Arabisch, fahren können. In Israel, man kann nie genau wissen, ob alles sicher ist, aber habe ich heute keine Warnung gekriegt. Könnt ihr ganz beruhigt sein. Außerdem bin ich bei euch und passe auf, nä?" Samir lacht. Vereinzelte Lacher auch aus dem Bus. Aber wir alle wissen, dass die Situation eigentlich nicht lustig ist. Im Gegenteil. Ich frage mich, ob es hier jemals Frieden geben wird. Als hätte Samir meine Gedanken erraten, sagt er: „Hat Israel eine blutige Geschichte. Palästinenser wollen ganze Land für sich haben, Israelis auch. Jeder sagt, er war zuerst da." Die Israelis und die Palästinenser streiten sich um ein- und dasselbe Land und jeder meint, er hat das alleinige Recht, dort zu leben. So steht es auch im Reiseführer. „Samir, wem gehört denn dann eigentlich Jerusalem? Den Israelis oder den Palästinensern?", frage ich mit lauter Stimme, damit er mich hören kann. „Tja…gute Frage. Ist sehr schwierig alles. Steht Jerusalem zwar unter der Kontrolle der Israelis", sagt Samir, „aber auch wir Palästinenser sehen al-Quds als unsere Hauptstadt an. Es gibt verschiedene Viertel, muslimisch, jüdisch, christlich." „Das ist ja wirklich aufregend", meint Lena zu mir. Sie öffnet ihren Pferdeschwanz und lehnt sich zurück. Ihre langen Haare schmiegen sich anmutig an ihre Schultern. „Alle Religionen, alle Menschen, kommen in Jerusalem irgendwie zusammen." Ich nicke.

Karge Wüstenlandschaft schießt an unseren Fenstern vorbei, manchmal ein paar kleine Dörfer, in denen viele kleine flache, meist weiße Häuschen, dicht an dicht stehen. Ab und an eine Palme. Dann, kurz vor Jerusalem, halten wir an einem Aussichtspunkt an, von dem aus man eine herrliche Sicht auf die gesamte Stadt hat. Lena und ich schauen sprachlos auf die im Sonnenlicht erstrahlende, goldene Kuppel des Felsendoms. „Wahnsinn", sagt Lena. „Is' schön der Felsendom, oder?", fragt Samir. „Ja, wunderschön." Ich sauge diesen Anblick in mich auf und wünschte, ich könnte ewig hier stehen. Nie hätte ich gedacht, dass mich meine Vitiligoflecken einmal hierher führen würden. Nachdenklich lasse ich meinen Blick zu meiner allerersten Vitiligostelle auf der rechten Hand wandern...

Was ist das?! Ich stutze. „Lena!", rufe ich. „Guck' dir das an!" „Was? Was ist los?" Lena kommt auf mich zu gelaufen. Sie hat sich gerade noch mit Samir unterhalten. „Ich...", beginne ich und breche dann wieder ab. „Ich hab Pigmente entdeckt! Hier, auf meiner rechten Hand. Drei Stück! Guck', da!" „Tatsache!", ruft Lena, nimmt meine Hand und berührt mit ihrem Zeigefinger die drei kleinen Glücksbringer. Wir nehmen uns fest in den Arm. Dann zeige ich Mama die Pigmente und auch sie umarmt mich. Als sie mich wieder los lässt, sehe ich, dass sie feuchte Augen hat. „Mein Schatz, ich freue mich so. Das müssen wir Frau Doktor Weiss bei unserem nächsten Termin zeigen." Ich nicke. Kann gar nicht sprechen. Danke, lieber Gott, denke ich. Danke. Dabei steckt der Zettel noch nicht mal in der Klagemauer. „Nike, lass' uns auf diesem Kamel da reiten", sagt Lena plötzlich und deutet auf mehrere Araber, die mit ihren Kamelen gekommen sind, damit die Touristen eine zusätzliche Attraktion erleben können. „Haben wir noch Zeit, is' kein Problem", sagt Samir und grinst. Auch wenn ich eigentlich nicht vorgehabt habe, auf einem Kamel zu reiten, passt diese verrückte Idee gut zu meiner euphorischen Stimmung. Moment - wie sicher ist sowas eigentlich?! Gibt es Statistiken von verunglückten Touristen beim Kamelreiten? Egal. Augen zu und durch. Und so landen Lena und ich auf dem Rücken von einem der riesigen Kamele. Ich bin durchs Reiten ja Einiges gewohnt, aber so wackelig hatte ich es mir nicht vorgestellt. Und so hoch! Ganz schön respekteinflößend so ein Kamel. Lena und ich lachen und kreischen und wackeln und lachen und kreischen und wackeln. Das arme Kamel. Würde mich nicht wundern, wenn es uns gleich abschmeißt. Voller Adrenalin steigen wir wieder ab. Wir sind noch die ganze Zeit während der Fahrt nach Jerusalem sehr aufgeregt. Ich glaube, die anderen Leute im Bus sind schon ziemlich genervt von uns. Das ist uns, wie sich das für renitente und überdrehte Teenager gehört, aber egal. Auch die Ermahnungen unserer Mütter prallen an uns ab. Wir beruhigen uns erst, als wir mit unserer Gruppe zu Fuß bei der Klagemauer angelangt sind.

So viele verschiedene Gläubige auf einmal habe ich noch nie gesehen. Juden mit schwarzen, langen Schläfenlocken, den Kopf von den kleinen, runden Kippas oder schwarzen, großen Zylindern bedeckt, manchmal noch ein Gebetskästchen umgeschnallt. Arabische Männer in weißen Gewändern, den Kopf ebenfalls bedeckt. Christen mit Kreuzen um den Hals oder Gebetsketten in der Hand. Und natürlich viele Touristen, die keine erkennbaren religiösen Symbole tragen, wie wir. Viele beten, legen die Hände auf die Klagemauer, stecken ihre Gebetszettel zwischen die Felsspalten. Manche schluchzen, andere stehen nur da, mit geschlossenen Augen. Eine packende Atmosphäre. Ich weiß nicht, ob es die Heiligkeit des Ortes ist, die auch mich in ihren Bann gezogen hat oder ob ich von diesen vielen Menschen, die so intensiv beten, berührt bin. Mein Herz schlägt schnell und ich spüre, wie ich eine Gänsehaut bekomme. Gerade als ich Samir fragen will, ob wir jetzt auch unsere Zettel in die Klagemauer stecken dürfen, kommen zwei israelische Soldaten auf unsere Gruppe zu. Erst denke ich mir nichts dabei, in Israel sieht man überall Soldaten. Aber als sie direkt vor Lena und mir stehen bleiben, rutscht mir das Herz in die Hose. Was wollen sie? Sie zeigen auf unsere nackten Arme und Beine und sagen: „Too much skin, please take clothes and cover yourself." Ach du Schande. Ich blicke auf meine nackten Beine. Wir sind zu offenherzig angezogen mit unseren Hot Pants und eng anliegenden Tops. Ich sehe mich um. Nirgendwo kann man Mädchen oder Frauen sehen, die so viel Haut zeigen wie wir. Aber dann sehe ich, dass viele von ihnen türkisfarbene Umhänge tragen, die ihre Körper vom Hals bis zu den Füßen verdecken. Ich wünsche mir mein baptistisch angehauchtes Geburtstagsoutfit vom letzten Jahr herbei. „Like this", sagt der kleinere der beiden Soldaten und zeigt auf eine der Frauen im türkisfarbenen Umhang. Samir sagt etwas auf Hebräisch zu ihnen. Sie nicken und gehen schnellen Schrittes weiter, werfen uns aber noch einen letzten, strengen Blick zu. Jaja, ist ja gut, denke ich. Wenn die wüssten, wie ich normalerweise zu Hause immer rumlaufe, wären sie bestimmt über alle Maßen entzückt. Hot Pants habe ich da nie getragen. Samir bringt uns in eine kleine Ecke in der Nähe der Mauer, wo zwei verschleierte Frauen sich darum kümmern, die Umhänge an die Touristen zu verteilen. Irgendwie peinlich, denke ich. Und wie krass. So etwas sind wir von zu Hause ja gar nicht gewohnt, wo eigentlich jeder so in die Kirche kommen kann, wie er will. Es gibt höchstens mal missbilligende Blicke von den Omis, wenn man sich entschließt, am Heiligabend seinen neuen Minirock anzuziehen, aber das ist es dann auch. Mama und Elke haben sich besser angezogen, beide tragen lange weiße Hosen und auch ihre Arme sind bis zu den Ellenbogen bedeckt. Wir gehen in unseren türkisen Umhängen mit ihnen zusammen zur Mauer. Als ich meinen Zettel hinein schiebe, schließe ich kurz die Augen. Lena will keinen Zettel schreiben, legt mir aber die Hand auf die Schulter, als ich fertig bin, und lächelt mich an. „Ich wünsche dir, dass das, was du drauf geschrieben hast, auch erfüllt wird", sagt sie. „Danke." Wir haken uns ein und Mama macht noch ein Erinnerungsfoto von uns mit unseren Gewändern. Samir hat uns gesagt, dass man der Klagemauer nach Möglichkeit nicht den Rücken zukehren soll und so gehen wir langsam rückwärts von der Mauer weg, bis wir wieder bei der Gruppe angekommen sind. Das ist gar nicht so einfach, aber irgendwie schaffen wir es alle unfallfrei.

Als wir den Platz an der Klagemauer verlassen, die Umhänge haben wir wieder zurück gegeben, sehen wir eine blau-weiße israelische Flagge, in der Mitte der Davidsstern, im Wind wehen. Sie gefällt mir gut. Auf dem Basar, den wir auf dem Weg zum Damaskustor besuchen, kaufe ich mir eine silberne Kette mit einem Davidsstern dran. Ich mache sie direkt um. Lena kauft sich einen kleinen, weißen Rucksack, auf dem das Logo von Michael Kors zu sehen ist. „Die sind hier billiger als in Deutschland", sagt sie. „Sind ja auch gefälscht", antworte ich. „Mir egal, sieht auf alle Fälle ziemlich echt aus." Da hat sie allerdings recht. Wir kommen auch an einem Laden vorbei, in dem es nichts gibt außer Gewürzen. „Kommt", sagt Samir, „ich kenne den Besitzer." Er nimmt uns mit in den kleinen, engen Laden, der über und über mit Gewürzen in großen Gläsern bestückt ist. Als ich am Curry schnuppere, muss ich niesen. Aber ganz wunderbar riecht das nächste Glas, das bis obenhin mit gemahlenem Zimt befüllt ist, irgendwie nach Weihnachten. Mit diesem Duft in der Nase verlassen wir den Laden und erkunden auch den Rest des Basars. Es ist sehr laut, weil viel durcheinander geschrien wird. Dagegen geht es auf den Märkten, die wir aus Deutschland kennen, wirklich leise zu. Ich mag das bunte Durcheinander hier aber viel lieber.

Weiter geht es zum Tempelberg, wo sich auch der Felsendom befindet. Wir besichtigen ihn nicht, laufen nur daran vorbei und erhaschen kurz einen Blick in das Innere, das so wunderschön ist wie die Außenfassade. Ganz in der Nähe befindet sich auch die al-Aqsa-Moschee, die mir aber nicht so gut gefällt wie der Felsendom. Unsere letzte Station ist die Grabeskirche. Hier soll Jesus' Kreuzigung stattgefunden haben und sein Grab befindet sich ebenfalls hier. Wir erreichen die Kirche über die Via Dolorosa, die Straße, die Jesus, mit seinem eigenen Kreuz auf dem Rücken, zu seiner Hinrichtung gegangen sein soll. Es ist ein seltsames Gefühl, diesen Weg entlang zu laufen. Ich kenne die Geschichten der Bibel ja aus dem Religionsunterricht. Aber diese Orte jetzt selbst zu sehen, ist etwas ganz Anderes. Ich bin davon überzeugt, dass diese Stadt auch Menschen, die nicht gläubig sind, in ihren Bann zieht.

Auf der Rückfahrt schläft Lena und ich hänge meinen Gedanken nach, lasse die Eindrücke, die ich in Jerusalem gewonnen habe, auf mich wirken. Dass ich ausgerechnet heute, den goldenen Felsendom vor

Augen, die ersten Pigmente entdeckt habe! Israel, denke ich. Israel. Schon zu Hause hatte ich den Klang dieses Wortes schön gefunden. Verheißungsvoll. Und jetzt bin ich dankbar und glücklich, dass ich nicht enttäuscht worden bin. Israel ist ein ganz besonderes Land. Für sehr viele Menschen. Und auch für mich ganz persönlich. Mit dem Gefühl, heute mein ganz eigenes, kleines Wunder erlebt zu haben, komme ich wieder in Ein Bokek an. Als ich das Tote Meer zwischen den Wüstenbergen durchschimmern sehe und auch schon bald unser Hotel in Sichtweite ist, fühlt es sich ein bisschen an wie Nachhausekommen.

KAPITEL 36

Benebelt

„Nein, Leo, zum letzten Mal: Du bleibst hier mit mir in der Lobby! Du gehst nicht mit Mio und Dennis mit." Auf der Stirn seiner Mutter hat sich bereits eine Zornesfalte gebildet. „Aber ich bin kein Baby mehr!" „Da habe ich so meine Zweifel, wenn ich sehe, wie du dich hier seit einer halben Stunde gebärdest!" Leo zieht einen Flunsch, was ihn auch nicht gerade erwachsener wirken lässt. „Wir gehen doch nur ins *Suha*, dann bin ich schon wieder zurück. Wird bestimmt nicht besonders spannend", versucht Mio seinen kleinen Bruder zu beschwichtigen. Doch der reagiert nicht und sitzt mit verschränkten Armen einfach nur da. Dann ist er jetzt eben bockig, denkt Mio und verabschiedet sich. „In spätestens zwei Stunden bist du wieder da, okay?", ruft ihm seine Mutter hinterher. Mio nickt.

Als er zum vereinbarten Treffpunkt kommt, bemerkt er, dass der Professor nicht alleine auf ihn wartet. Neben ihm stehen zwei große Jungen in seinem Alter, beide haben pechschwarze Locken. „Das sind Arif und Mammon", stellt der Professor sie vor. „This is my friend Mio. Ready to go?" „Yes", sagt der Größere,

Mammon. „Die beiden sind Brüder, sind die Neffen von dem Reiseführer, Samir, oder wie der heißt. Sie jobben in den Ferien manchmal bei ihm. War gar nicht so leicht, das herauszubekommen, sie sprechen nämlich ziemlich schlechtes Englisch", sagt Dennis und lächelt sie freundlich an. „Aha. Und jetzt kommen sie mit ins *Suha*?" Mio ist nicht gerade begeistert. Der Professor schleppt auch ständig irgendwelche Leute an. „Ja, wollen sich was zu trinken kaufen, haben sie gesagt." Mio sagt nichts und beschließt, sich nicht aufzuregen. Sollen sie halt mitkommen, denkt er.

Als sie am öffentlichen Badestrand vorbeilaufen, wo jetzt, am Abend, nicht mehr viel los ist, fragt Arif: „Did you already take bath in Dead Sea?" Er blickt Mio freundlich an. „No, not yet." Bis jetzt hat es ihn nicht gereizt, im Toten Meer baden zu gehen. Eigentlich ist er nur auf dem Solarium, im Speisesaal und im Ort gewesen. Auch an den Pool hat es ihn bisher nur ein Mal verschlagen. „You must go, it's really good for skin, you know." „He knows. But he is scared", antwortet Dennis und kichert etwas mädchenhaft. Mio rempelt ihn an. „Angst?! Ich glaub', es hackt! Was ist denn heute in dich gefahren, Professor?" „P-rrr-o-fess-orrrr?", fragt Mammon. „I thought name is Dennis?" „Yeah, that's correct. But I call him that because he is a terrible Know-it-all..." „Ahhh, I see", sagt Mammon und grinst. Arif blickt so verständnislos drein, dass Mammon ihm alles auf Arabisch übersetzt. Währenddessen muss der Professor anscheinend wieder mal beweisen, dass er seinem Spitznamen gerecht wird. Er holt tief Luft, Mio schwant bereits Böses, und...*here we go again*: „Wusstest du, dass das Tote Meer im Rückgang begriffen ist? Der Wasserspiegel sinkt gut einen Meter im Jahr. Es gibt verschiedene Ansätze, um dem Einhalt zu gebieten, aber bis jetzt ist noch nichts entschieden." „Das wusste ich nicht..."

Als sie im *Suha* ankommen, laufen Arif und Mammon zielstrebig die Treppen rauf zu der kleinen Bar, die sich auf dem Dach des Einkaufszentrums befindet. „Scheinbar wollen sie hier etwas trinken und nichts kaufen und dann mitnehmen...", sagt Dennis etwas überrascht zu Mio. „Scheinbar." „Do you come?", fragt Arif jetzt erwartungsvoll. Dennis und Mio schauen sich an. Schließlich sagt Mio: „Okay, why not?" Und ehe sie drei Mal schnell hintereinander „Totes Meer" sagen können, sitzen sie schon auf herrlichen, großen, weichen Kissen um einen sehr niedrigen, kleinen Tisch herum, auf der eine große Wasserpfeife steht. Mammon unterhält sich angeregt mit einem der Kellner, der eifrig bemüht ist, sie anzuzünden. „It's my good friend Raef", erklärt Mammon und klopft ihm auf den Rücken. Mio und Dennis nicken etwas eingeschüchtert. „I thought you wanted to drink something?!", fragt Dennis zaghaft. „Yes, later, of course. Now we smoke Shisha with Prooofesorr and Mio, our new friends!", ruft Arif begeistert und nimmt den ersten Zug. Dennis blickt panisch zu Mio, doch der zieht bereits an der Wasserpfeife. Er hat noch nie geraucht und deshalb muss er jetzt erst mal kräftig husten. Aber als der Husten weg ist, spürt er einen sehr angenehmen, süßlichen Geschmack im Mund und fühlt sich leicht benebelt. „Das solltest du probieren, Professor." „Auf keinen Fall! Wusstest du, dass eine Stunde Wasserpfeife rauchen denselben Effekt hat wie 100 Zigaretten?! Ich bin schon übergewichtig und habe Neurodermitis, da kann ich nicht auch noch Krebs gebrauchen und…" Mio schiebt ihm kurzerhand das Mundstück rein und beendet so seinen Redefluss. „Ganz ruhig, wir wollen ja nicht eine Stunde rauchen!" Tatsächlich nimmt der Professor einen tiefen Zug und hustet dann ebenfalls. „Schmeckt gar nicht mal so schlecht", murmelt er. „Siehst du." „You like?", fragt Arif. Sie nicken und rauchen. Und lachen. Und reden. Und rauchen.

Als Mio irgendwann auf seine Uhr schaut, sieht er, dass die zwei Stunden fast um sind. „Wir sollten langsam mal zurückgehen." „Nein, es ist doch gerade so gemütlich hier." Der Professor liegt völlig entspannt auf zwei Kissen und summt leise vor sich hin. „DENNIS! Komm' jetzt, wir müssen los!" „Na gut, ich komm' ja, also wirklich…" Er ächzt und quält seinen kleinen, kugelrunden Körper aus der Liegeposition. „Schukran, ähh, also thank you, danke, for smoking with us", sagt der Professor. Mio wundert es nicht, dass er auch Arabisch kann. „Thank you", sagt auch er. „Hope you had a good time, my German friends. Good night." Mammon lächelt und nickt ihnen zu. Arif winkt.

Dennis singt den ganzen Rückweg „Mein kleiner, grüner Kaktus" und Mio murmelt: „Hoffentlich wundert sich dein Opa nicht über dich." Doch der Professor grinst nur und sagt: „Ach Quatsch, damit hat er schon vor Jahren aufgehört."

KAPITEL 37

Beschämt

„Where is your friend today?", fragt mich die blonde Amerikanerin, die Schuppenflechte hat, und mit der ich mich manchmal auf dem Solarium unterhalte. „She is at the pool." „Ah, okay. I saw her yesterday and her skin looks perfect! I am happy for her!" „Me, too." Die Amerikanerin hat recht. Lena muss sich nicht mehr auf dem Solarium sonnen, weil Doktor Weiss gesagt hat, für ihre nur noch wenigen Stellen würde die Sonne, die sie tagsüber am Pool und beim Baden im Meer bekommt, völlig reichen. Also bin ich mit Mama nun wieder alleine auf dem Dach. Seit unserem Jerusalem-Ausflug habe ich fast täglich neue kleine Pigmente entdeckt: An den Knien, der anderen Hand, aber auch an den Ellenbogen. Meine Haut ist in Aktion! Ich kann immer noch nicht richtig glauben, dass sich wirklich etwas tut! Wir waren inzwischen auch mal wieder bei Frau Doktor Weiss, und sie hat sich sehr über meine kleinen, braunen Pünktchen gefreut. „Sehr gut!", hat sie gesagt und mich mütterlich-liebevoll angelächelt. Meine gute Fee. „So soll es sein. Mach' schön weiter mit dem Sonnen und pass' immer gut auf, dass du dich nicht verbrennst. Du weißt ja: Rosa ist gut, rot nicht." Fast hätte ich mit

Aye aye, Sir! geantwortet, aber das erschien mir dann doch etwas unangemessen. Deshalb habe ich bloß genickt und sie auch angelächelt.

Seit Lena nicht mehr mit auf das Solarium kommt, ist mir oft ziemlich langweilig. Selbst Musik hören und Lesen hängt mir mittlerweile zum Hals raus. Inzwischen gibt mein Plan vor, dass ich mich morgens eine Stunde und nachmittags eine Stunde sonnen soll. Ich hätte die Zeit lieber genutzt, um mit Lena zusammen zu sein. Aber was tut man nicht alles, um seine Vutikigostellen loszuwerden. Ich vermisse Leonie... Jetzt will Mama auch noch, dass wir Mathe üben. Na toll. Ich hasse Mathe! Weil sie verspricht, mir für jedes richtige Ergebnis fünf israelische Schekel zu geben, lasse ich mich darauf ein. Ich bin definitiv bestechlich. Sie denkt sich ziemlich schwere Aufgaben aus, aber nach einer halben Stunde habe ich immerhin 20 Schekel zusammen. Zwar nur knapp fünf Euro, aber um mir was Kleines im Einkaufszentrum zu kaufen, wird es reichen. Immerhin. Nach dem Mittagessen will ich mich mit Lena am Pool treffen. Bestimmt hat sie Lust, nach dem Schwimmen eine kleine Shoppingtour im *Suha* mit mir zu machen.

Als ich allein an den Pool komme, Mama hat sich zum Mittagsschlaf hingelegt, sehe ich Lena im Wasser mit einem anderen Mädchen spielen. Als ich näher ran gehe, erkenne ich Constanze. Lena und ich haben sie ein paar Tage zuvor abends in der Lobby getroffen, als sie sich auch gerade eine Orangenlimo an der Bar holen wollte. Nachdem wir kurz mit ihr geredet haben, sie ist wegen ihrer Augenkrankheit Uveitis in Israel, haben Lena und ich uns auch schon wieder in unsere Lieblingssofaecke verkrümelt. Sie ist erst zwölf und ich finde sie ziemlich dumm und unreif. Kriegt keinen geraden Satz raus, ohne wild zu kichern und ständig verschämt die Augen gen Himmel zu richten. Eindeutig Typ *Rotkäppchen*. Wenn die irgendwann im Bauch eines Wolfs wieder gefunden wird, würde es mich nicht wundern. Passenderweise trägt sie jetzt im Pool einen roten Badeanzug und eine ebenso rote Schirmmütze. „Komm' auch ins Wasser!" Lena hat mich gesehen. Unbändige Wut schießt in mir hoch. Was fällt Lena eigentlich ein, sich mit dieser Constanze einzulassen?! *Ich* bin ihre Freundin. Wozu braucht sie noch eine?! Bin ich ihr nicht genug? Langweilt sie sich mit mir? „Nee danke", gebe ich zurück. Ich knalle mein Handtuch auf eine Liege, lege mich hin und stecke mir Kopfhörer in die Ohren. Höre aber gar keine Musik. Ich bin so wütend, dass ich überhaupt nicht daran denke, auf „Play" zu drücken. Lena scheint es nicht zu stören, dass ich gar nicht ins Wasser komme und reichlich patzig auf ihre Aufforderung reagiert habe. Vielleicht ist sie ja sogar froh, dass sie alleine mit Constanze toben kann. Die beiden machen Wettschwimmen und üben Handstand im Wasser. In diesem Moment hasse ich Lena. Wieso tut sie mir das an? Wie kann sie mich so enttäuschen? Bin ich ihr derart egal? *Übertreibst du nicht ein bisschen?,* fragt eine leise Stimme in meinem Kopf. Doch ich ignoriere sie und springe auf. Ich muss mich bewegen, in mir tobt es so gewaltig, dass ich das Liegen nicht mehr aushalten kann. Mit einer fetten Arschbombe springe ich in den Pool. Das darf man eigentlich nicht und gefährlich ist es auch noch, bei der Hitze so ins kalte Wasser zu springen, aber das ist mir jetzt alles egal. Assaf döst sowieso nur stupide vor sich hin und kriegt nichts mit. Wahrscheinlich ist er eingeschlafen, der Idiot. Dass sich sowas überhaupt „Bademeister" nennen darf. Lena und Constanze blicken überrascht auf. Lena sagt: „Da bist du ja! Hätte zwar gedacht, du nimmst wie immer die Treppe, aber..." Ich sage nichts. „Wollt ihr noch mal um die Wette schwimmen?", frage ich stattdessen. „Na klar", sagt Constanze, kichert und guckt verschämt gen Himmel. Ich gucke sie ausdruckslos an. „Was meinst du, Lena?", frage ich. „Klar." Wir schwimmen zum Rand des Beckens. Eins, zwei, drei – LOS. Ich bin eine gute Schwimmerin und habe Lena bisher immer geschlagen. Auch heute überhole ich sie schnell. Nicht aber Constanze. „Scheiße", denke ich, „was zieht die denn so ab?!" Ich schwimme so schnell ich kann, habe aber keine Chance gegen Constanze. Sie kommt zuerst am anderen Rand des Beckens an. Diese kleine 12-jährige Schlampe! Ich boxe mit der Faust ins Wasser. Das Gesicht wutverzerrt. Lena lacht laut. „Du bist besiegt, Nike. Wurde aber auch mal Zeit. Gut gemacht, Conzi!" CONZI?! In dem Moment brennt bei mir eine Sicherung durch. Mit großen Schritten und rudernden Armen kämpfe ich mich durchs Wasser auf Lena zu. „Oh oh, du siehst echt wütend aus, verlieren kannst du nicht besonders gut, hm?", sagt sie und grinst. Ich reagiere nicht, sondern fokussiere sie nur mit starren, kalten Augen wie eine Schlange ihre Beute. Ich stehe jetzt direkt vor ihr. „CONZI, CONZI, CONZI!", hallt es in meinem Kopf. Sie hat mich verraten, unsere Freundschaft. Hass und Enttäuschung benebeln all' meine Sinne. Plötzlich schnellen meine Hände nach vorne. Ich packe Lena an den Schultern und ramme ihr meinen Fuß gegen das Schienbein, sodass sie taumelt und es für mich ein Leichtes ist, sie unter Wasser zu drücken. Ich höre noch, wie sie „Au, was machst...?", ruft, bevor ihr Gesicht ganz im Wasser verschwindet. Sie zappelt und wehrt sich gegen meinen Griff. Ich halte sie fest. Meine Hände drücken ihre Schultern weiter unerbitterlich nach unten. Ich bin stärker als sie. Ihr Zappeln macht mich glücklich. Schadenfreude durchströmt mich. Da siehst du, was mit Leuten passiert, die mich verraten, denke ich hämisch. Auf einmal taucht Josephine vor meinen Augen auf. Ihr schadenfrohes Grinsen sieht aus wie eine schrecklich verzerrte Grimasse. „Du bist mir peinlich, Nike", dröhnt ihre Stimme in meinem Kopf. Dann sehe ich Eileen, wie sie nach meiner Unterhose greifen will und im nächsten Moment triumphierend meinen abgeschnittenen Zopf in die Luft hält. Lena versucht indessen, meine Hände von ihren Schultern wegzudrücken. Je heftiger sie es versucht, desto mehr Genugtuung verspüre ich. Das hat sie verdient. Ich drücke sie weiter mit meinem ganzen Körpergewicht nach unten. Ich weiß nicht, wie viel Zeit vergeht. Vielleicht eine Minute? Vielleicht 20 Sekunden? Irgendwann lasse ich los. Constanze hat die ganze Zeit nur starr vor Schreck im Wasser neben uns gestanden und geglotzt. „Lena, alles ok?", bringt sie jetzt mit zitternder Stimme hervor und streckt die Hand nach ihr aus. Zu mir sagt sie nichts. Hat wahrscheinlich Schiss. „Was...sollte...das?!", japst Lena und schnappt mühsam nach Luft. In ihren Augen sehe ich Ungläubigkeit und Enttäuschung, ja sogar ein wenig Angst. „Fick dich, Lena." Ich werfe ihr einen letzten, hasserfüllten Blick zu, drehe mich um, schwimme Richtung Treppe, verlasse den Pool, ohne mich abzutrocknen oder anzuziehen und ohne mich noch einmal umzudrehen.

Schon auf dem Weg zum Hoteleingang fange ich an zu weinen. Ich tropfe in meinem nassen Badeanzug den gesamten Flur vor der Rezeption voll. David Hirshberg, der nette Mann, der uns am ersten Tag in Empfang genommen hat, blickt auf, wundert sich kurz und sagt dann: „Du machst ja alles nass. Das geht nicht. Nimm' dir bitte ein Handtuch." Ich ignoriere ihn und denke, dass er auch etwas mehr Mitleid mit mir haben könnte. Er sieht ja, dass ich weine. Bist wohl doch kein gütiger König, denke ich. Dann renne ich zum Fahrstuhl, fahre in den vierten Stock und hämmere an unsere Zimmertür. „Mama!", schreie ich,

„mach auf!" Etwas verschlafen öffnet Mama die Tür. „Wie siehst du denn aus? Warum bist du so nass?" Ich antworte nicht, sondern laufe an ihr vorbei ins Zimmer und schließe mich im Bad ein.

Erst eine Stunde später komme ich wieder raus und erzähle Mama, was passiert ist. Mein schlechtes Gewissen zerfrisst mich bereits und ich kann jetzt nicht mehr verstehen, was in mich gefahren ist. „Du warst eifersüchtig", sagt Mama und streicht mir mit der Hand sanft über den Kopf. Das ist mir selbst auch klar. „Trotzdem hättest du das nicht tun dürfen." Auch das ist mir klar. „Ich weiß", murmele ich.
Ich will mich unbedingt bei Lena entschuldigen. Aber wahrscheinlich will sie mich jetzt erst mal überhaupt nicht sehen. „Kannst du noch meine Sachen von der Liege holen? Die hab' ich da alle liegen lassen", frage ich Mama. Ich will nicht mehr zum Pool und sonnen auf dem Solarium will ich mich auch nicht mehr heute. „Okay, das kann ich machen. Ich verstehe, dass du heute nicht mehr dahin willst. Aber du gehst gleich noch aufs Solarium." „Auf keinen Fall!" „Keine Diskussion, Nike." Ich ziehe einen Flunsch. „Mama?" „Ja?" „Wenn Lena da ist, kannst du sie dann fragen, ob ich mich mit ihr in der Lobby treffen kann heute Abend?" „Willst du dich entschuldigen?" „Ja." „Okay, ich frage sie, wenn sie da ist."
Widerwillig mache ich mich alleine auf den Weg zum Solarium, während Mama zum Pool geht. Als ich auf meiner Liege liege, spiele ich immer wieder die

gesamte Situation im Kopf durch. Kein Hass mehr, keine Wut, nur Traurigkeit und Leere sind geblieben. Was habe ich mir nur dabei gedacht? Sicher wird Lena mir das nie verzeihen. Ich habe durch meine Eifersucht alles kaputt gemacht. In drei Tagen reist sie schon ab, dann ist ihre Kur vorbei. Die Verlängerung, die sie mit ihrer Mutter beantragt hat, ist nicht genehmigt worden. Wird sie mich überhaupt noch mal sehen wollen in diesen Tagen? Wird sie mit mir sprechen?

Als Mama mir sagt, dass Lena mich nicht sehen will, muss ich erst mal wieder heulen. Und so geht das dann zwei Tage lang. Ich verlasse das Hotelzimmer so wenig wie möglich und begegne Lena auch nicht mehr im Speisesaal oder woanders.
Als Mama mir sagt, dass sie mit Elke geredet hat, und Lena sich bereit erklärt hat, sich noch von mir zu verabschieden, bin ich einerseits erleichtert und andererseits habe ich Angst davor, sie wiederzusehen.
„Komm' schon rein", sagt sie, nachdem ich ziemlich zaghaft an ihrer Tür geklopft habe. Unsere Mütter haben sich zum Kaffee trinken in der Lobby verabredet und wir zwei sind allein im Zimmer. Ich schaue sie an und weiß nicht, was ich sagen soll. Lena seufzt. Dann sagt sie: „Weißt du, das war furchtbar, was du gemacht hast. Noch nie hat jemand so etwas mit mir gemacht und ich weiß auch bis jetzt nicht richtig, warum du eigentlich so abgegangen bist. Du

warst eifersüchtig, oder? Aber warum? Constanze ist doch total nett und wir hätten auch gut Zeit zu dritt verbringen können, oder nicht? Egal. Du hast mir ziemliche Angst eingejagt." „Es tut mir so leid", sage ich leise und mir steigen schon wieder die Tränen in die Augen. „Ich weiß, dass wir uns noch gar nicht lange kennen. Aber so fühlt es sich für mich nicht an. Du bist mir unheimlich wichtig, weißt du das? Ich glaube, ich hatte einfach Schiss, dich zu verlieren, als ich dich so mit Constanze gesehen habe." „Dafür, dass du mich so gerne magst, hast du mir aber ziemlich weh getan..." Ich weiß nicht, ob sie den körperlichen oder seelischen Schmerz meint - wahrscheinlich beides. „Ich schäme mich so", flüstere ich. „Ich weiß wirklich nicht, was mit mir los war in dem Moment." Ich blicke sie flehend an. „Bitte verzeih' mir." Lena kommt auf mich zu und nimmt mich in den Arm. Einfach so. Da fange ich dann richtig an zu weinen. „Ist ok", sagt sie, „ist ok." Nach einer Weile lässt sie mich los und ich wische mir die Tränen weg. „Vielleicht solltest du wirklich mal zu dem Autogenen Training gehen, von dem ich dir erzählt habe. Wir Hautkranken schleppen ziemlich viele negative Gefühle mit uns rum und die Trainerin hat gesagt, dass die Übungen helfen können, das in den Griff zu kriegen." „Das habe ich auf jeden Fall bitter nötig." Lena lächelt. „Das glaube ich auch." Ich bin ihr so unendlich dankbar, dass sie mir verziehen hat. „Ich werde die Zeit hier mit dir nie vergessen, weißt du das? Schreiben wir uns, wenn du wieder in

Deutschland bist? Du wirst mir schrecklich fehlen."
„Du wirst mir auch fehlen! Natürlich schreiben wir uns. Du musst mir sofort Bescheid sagen, wenn du noch mehr Pigmente bekommst, ja?" „Auf jeden Fall. Ich hoffe, deine Haut bleibt so gut wie sie jetzt ist und ärgert dich nicht so, wenn du wieder zu Hause bist." „Das hoffe ich auch." „Nike?" „Mh?" „Ich kann nicht abreisen, ohne dass du mir noch ein letztes Sprichwort mit auf den Weg gibst." Ich grinse sie an. *„Kurz ist der Abschied für die lange Freundschaft*. Kein Sprichwort, sondern ein Zitat aus Friedrich Schillers *Die Jungfrau von Orleans*." „Das gefällt mir, du Streberin", sagt sie und lächelt.

KAPITEL 38

Bezaubert

Zum Glück hat er eine Liege relativ nah an der Wand ergattern können. Er hasst es, sich in die Mitte legen und sich somit den Blicken aller aussetzen zu müssen. Eine bunte Mischung aus Jung und Alt tummelt sich auf dem Solarium, die meisten sind entweder rot oder weiß gefleckt. Manche haben auch gar nichts. Warum gehen die überhaupt hierhin?, fragt Mio sich. Könnten sich ja auch einfach ans Meer oder an den Pool legen. Freiwillig würde er nie im Leben aufs Solarium gehen. Das hat nichts mit seinem Alter zu tun. Er kann sich nicht vorstellen, dass er es jemals reizvoll finden wird, sich in der Öffentlichkeit nackt zu zeigen, ganz unabhängig von seiner Vitiligo. Nicht in der Sauna, nicht am FKK-Stand - nirgendwo. Ist einfach nicht sein Ding. Inzwischen hat er sich ein wenig daran gewöhnt, aber er ist jedes Mal froh, wenn er sich wieder anziehen darf. So auch heute. Nach 30 Minuten auf jeder Seite zieht er sein T-Shirt und seine Badeshort über und tapst etwas benommen von der Hitze in den klimatisierten Fahrstuhl. Das war seine zweite Sonneneinheit heute und gleich wird es schon Abendbrot geben. Dennis ist heute Abend mit seinem Opa beim Bingospielen im Hotel nebenan. Man kann gar nicht sagen, wer begeisterter davon ist: Dennis oder sein Opa. „Willst du nicht mitkommen? Macht wirklich total viel Spaß!!", hatte Dennis ihn vorhin noch gefragt, doch Mio hatte dankend abgelehnt. „Heute ist Karaoke Night in der Lobby, habe Mama und Leo versprochen, da mit ihnen hinzugehen. Ist mir tausend Mal lieber als Bingo - und das will was heißen." Dennis hatte ihn mit einem strafenden Blick bedacht. Scheinbar konnte er nicht verstehen, wie jemand Karaoke Bingo vorziehen kann.

Als Mio nach dem Abendessen mit Leo und seiner Mutter in einer gemütlichen Sitzecke mit Blick auf die Bühne sitzt, vibriert sein Handy. Nachricht von Nick. *Hey Digga, was läuft? Machste fett Party heute Abend?* Mio grinst. *Von wegen. Hatte heute die Wahl zwischen Bingo und Karaoke Night.* Nick antwortet mit einem traurigen Smilie. Recht hat er. Die ersten drei Sänger sind ziemlich schrecklich. „Bis jetzt noch kein großes Gesangstalent dabei, oder?" Seine Mutter blickt ihn leicht gequält an. Mio nimmt einen Schluck von seiner Fanta. „Wollen wir lieber ins Hotelzimmer gehen?" „Nein! Ich will noch bleiben!" Leo verschränkt die Arme vor seiner Brust. „Noch ein Lied und dann gehen wir, okay?" Mio nickt seiner Mutter zu, lehnt sich zurück und schließt die Augen. Hoffentlich ist es ein kurzes Lied und wir haben diese Tortur gleich überstanden, denkt er.

Und dann hört er die schönste Stimme, die er je in

seinem Leben gehört hat. Ohne dass er es will, zieht sie ihn sofort in seinen Bann. Er lässt die Augen geschlossen und lauscht fasziniert. Mit jeder Faser seines Körpers saugt er sie auf. Gänsehaut am ganzen Körper, bis in die Haarspitzen. Diese Stimme gehört ihm. Es ist *seine* Stimme und sie singt ihr Lied nur für ihn.

Beim zweiten *I am beautiful* öffnet Mio die Augen. Wahnsinn, denkt er. You *are* beautiful. Ihm stockt regelrecht der Atem und er muss sich beherrschen, dass er nicht mit offenem Mund da sitzt. Nachdem er schon von ihrer Stimme so eingenommen war, überwältigt sie ihn jetzt mit ihrer Schönheit. Bewundernd blickt er auf ihre fast schulterlangen, blonden Haare, die in leichten Wellen herabfallen und auf ihre scheinbar endlos langen, nackten Beine. Sie trägt weiße Hot Pants. Noch nie hat er ein Mädchen so sexy gefunden. Und dann fällt sein Blick auf ihre Knie. Sie hat Vitiligo, denkt er. Sie ist eine von uns. Sie ist wie ich. Ich bin wie sie. Die Verbindung, die er von dem Moment an gespürt hat, als er ihre Stimme gehört hat, fühlt sich jetzt noch stärker an. „Hey, Mio, wir wollen los", Leo rempelt ihn ungeduldig von der Seite an. Er hat überhaupt nicht bemerkt, dass sie längst zu Ende gesungen hat und von der Bühne gegangen ist, er hat nur ihr Lächeln wahr genommen, als sie ihren verdienten Applaus entgegen genommen hat - und seitdem nichts mehr. „Was ist denn mit dir los?", fragt ihn seine Mutter und zieht eine Augenbraue hoch. Er muss das von ihr geerbt haben. „Nichts, wieso?!" „So hast du das letzte Mal ausgesehen, als du aus der Krake im Heide-Park gestiegen bist." Genauso fühle ich mich auch, denkt Mio, nur viel besser. Er zieht jetzt ebenfalls eine Augenbraue hoch und sagt ungerührt: „Wenn du meinst."

Als er kurz darauf in seinem Bett liegt, kann er nicht einschlafen. Ich glaube, ich habe mich gerade schockverliebt, denkt er. Dann dreht er sich abrupt auf den Bauch und presst sein Gesicht ins Kissen so fest er kann. So ein Quatsch, sie hat einfach nur gut gesungen. Und sah hübsch aus. Punkt. Ende. Aus.

KAPITEL 39

Bezirzt

Nach Lenas Abreise fühlte ich mich ziemlich allein. Ich war zum ersten Mal so unglücklich in Israel, dass ich nach Hause wollte. Alles nervte mich. Das Hotel. Das Solarium. Der Pool. Die Hitze. Das Essen. Die Leute. Auch die Wüstenberge und das ewig gleiche Tote Meer konnte ich nicht mehr sehen. Manchmal habe ich Samir im Reisebüro besucht und neue arabische Wörter gelernt. Aber auch das baute mich nicht wirklich auf. Ausgerechnet jetzt ist unser Antrag auf Verlängerung der Kur genehmigt worden. Ich kann mich darüber aber irgendwie nicht so richtig freuen, ich undankbare Göre.

Allerdings bin ich seit gestern Abend wieder etwas optimistischer gestimmt. Da habe ich nämlich Dennis kennengelernt. Wer er wäre, wenn er eine Märchenfigur wäre? Keine Ahnung! Dennis kann man einfach nicht in irgendeine Kategorie einordnen. Das ist unmöglich. Dennis ist eben Dennis. Als er am Nachtischbuffet gesehen hat, dass ich mich nicht so richtig entscheiden konnte, hat er mich angesprochen. „Probier' mal die Datteln, die sind echt lecker", meinte er. „Ich kann gar nicht genug davon kriegen. 100 Gramm Datteln haben zwar 282 Kalorien, aber scheiß' drauf, sie sorgen für gute Verdauung und machen außerdem eine schöne Haut. Und die können wir alle hier ja ziemlich gut gebrauchen, oder?!" Nachdem ich mich von dem Schock erholt hatte, den Dennis' Redeflash bei mir ausgelöst hatte, sagte ich „Allerdings" und blickte ihn belustigt an. Die Datteln waren wirklich richtig gut. Nachdem wir noch eine Weile geredet hatten, fragte er, ob ich Lust hätte, mit ihm und einigen Freunden, die er vom Autogenen Training kannte, morgen Abend noch ein bisschen im *Suha* abzuhängen nach dem Essen. Ich hatte natürlich Lust und sagte zu. Als ich danach mit Mama zur *Karaoke Night* gegangen bin, war ich so euphorisch, dass ich tatsächlich gesungen habe…*Beautiful* von Christina Aguilera. Sowas habe ich vorher noch nie gemacht, aber dem Applaus nach zu schließen ist es ziemlich gut angekommen.

„Aber nur für eine Stunde, dann kommst du wieder zurück. Und wehe, du bist nicht rechtzeitig da!", sagt Mama und blickt mich drohend an. „Ja, ja", murmele ich und mache die Tür zu. Zwei von Dennis' Freunden, Lisa und Julia, wohnen im Hotel nebenan, im *Dead Sea Palace*. Wir holen sie ab. Dort gibt es einen viel größeren Pool als bei uns und sie haben sogar einen Strudel. „Ihr könnt uns ja mal zum Schwimmen besuchen kommen. Merkt schon keiner, dass ihr eigentlich nebenan wohnt", meint Lisa, nachdem sie sich vorgestellt hat. Sie hat blonde, kurze Haare, die ihr sehr gut stehen und ein kleines Muttermal direkt neben dem linken Mundwinkel. Ich finde sie hübsch. Dennis hat gesagt, dass sie Schuppenflechte hat, aber davon ist kaum noch was zu sehen. Wahrscheinlich ist sie schon länger hier. „Gleich kommt noch Mio, der wohnt eigentlich auch bei uns im *Tamar*, hat sich aber bisschen verspätet. Er wollte nachkommen und uns dann direkt hier in der Lobby treffen", sagt Dennis. Mio, denke ich. Das ist ein besonderer Name. Besonders und sehr schön. Ich habe das Buch „*Mio, mein Mio*" von Astrid Lindgren gelesen, aber noch nie jemanden getroffen, der tatsächlich so heißt. Und dann sehe ich, wie ein Junge mit lockigen, braunen Haaren in einem weißen T-Shirt durch die Eingangstür des *Dead Sea Palace* kommt und sich suchend umschaut. Wow. Was für eine Erscheinung. Er sieht verdammt gut aus. Ganz klar Typ *Märchenprinz*. „Mio!", ruft Dennis, „Hier drüben sind wir!" Mio kommt auf uns zu, bleibt bei uns stehen, lächelt ein Mal in die Runde und sagt: „Hey." Mehr nicht. Einfach nur „Hey". Es ist das lässigste „Hey", das ich jemals aus dem Mund eines Menschen gehört habe. Ich bin schwer beeindruckt. Als er mich anschaut, habe ich das Gefühl, wie ein Stück Schokolade in der Sonne einfach dahin schmelzen zu müssen. „Ich bin Mio. Und wie heißt du?", fragt er. Ich bin etwas geschockt, dass er mich direkt ange-sprochen hat, fasse mich aber schnell wieder. Bleib cool, Nike. Bleib cool. Ich lächele ihn an, auch wenn mir das bei meiner Nervosität schwer fällt. Hoffentlich sehe ich nicht total dämlich aus. „Ich heiße Nike." So, das wäre geschafft. Frag' ihn was. Schnell! Sonst denkt er, du bist auf den Kopf gefallen. „Wie lange bist du schon hier?", frage ich. „Seit zweieinhalb Wochen", antwortet Mio. „Okay. Ich auch." Warum ist er mir bisher nicht aufgefallen? Manchmal sieht man den Wald vor lauter Bäumen nicht...„Wusstet ihr, dass...?", setzt Dennis plötzlich an, doch zu unser aller Erleichterung unterbricht Julia ihn hastig mit den Worten: „So, Leute, dann lasst uns mal los, ich hab' nicht ewig Ausgang!"

Während wir zum *Suha* gehen, unterhält sich Dennis mit Mio und ich mustere ihn verstohlen. Seine wunderschönen, dunkelbraunen Augen sind von weißen Flecken umrandet. So auch sein Mund. Vitiligo. Auch an den Ellenbogen und in den Kniekehlen sehe ich die weißen Stellen, die ich so gut von meinen eigenen Körper kenne. Ob er auch mal ein Seepferdchen auf dem Bauch gehabt hat und sein gesamter Oberkörper jetzt auch schneeweiß ist? Ich ertappe mich, wie ich ihn mir ohne sein weißes T-Shirt vorstelle - und das nicht nur, weil ich neugierig bin, ob er Vitiligo auf der Brust und dem Bauch hat... Schnell gucke ich woanders hin und beginne ein Gespräch mit Julia. Nur Small Talk, zu mehr bin ich nicht fähig. Ich stehe unter Hochspannung. Dennis holt sich im Einkaufszentrum eine Falafel. Dass er nach dem Abendessen noch so viel essen kann! Aber irgendwo müssen seine Speckröllchen ja auch herkommen. Mio isst ein Eis und wir Mädels trinken

Erdbeer-Milchshakes. Vor Aufregung kann ich meinen Shake nicht austrinken. Dennis trinkt den Rest. Was ist bloß in mich gefahren?! Ich streiche vier Mal mit meinem rechten Zeigefinger über das Ziffernblatt meiner Uhr. Hilft ein bisschen. Zum Glück. Nach dem anschließenden, kurzen Bummel durch die Läden muss ich auch schon zurück ins Hotel. Meine Stunde ist um und ich will Mama nicht vergrätzen und womöglich Ausgangssperre kriegen. Als ich mich von allen verabschieden will, sagt Mio: „Warte, ich komme mit. Meine Mutter versteht leider keinen Spaß, was das angeht. Ich soll auch zurück sein, bevor es dunkel wird." Hilfe. Alleine mit Mio. Wie soll ich das bloß überleben? Nervös zuppele ich an meinem Oberteil herum. „Okay", sage ich möglichst locker und schmeiße meine Haare verführerisch nach hinten. So soll es jedenfalls aussehen, aber wahrscheinlich mache ich mich total zum Affen. Mio verzieht keine Miene. Ich will gar nicht wissen, was er gerade denkt. Wir verabschieden uns von den anderen und treten zusammen den Rückweg an. Zunächst schweigen wir beide, es ist aber nicht unangenehm. Irgendwann sage ich dann: „Die anderen Mütter sind entspannter als unsere. Ziemlich nervig, dass wir schon zurück müssen, oder?" „Das kannst du laut sagen", meint Mio zustimmend. Ich seufze. „Wenn ich älter bin, wird das hoffentlich besser." „Wie alt bist du denn?", fragt Mio. „14. Und du?" „15 und wenn ich endlich 16 bin, mache ich meinen Rollerführerschein. Dann haue ich einfach ab, wenn's mir zu Haus zu viel wird. Vielleicht ist meine Ma bis dahin auch etwas entspannter, was mich angeht. Kann sich ja dann auf Leo stürzen." „Dein Bruder?", frage ich. „Ja, der ist zehn. Wir sind zu dritt hier. Naja, eigentlich sind wir immer zu dritt...seit Papa ausgezogen ist." Mio sieht aus, als wäre er selbst erstaunt, dass er mir das erzählt hat. Jetzt fühlt er sich sichtlich unwohl und starrt beim Gehen stur auf den Bürgersteig. Ich weiß nicht so richtig, was ich sagen soll. Schweigen. Dieses Mal ist es unangenehm. Dann sage ich schließlich: „Tut mir leid das mit deinem Papa." „Ach, schon gut. Lass uns lieber über was anderes reden." Nur zu gern. „Okay", sage ich, „warum haben dich deine Eltern eigentlich Mio genannt?" Mio lächelt etwas gequält. „Meine Mama liebt Astrid Lindgren. Sie hat mir erzählt, dass sie schon immer wusste, dass sie ihr erstes Kind Mio nennen würde, wenn es ein Junge wird. Nach dem Buch *Mio, mein Mio*, weißt du?" „Ja, hab ich gelesen. Hat mir gut gefallen." Du gefällst mir übrigens auch gut, denke ich. „Sie hat mir mit diesem Namen aber keinen Gefallen getan...", fügt er hinzu. Ich weiß, was er meint. Ein auffälliger Name reicht schon völlig, um geärgert zu werden. Aber wenn man dazu noch Vitiligo hat, bekommt man in der Schule die volle Breitseite. „Woher kommt eigentlich dein Name? Hört man ja auch nicht gerade jeden Tag", fragt Mio dann. „Meine Mama meinte, sie und Papa hätten damals einfach gefunden, Nike würde schön klingen. Was Besonderes, was aber trotzdem jeder schreiben kann. Ist außerdem ein griechischer Name und bedeutet

‚Göttin des Sieges'. Das hat ihnen gefallen. Trotzdem denken viele, meine Eltern hätten mich nach einer Sportmarke benannt..." Er grinst und sagt: „Mir gefällt der Name. Und die Bedeutung auch." „Wie die ‚Göttin des Sieges' fühle ich mich meistens aber nicht gerade, eigentlich eher das Gegenteil", entgegne ich. „Was nicht ist, kann ja noch werden", sagt Mio. Jetzt grinse ich. Er hat ein Sprichwort benutzt. Spätestens jetzt bin ich absolut hin und weg. „Wollen wir morgen nach dem Mittagessen Tischtennis spielen am Pool? Um eins? Da hätte ich eine Stunde Zeit, bevor ich wieder aufs Solarium muss." Ich weiß nicht, woher ich den Mut genommen habe, ihn zu fragen. Aber ich habe es getan. „Okay, gerne", sagt Mio und ich habe das Gefühl, er freut sich, dass ich ihn gefragt habe. Wir verabschieden uns. Auf dem Weg zum Hotelzimmer fühle ich mich, als würde ich von innen heraus leuchten. Wenn meine Vitiligoflecken alle mit Gold umrandet wären, würde das jetzt wahrscheinlich sogar schön aussehen, denke ich plötzlich. Wie ein Kunstwerk. Ich lächele. Und dann wundere ich mich im nächsten Moment über diesen Gedanken. So habe ich mich selbst bisher noch nie gesehen.

KAPITEL 40

Bescheuert

Du Idiot, denkt er, du Idiot. Hättest du vielleicht auch mehr sagen können als nur „Hey"?! Ihm ist seine Begrüßung immer noch peinlich. „Nike kommt auch, die hab' ich gestern kennengelernt", hatte Dennis gesagt. Da konnte Mio ja noch nicht wissen, dass sie das Mädchen war, das ihn am Abend zuvor mit ihrem Gesang verzaubert hatte. Als ihm dies klar wurde, hatte ihn plötzlich eine wilde Mischung aus Euphorie und Nervosität ereilt. Und dann hatte dieses eine Wort überhaupt nicht cool, sondern einfach nur bescheuert geklungen.

Eigentlich hätte er noch eine weitere Stunde Ausgang gehabt. Aber er hatte unbedingt mit ihr alleine sein wollen, um sie besser kennenzulernen, ohne die anderen. Also hatte er gesagt, dass er zurück zum Hotel müsste. Ihr von seinem Vater zu erzählen war auch nicht geplant gewesen...es war ihm irgendwie raus gerutscht. Total dämlich. Da kennt man sich gerade mal fünf Minuten und er packt gleich seine ganze Familiengeschichte aus. Ein Wunder, dass sie sich danach noch mit ihm zum Tischtennis verabredet hat. Er an ihrer Stelle hätte da schon längst die Nase voll gehabt. Allerdings hat sie ihn so mega süß angelächelt, als er ihr gesagt hat, dass sie sich vielleicht doch irgendwann wie die Göttin des Sieges fühlen würde, selbst wenn das jetzt noch nicht der Fall sei. Da hatte er anscheinend das Richtige gesagt.

„Mio, was glotzt du eigentlich so dämlich?" Die Stimme seines Bruders reißt ihn jäh aus seinen Gedanken. „Lass mich gefälligst in Ruhe", gibt Mio zurück. Er dreht sich auf seinem Bett zur Seite, den Blick zur Wand, und steckt sich seine Ohrstöpsel ins Ohr. Er schläft hier immer ohne Bettdecke, weil es dafür einfach viel zu warm ist, trotz Klimaanlage. „Warum bist du eigentlich eine Stunde eher wieder gekommen als Mama erlaubt hat?" „Schnauze!"

Hätte er jetzt eine Decke, würde er sie sich über den Kopf ziehen. Er reagiert nicht mehr und drückt die Playtaste. „Lang lebe der Tod" von Casper dröhnt in seinen Ohren.

Am nächsten Morgen hält er im Speisesaal insgeheim Ausschau nach Nike, sieht sie aber nicht. Dafür trifft er auf Dennis. „Seid ihr gestern noch lange unterwegs gewesen?", fragt Mio. „Nee, Julia und Lisa mussten eine Stunde später dann auch zurück. Hast nichts verpasst." „Da bin ich ja beruhigt", sagt Mio und grinst. „Seh' ich dich gleich am Pool?" „Ja, aber erst so in einer Stunde. Muss mich ja sonnen." „Ach ja, klar. Hab' ich vergessen, ihr Vitis habt ja eure Sonnenpläne. Dann viel Erfolg auf'm Solarium. Wusstest du eigentlich...? „Bis später, Professor."

Als er auf dem Solarium liegt, vibriert sein Handy. Eine Nachricht von Matteo. *Was geht ab im Heiligen Land?* ☺ Er schreibt zurück: *Nicht viel. Liege auf der Dachterrasse vom Hotel und sonne mich.* Matteo: *Ja, geil! Sind da wenigstens auch ein paar heiße Weiber um dich rum, die dir Luft zuwedeln?* Mio legt das Handy weg und grinst vor sich hin. Schade, dass Matteo nicht auch hier ist. Sie hätten sicher eine Menge Spaß zusammen. Allerdings hat er seine Zweifel daran, dass er sich mit dem Professor verstehen würde. Die beiden sind wie Tag und Nacht. Nachdem er Matteo so vehement seine Einstellung zum Thema „Liebe" klar gemacht hat, kann er ihm ja schlecht schreiben, dass er sich irgendwie doch verliebt hat…Aber eigentlich würde er ihm liebend gerne von Nike erzählen. Noch ein paar Stunden, dann wird er sie endlich wiedersehen.

KAPITEL 41

Berührt

„Das kann doch wohl nicht wahr sein!", ruft Mio und pfeffert seinen Schläger auf den Boden. Ich grinse. Wir haben jetzt fast eine Stunde Tischtennis gespielt und ich habe ihn, bis auf einmal, immer besiegt. Das jahrelange Üben in unserem Garten mit Papa und Jan zahlt sich aus. Meine Nervosität vom Vortag ist etwas weniger geworden, aber ich habe immer noch wahnsinniges Bauchkribbeln in Mios Nähe. Als wir vorhin gemeinsam einem Ball hinterher gelaufen sind, den er schließlich vor mir erreicht und aufgehoben hat, war ich so nah an ihm dran, dass mir nicht entgehen konnte, dass er nicht nur verdammt gut aussieht, sondern auch noch wundervoll riecht. Nicht nach starkem Deo oder Parfum - ich bin ja schließlich Expertin für Letzteres - sondern einfach nur gut. Von seinem Duft fühle ich mich noch immer leicht benebelt, als er vorschlägt, eine Runde Mühle zu spielen. Er hat ein kleines magnetisches Reiseset von zu Haus mitgebracht. Da meine Mama ein absolutes Ass im Mühle spielen ist und ich deshalb auch ziemlich gut bin, weil ich oft mit ihr spiele, gehe ich davon aus, dass ich Mio hier auch abziehen werde. Der Arme. So viele Niederlagen an einem Tag sind schwer zu verkraften. Doch weit gefehlt. Mio gewinnt mehrmals hintereinander. Na sowas. „Tja, jetzt sind wir wohl quitt", murmele ich. „Zum Glück. Auch die Göttin des Sieges kann schließlich nicht immer gewinnen." Er lächelt mich an und ich habe das Gefühl, mein Herz springt gleich aus meiner Brust, so schnell schlägt es. Mio, was machst du bloß mit mir?! „Hast du Lust, nachher im Toten Meer zu baden, wenn du mit dem Solarium fertig bist?", fragt er dann. Ich nicke. Dieses Mal bin ich diejenige, die sich freut, dass er gefragt hat.

Mama kommt mit zum Solarium. Sie muss das ja nicht machen, will aber aufpassen, dass ich mich zum richtigen Zeitpunkt von der einen auf die andere Seite drehe, und mir ein bisschen Gesellschaft leisten. Noch immer habe ich mich nicht ganz an dieses totale Nacktsein mit so vielen anderen Menschen gewöhnt, aber es wird besser. Die Neuankömmlinge sehen wirklich schlimm aus. Vor allem die mit Schuppenflechte. Überall Körper mit roter, schorfiger Haut. Ich bin wieder einmal froh, dass Vitiligo einfach nur da ist, aber weder juckt, noch weh tut. Wie schwierig muss es sein, wenn man nicht nur so ganz anders aussieht als alle normalen Menschen, sondern zusätzlich noch furchtbaren Juckreiz und schlimme Schmerzen ertragen muss? Ich sehe auch eine ältere Frau, die vergleichsweise wenige und eher kleine Vitiligostellen hat. Leider aber sehr große und auffällige Flecken im Gesicht, um die Augen und den Mund herum. Wie

Mio. Als wir uns beide Wasser aus dem Automaten holen, kommen wir ins Gespräch. Sie heißt Michaela. „Wie lange hast du schon Vitiligo?", fragt sie mich. „Seit zwei Jahren ungefähr. Und du?" „Ich auch. Ging ganz plötzlich los bei mir. Seitdem hab' ich schon ganz schön viel versucht. Tabletten, Bestrahlungen, Ernährungsumstellung, Salben. Hat aber nichts geholfen bisher." Ich erzähle Michaela, dass es bei mir ähnlich gewesen ist. Dann zeige ich ihr, wie viele Pigmente ich schon bekommen habe hier in Israel. „Ich hab zum ersten Mal das Gefühl, dass sich meine Haut verändert", sage ich. Sie freut sich mit mir und sagt, sie hofft, dass das bei ihr auch so sein wird. Dann setzt sie sich noch eine Weile zu Mama und mir und erzählt uns, wie sehr sie ihre Vitiligo im Alltag belastet, dass sie nicht mehr schwimmen geht, keine öffentlichen Verkehrsmittel mehr benutzt und auch im Hochsommer immer viel zu warm angezogen und von Kopf bis Fuß verhüllt durch die Straßen läuft. Dabei hat sie ja gar nicht so viele Stellen wie ich zum Beispiel. Aber auch ich kenne dieses Versteckspiel natürlich nur zu gut. „Wenn ich raus gehe, klatsche ich mir immer tonnenweise Make-up ins Gesicht, damit wenigstens die Stellen um Augen und Mund herum nicht gleich zu sehen sind", erzählt sie und lacht bitter auf. Ich denke an Mio und daran, dass das für ihn als Jungen wohl keine Option darstellt. „Aber was ist mit meinen Händen? Soll ich im Sommer auch noch Handschuhe anziehen?!", fragt Michaela und schüttelt mit dem Kopf. „Nikes Hautarzt hat uns erzählt, dass es bei kleineren Stellen auch die Möglichkeit einer Hauttransplantation gibt. Vielleicht wäre das etwas für die Stellen an deinen Händen?", sagt Mama. „Ja, davon hab ich auch schon gehört. Eventuell ziehe ich das in Betracht. Aber ich weiß nicht, ob die Krankenkasse das übernimmt. In der Vitiligo-Facebookgruppe, in der ich bin, hat einer geschrieben, dass es in Greifswald eine Ärztin geben soll, die eine spezielle Creme entwickelt hat. Pseudokatalase oder so ähnlich. In Kombination mit Bestrahlung soll die was bringen. Vielleicht fahre ich nach Israel auch mal dorthin. Hab' ich jetzt schon Einiges drüber gelesen. Aber wer weiß, ob's hilft...Man fühlt sich ja doch ziemlich alleine gelassen mit diesem Elend." Mama schaut sie mitfühlend an und nickt. Michaela aber bemerkt das gar nicht, denn sie blickt gerade völlig verbittert Richtung Totes Meer. Sie scheint absolut gefangen in ihrem Kummer und ihrer Verzweiflung. Ich kann sie verstehen. Irgendwie macht sie mich aber auch traurig. Mir fällt wieder ein, dass ich mir meinen fleckigen Körper am Tag zuvor noch als Kunstwerk vorgestellt habe. Ich will plötzlich nichts mehr hören von Michaelas negativen Gedanken und bin froh, als die Zeit um ist und Mama sagt: „So, das war's für heute. Ab morgen musst du laut Plan eineinhalb Stunden morgens und noch mal genau so lang nachmittags aufs Solarium." Na toll. Drei Stunden pro Tag. Gut, dass ich noch zwei weitere ungelesene Bücher im Koffer habe.

Im Hotelzimmer dusche ich mich kurz ab, stecke mir meine noch nassen Haare hoch und creme mich mit Aloe Vera Creme ein. Zur Beruhigung der Haut nach dem Sonnenbad. Hier in Israel nehme ich nur abends Parfum, tagsüber macht das keinen Sinn wegen des ganzen Sonnens, Schwimmens und Eincremens. Meine weißen Stellen schimmern leicht rosa, sind aber nicht verbrannt, genau wie es sein soll. Jetzt, wo meine normale Haut immer brauner wird, fallen die Vitiligoflecken natürlich noch viel mehr auf als vorher. Ich sehe fast ein bisschen aus wie Winnie Harlow, obwohl ich natürlich nicht schwarz und auch nicht so schön wie sie bin. Aber meine normale Haut ist inzwischen so braun, dass der Kontrast extrem wirkt. Wie Kakao mit Sahnehäubchen. Ich ziehe meinen blauen Badeanzug an und schaue kurz in den Spiegel. Spieglein, Spieglein…ach, lassen wir das. Kein besonders spektakulärer Anblick, denke ich. Gerne hätte ich einen Bikini getragen wie alle anderen Mädchen in meinem Alter auch. Aber wozu einen Bikini tragen, wenn man so gut wie keinen Busen hat und noch dazu einen schneeweißen Bauch, den keiner sehen will? Ich seufze. Eben noch Kakao mit Sahnehäubchen und jetzt das. Ich muss aufhören, mich selbst immer so runterzuziehen! Hoffentlich wird Mio all' meine Makel gleich nicht so genau angucken. Wenigstens kann ich einige davon ja im Badeanzug verstecken. Er kann seinen Oberkörper nicht verstecken und ich werde ihn nun so sehen, wie ich es mir schon beim ersten Mal, als ich ihn gesehen habe, insgeheim gewünscht habe. Ich kichere leise in mich hinein und finde mich selbst furchtbar albern und kindisch.

Er ist bereits dort, als ich am Strand ankomme. Ich finde, dass er toll aussieht. Sportlich, aber nicht so ein Muskelprotz. Schlank, aber nicht zu dünn. Und er hat kein Seepferdchen auf dem Bauch. Dafür aber viele kleine weiße Delfine, die umeinander herumschwimmen. So sehen seine Vitiligostellen auf dem Oberkörper zumindest für mich aus. Ich mag Delfine. Sogar sehr. „Hi", sage ich, „wollen wir?" Mio nickt und wir waten ins ölige, warme Wasser. Wie Pipi, denke ich. Dann lassen wir uns treiben. Mio macht plötzlich einen Schwimmversuch, merkt aber ziemlich schnell, dass das im Toten Meer keine gute Idee ist. Ich lache. „Man merkt, dass du noch nicht so oft im Meer gebadet hast." Er schaut mich mit undurchdringlichem Blick an. Dann grinst er. „Nicht so oft ist gut. Ist mein erstes Mal." „Was?! Du bist doch schon genauso lange hier wie ich!" „Tja, hatte bisher irgendwie keine Lust, das auszuprobieren." „Aber ich habe dich dazu inspiriert, es jetzt doch mal zu versuchen?" „Allerdings." „Welche Ehre." Wir schauen beide eine Weile aufs Meer hinaus und schweigen. Lassen uns treiben und paddeln nur gelegentlich mit den Armen, um nicht abzudriften. Man kann Jordanien auf der anderen Seite erkennen. Ob es dort auch so schön ist wie hier? Ich fühle mich ganz geborgen im türkisblauen Wasser, hinter uns unser

Hotel, überragt von den riesigen Wüstenbergen, die für mich in diesem Moment etwas Beschützendes haben. Verstohlen mustere ich Mio von der Seite. Sein Blick ist abwesend, er ist mit seinen Gedanken ganz woanders. Und dann erschrecke ich. Auf einmal sehe ich eine tiefe Traurigkeit in seinen Augen. Zwei große, dunkle Seen. Es sieht ein bisschen unheimlich aus. Und ein bisschen unwirklich im Kontrast zum hellen Sonnenlicht, das das wunderschöne Türkis des Wassers zum Funkeln bringt. Es kommt mir vor, als hätte sich ein Schatten über sein gesamtes Gesicht gelegt. Woran hat er nur gerade gedacht? Dann bemerkt er meinen Blick. „Wie lange hast du eigentlich schon Vitiligo?", fragt er, als wolle er möglichst schnell verbergen, dass er gedanklich gerade ganz woanders gewesen ist. Ich muss mich kurz sammeln. „Den ersten kleinen Fleck an der Hand habe ich mit zwölf Jahren bekommen. Dann wurden es ziemlich schnell immer mehr. Und du?" „Kurz nachdem mein Opa gestorben ist, da ging's los. Da war ich auch zwölf." „Du hast bestimmt sehr an ihm gehangen?", frage ich. „War eine schlimme Zeit", sagt er nur. Ich denke daran, was Doktor Adler Mama und mir erzählt hat. Dass manche davon ausgehen, dass Vitiligo oft bei Leuten ausbricht, die ein schlimmes Erlebnis hatten, wie zum Beispiel den Verlust eines geliebten Menschen. Als hätte er meine Gedanken erraten, meint er: „Weiß nicht, ob das irgendwas damit zu tun. Also mit den Flecken meine ich. Sagen ja manche Ärzte. Aber ich glaub' eher, dass es nur was mit'm gestörten Immunsystem zu tun hat. Ach, eigentlich haben die ja auch alle keine Ahnung, oder? Nachdem sie einem alle möglichen Gründe nennen, heißt es am Ende ja doch nur: *Es tut mir schrecklich leid, aber eindeutig sagen, warum du so aussiehst, kann ich auch nicht.* Ich finde das ziemlich frustrierend, ehrlich gesagt." Ich nicke. „Und was hilft, kann einem auch keiner sagen. Bei mir hat bisher nichts geholfen. Außer Israel", sage ich. „Wirklich?" Mio wirkt plötzlich sehr aufgeregt. Ich deute auf mein rechtes Bein. Er paddelt etwas näher an mich heran. Ich zeige ihm die neuen Pigmente unterhalb des Knies. „Vielleicht geht die Stelle ja noch ganz zu", meine ich hoffnungsvoll. „Und guck' mal, hier am Arm, siehst du, am Ellenbogen, da passiert auch was." Es ist mir überhaupt nicht unangenehm, seine Blicke auf meiner Haut zu spüren. „Ja, man sieht es!" Er fixiert die kleinen braunen Punkte in meiner normalen Hautfarbe mit den Augen, schaut sie sich genau an. Plötzlich beugt er sich ein Stück vor und berührt sie ganz kurz mit den Fingern seiner rechten Hand. Dann paddelt er schnell ein Stück von mir weg, offensichtlich etwas überrumpelt von dem, was er da gerade getan hat. Ich aber bin wie elektrisiert. Ich kann seine Berührung immer noch spüren und wünsche mir sehnlichst, er hätte die Finger nicht so schnell wieder weg genommen. Ein kurzer, etwas peinlicher Moment des Schweigens. „Bei dir wird sich bestimmt auch noch was tun", sage ich dann schnell. Erleichtert, dass ich so tue, als wäre nichts gewesen,

nickt er. „Du, ich glaub', wir müssen raus. Wir sind schon viel länger als 30 Minuten im Wasser..."
„Stimmt! Nix wie raus!"

Abends vorm Schlafengehen bemerke ich, dass das lange Bad im Meer wirklich nicht so klug gewesen ist. Ich habe mir Verbrennungen an den Knien zugezogen. Die Vitiligostellen sind feuerrot und tun ziemlich weh. Mama schimpft mit mir. „Warum bist du so leichtsinnig gewesen?! Jetzt kannst du morgen nicht aufs Solarium, du musst einen Tag aussetzen."
„Ich weiß, war saudumm von mir. Beim nächsten Mal passe ich besser auf." Sie cremt mich mit Zinksalbe ein, das hilft ein bisschen. Stinkt aber auch ganz schön. Gut, dass ich noch etwas nach „Miracle" von Lancôme dufte, sonst wäre mir übel von dem Zinkgeruch geworden. Irgendwie friere und schwitze ich gleichzeitig, als ich im Bett liege. Mir ist schwindelig und alles dreht sich in meinem Kopf. Ich denke an Mio und die kurze Berührung seiner Finger auf meinem Arm. Dann falle ich in einen unruhigen Schlaf.

Ich steige in den gläsernen Fahrstuhl und fahre bis ganz nach oben. Um mich herum nur Nebel. Es macht „Pling" und die Tür öffnet sich. Ich steige aus. Alles blau um mich herum. Ein blaues Zimmer. Wände, Boden, Möbel. Ich setze mich auf ein großes Sofa. Es steht genau in der Mitte des Zimmers. Das Zimmer ist rund. Es gibt keine Ecken. Ich höre leise Musik.

Plötzlich öffnet sich eine kreisrunde, sehr kleine Luke in der Wand. Sie flackert kurz in goldenem Licht. Dann schweben ungefähr 20 kleine Engel herein. Sie alle sind schneeweiß, haben kleine goldene Flügel und lange, goldene Locken. Die Luke schließt sich wieder. Die Engel fliegen in einer geordneten Reihe auf mich zu. Der vorderste Engel hat als einziger eine goldene, kleine Krone auf. „Bitte zieh dich nun aus", sagt die Engelskönigin und lächelt mich freundlich an. Ich wundere mich ein wenig über diese Aufforderung, tue aber wie mir geheißen wurde. In dem Zimmer ist es angenehm warm und obwohl ich nun nackt bin, fühlt ich mich nicht unwohl. Dann erscheint aus dem Nichts plötzlich ein goldenes Tischchen, auf dem ein großer, goldener Farbeimer steht. Weiße Farbe ist darin. Ich bemerke, dass alle Engel, bis auf die Engelskönigin, nun einen kleinen goldenen Pinsel in der Hand haben. „Wir werden nun beginnen", sagt die Königin und lächelt wieder. Ich erschrecke. Beginnen? Womit? Doch da fühle ich schon die kleinen goldenen Pinsel überall auf meinem nackten Körper und die Flügel der kleinen Engel kitzeln mich, als sie um mich herum fliegen. „Moment! Halt! Stopp!", will ich rufen, doch auf einmal steigt mir ein herrlicher Duft in die Nase. Honig. Zimt. Ein Hauch von Vanille. Es riecht nach Weihnachten. Ich bin glücklich. So glücklich und entspannt. Und etwas benebelt. Plötzlich schmecke ich die köstliche Mischung auf meiner Zunge und mein Verstand verabschiedet sich. Ich summe vor mich hin und genieße den Geschmack. Es ist als würde ich tausend Weihnachtskekse essen, ohne kauen oder schlucken zu müssen. „Wir haben unser Werk nun vollendet", reißt mich die Stimme der Engelskönigin jäh aus meinem angenehmen Zustand heraus. Sofort verschwindet der Geruch, ebenso wie der Geschmack. Ich blicke an mir herab. Schock. Weiße Flecken überall. Was haben sie nur getan? Wie ich aussehe! Entstellt. Gebrandmarkt. Verunstaltet. Verflucht. Der goldene Eimer auf dem Tischchen ist leer, die Engel bilden wieder eine Reihe. Bevor die Engelskönigin sich wieder an ihre Spitze setzt, um die Gruppe durch die erneut erschienene Luke hinaus zu führen, schaut sie mich noch einmal an und dann sagt sie: „Du gehörst nun zum Kreis der Auserwählten. Nur wenige haben dieses Glück. Denke immer daran." Die Engel verschwinden. „WAS?! Auserwählt?! Was soll das heißen?!", schreie ich voller Wut. Doch die Luke ist schon längst wieder geschlossen. „Bing", macht der Fahrstuhl. Ich steige ein, kochend vor Wut, blind vor Verzweiflung, und fahre nach unten. Ich muss das wieder in Ordnung bringen. Irgendwas ist hier schrecklich schief gelaufen. Draußen kein Nebel mehr. Die Sonne geht auf. Ich steige aus dem Fahrstuhl aus. Eine gaffende Menge empfängt mich. Riesige Augen, große, verzerrte Münder. Finger, die auf mich zeigen. Alles in schwarz-weiß. Wie in einem alten Film. Keine Farben um mich herum. Mein Herz schlägt wie wild. Der Schweiß bricht mir aus. Panik erfasst mich. Ich will fliehen. Sofort. Weg hier. Ich hämmere mit den Händen gegen die geschlossene

Fahrstuhltür, weil ich nicht weiß, wo ich sonst hin soll. Die Menge schreit und schmeißt mit Gegenständen nach mir. Etwas Kleines, Hartes trifft mich am Kopf und fällt zu Boden. Es ist ein Kreuz. Ich bin verflucht, denke ich. Verflucht. Und auf einmal fangen die weißen Flecken höllisch an zu brennen. Ich schaue an meinem immer noch nackten Körper herunter. Die Flecken sind jetzt nicht mehr weiß. Sie sind leuchtend rot. Ich werde bewusstlos. Dann wache ich auf.

KAPITEL 42

Bekämpft

Der alte, klapprige Bus kämpft sich die steile Straße hinauf. Erste Kurve, zweite Kurve, dritte Kurve...dann hört Mio auf zu zählen. Er weiß ja von der Hinfahrt nach Ein Bokek, dass noch unzählige folgen werden. Ihm macht das nichts aus, aber Leo sieht schon wieder ziemlich elend aus und lehnt in der Sitzbank vor Mio mit geschlossenen Augen an seiner Mutter. Vielleicht wird er wieder brechen müssen, so wie auf der Hinfahrt. Vorsichtshalber haben sie mehrere Tüten eingesteckt. Immer wenn der Bus wieder um eine weitere Kurve gebogen ist, kann man kurz Ein Bokek zwischen den Wüstenbergen sehen. Das hohe *Golden Plaza* Hotel mit seinen viele Stockwerken überragt alle anderen und auch das kleine Einkaufszentrum kann man erkennen. Als Mios Blick auf das im Sonnenlicht türkis glitzernde Meer fällt, muss er sofort an gestern denken. An Nike. Sie haben zusammen im Meer gebadet. Und er hat sie berührt. Am Arm. Das ist ihm immer noch sehr peinlich. Die kleinen braunen Pigmente haben ihn wie magisch angezogen. Wie wenn etwas ganz doll funkelt und glitzert und man es einfach berühren muss, um zu gucken, ob es auch wirklich echt ist. Die kurze

Berührung hat ihn total elektrisiert. Und das lag nicht nur an den Pigmenten, die er sich selbst so sehnlichst wünschte. Deshalb ist er schließlich hier. Ihre Haut war so weich gewesen, so unglaublich weich. Gerne hätte er sie viel länger berührt, viel intensiver. Sie war total cool geblieben, hatte ihm gesagt, dass bei ihm bestimmt auch bald Pigmente kommen würden. Überhaupt lässt sie sich nicht leicht aus der Ruhe bringen, so ist sein Eindruck. Das gefällt ihm sehr. Nichts ist schlimmer als diese hysterischen Weiber, die über jeden Scheiß kichern. Nike ist anders. Reifer irgendwie.

Er lehnt den Kopf an die Scheibe. Jetzt haben sie die Kurven fast hinter sich gebracht. Leo ist offensichtlich eingeschlafen. Zum Glück. Das ist wohl auch das Beste. Seine Mutter dreht sich zu ihm um und zeigt ihm den Daumen hoch. Er lächelt und nickt.

Nach weiteren 20 Minuten haben sie ihr Ziel erreicht. Arad. Erst hat er keine Lust gehabt, hierher zu kommen. Aber seine Mutter hat ihn dann doch überzeugen können, sie und Leo zu begleiten. Heute ist Markt in Arad und es soll eine schöne Synagoge geben, die man besichtigen kann. Da Mios Sonnenplan im Moment noch keine so langen Zeiten vorgibt, würde es sich anbieten, diesen Ausflug jetzt zu machen und nicht am Ende - so hatte seine Mutter gemeint. Als sie aus dem Bus steigen, schlägt ihnen die Hitze entgegen und unter ihren Schuhen setzt sich sofort der sandig-staubige Boden fest, den man in Israel überall vorfindet. „Market is over there", ruft ihnen der Busfahrer zu und deutet nach links, bevor er die Türen schließt. Er hat sie natürlich als Touristen identifiziert und weiß, was sie nach Arad geführt hat. Nachdem sie alle drei einen Schluck von ihrem mitgebrachten Wasser getrunken haben, machen sie sich auf den Weg zum Markt. Da man schon von Weitem die schreienden Marktverkäufer und das Stimmengewirr der Kunden hören kann, ist es ohnehin nicht schwer, ihn zu finden. „Mama, ich will was essen", nölt Leo, der noch etwas benommen von der Fahrt ist. „Bestimmt finden wir gleich etwas für dich zum Essen", beruhigt seine Mutter ihn. Überall frisches Obst, *Unmengen* von Obst, Gemüse, das Mio zum Teil noch nie gesehen hat, und massenweise Kleidung werden angeboten. Er setzt sich seine Sonnenbrille auf und folgt seiner Mutter und Leo. „Orange juice!", schreit plötzlich ein Mann neben ihnen. „Fresh orange juice! You want to try?" „Yes, why not?", Mios Mutter kauft drei große Becher. Bei dieser Hitze gibt es nichts Besseres, denkt Mio und trinkt seinen Becher in einem Zug leer. Er macht ein Selfie mit leerem Becher in der Hand und schickt es an Matteo. Unter das Foto schreibt er: *Da war frisch gepresster Orangensaft drin - bei der Hitze hier fast so gut wie Vodla* ☺. Auch die Falafel, die sie danach auf einer Bank zum Mittag verspeisen, schmeckt richtig gut. „Guck' mal, Mama, da gibt es Wasserpfeifen", sagt Leo, den letzten Bissen seiner Falafel noch kauend. Mio muss sofort an sein Wasserpfeifen-Erlebnis mit dem Professor denken. Wie gut, dass seine Mutter nichts davon weiß. „Also erstens redet man nicht mit vollem Mund. Und zweitens: Was interessierst du dich denn für Wasserpfeifen in deinem Alter?!" „Allerdings! Für sowas bist du viel zu klein!", Mio knufft ihn die Seite und nimmt ihn in den Schwitzkasten. Die beiden rangeln eine Weile. „Jetzt ist es aber gut!" Die beiden Jungs lassen voneinander ab, grinsen sich an und folgen ihrer Mutter zum Schmuckstand. Sie kauft sich eine Kette, an dem eine kleine, silberne Israelflagge baumelt. „Als Erinnerung", meint sie.

Nach dem Besuch auf dem Markt besichtigen sie noch die Synagoge, die gleich um die Ecke ist. Die beiden Jungs bekommen Kippas aufgesetzt. Leo kichert deshalb ziemlich irre vor sich hin, aber Mio sieht ihn streng an und klopft ihm auf die Schulter. „Sei still! Sonst schmeißen die uns gleich wieder raus!" „Hoffentlich tun sie das, ich langweile mich schon jetzt zu Tode!" „LEO!" Aber ein bisschen schmunzeln muss er doch.

Irgendwie haben sie so viel Zeit auf dem Markt vertrödelt, dass es inzwischen schon Abend geworden ist. Deshalb kehren sie in ein kleines Restaurant ein. „Can you serve us a typical Israeli meal?", fragt seine Mutter den Kellner. „Of course. Schakschuka. Very good. You have to try." Zuerst ist Mio skeptisch, aber als sein Teller mit einer köstlich aussehenden Mischung aus Eiern, Tomaten, Feta-Käse und Paprika vor ihm steht, taucht er das frisch gebackene Brot hinein und ist nicht überrascht, dass es sehr lecker schmeckt, als er davon abbeißt.

Satt und ein wenig müde machen sie sich kurze Zeit später auf den Weg zur Bushaltestelle. Es ist inzwischen dunkel draußen, aber die Haltestelle ist hell erleuchtet und Mio erkennt einige andere Touristen wieder, die am Morgen mit ihnen in Arad angekommen sind. „In fünf Minuten kommt der Bus", sagt seine Mutter.

Plötzlich ein Schrei. Mio zuckt zusammen. Wieder ein Schrei. Lamentierende Stimmen, vielleicht dreihundert Meter von ihnen entfernt. Seine Mutter zieht Leo zu sich heran und blickt Mio sorgenvoll an. Auch die anderen Touristen schauen sich fragend an. Die Stimmen werden immer lauter. Sie kommen näher. Und dann sieht Mio sie. Angestrahlt vom Licht einer Straßenlaterne, nicht weit von ihnen entfernt. Bestimmt sechs oder acht junge Männer. Sich schubsend, sich anschreiend. Jetzt schlagen zwei von ihnen mit Fäusten aufeinander ein. Ein anderer ist hin gefallen. Sie treten auf ihn ein. Mio erstarrt. Für einen Moment lang kann er den Schmerz des Mannes fühlen. So als wäre er selbst der Getretene. Das Gesicht des Jungen, der ihn mit Scheiße beschmiert hat, taucht plötzlich, nach langer Zeit mal wieder, vor seinem inneren Auge auf. Hass schießt wie ein Blitz durch seinen gesamten Körper. Er bemerkt nicht, dass er die Hände zu Fäusten geballt hat. „Komm, Mio! Schnell! Steig ein", ruft seine Mutter, einen Anflug von Panik in der Stimme. Der Bus ist da. Nichts wie rein. „Thank god, you are here. Three tickets to Ein Bokek, please", sagt seine Mutter etwas atemlos zum Busfahrer. „Everything ok?", fragt der. „No, there are young men outside. Fighting. I am scared." Sie setzen sich direkt hinter den Busfahrer, der kurz einen Blick auf die kämpfenden Männer wirft, und dann sofort Gas gibt. „Sorry for that. Now, you are safe", sagt er. Mios Mutter nickt und drückt Leo ganz fest an sich. Mio, der in der Bank hinter ihnen sitzt, streicht sie kurz übers Haar und er lässt sie gewähren. Er fühlt sich elend. Erst als er daran denkt, dass er morgen wahrscheinlich Nike wiedersehen wird, fühlt er sich etwas besser.

KAPITEL 43

Beglückt

Ich kann beim Frühstück kaum etwas essen. Meine Vitiligostellen schmerzen immer noch und ich fühle mich insgesamt mies nach dem Sonnenbrand und dem absolut verwirrenden Traum von letzter Nacht. Mio sehe ich im Speisesaal nicht. Vielleicht hat er schon gefrühstückt oder kommt mit seiner Mutter und seinem Bruder erst später. Dafür treffe ich Dennis. Ich erzähle ihm von meinem Sonnenbrand und als er meine immer noch ziemlich roten Knie sieht, verzieht er das Gesicht. „Scheiße, das tut richtig weh, oder? Oh man. Geh heute lieber gar nicht in die Sonne." Ich habe Dennis noch nie Schimpfwörter sagen hören, das heißt, dass ich immer noch übel aussehen muss... „Aber wenn's morgen besser ist, haste dann Lust mit ins *Dead Sea Palace* zum Schwimmen zu kommen? Hab gestern Julia mit ihrer Mutter im *Suha* getroffen. Sie und Lisa würden sich freuen, wenn wir mal kämen. Dass die einen besseren Pool haben als wir, hast du ja gesehen. Sollte sich auf alle Fälle lohnen", meint er. „Klar, ich komme gerne mit. Morgen geht's mir bestimmt wieder gut."

Den Rest des Tages verbringe ich im Hotelzimmer.

Ziemlich langweilig, aber mit Lesen und Fernsehen vertreibe ich mir die Zeit. Das Mittagessen lasse ich ausfallen, weil ich keinen Hunger habe. Abends, als Mama vom Pool wieder kommt, gehen wir zum Abendessen und ich knalle mir hinterher noch eine ordentliche Ladung Zinksalbe auf die verbrannten Stellen. Mio habe ich wieder nicht gesehen.

Umso mehr freue ich mich, als auch er am nächsten Tag mit gepackter Schwimmtasche vorm Hoteleingang steht. „Hallo Nike", sagt Dennis. „Hi ihr zwei", begrüße ich die beiden. Märchenprinz Mio lächelt mich einfach nur an und sagt nichts. Ich weiß jetzt, was es bedeutet, weiche Knie zu haben. Trotzdem sage ich möglichst cool: „Hab' dich gestern den ganzen Tag gar nicht gesehen." „Wir waren in Arad auf dem Markt. Weil wir da gegessen haben, sind wir dann gar nicht mehr in den Speisesaal gekommen. Und du hattest Sonnenbrand, hat Dennis erzählt?" „Ja, aber ist heute wieder gut. Ich muss noch ein bisschen aufpassen, Sonnencreme drauf schmieren, aber schwimmen kann ich auf jeden Fall." „Okay Leute, genug geschwatzt. Lasst uns losgehen", meint Dennis. Mio wirft mir einen vielsagenden Blick zu und zieht eine Augenbraue hoch. Dann gehen wir zum *Dead Sea Palace*. Brütende Hitze auf dem Weg. Ich schwitze, obwohl ich nur ein dünnes Kleid an habe. Wir sehen viele Touristenbusse auf der Straße. Sie spucken immer wieder große Ladungen von Menschen am öffentlichen Badestrand aus. Alle müssen natürlich ein Bad im Toten Meer nehmen und sich dabei fotografieren lassen. Am besten noch mit einer Zeitung in der Hand. Wenn es Deutsche sind, dann meistens die *BILD*, bei den Engländern *The Sun*. Wie Fettaugen auf der Suppe, denke ich.

Im *Dead Sea Palace* gibt es einen gläsernen Fahrstahl. Genauso einen wie in meinem Traum. Das ist mir beim letzten Mal gar nicht aufgefallen. Ich bekomme eine Gänsehaut. „Alles ok?", fragt Mio mich leise. Er hat mich wohl beobachtet. „Ja, ich hatte letzte Nacht nur einen ziemlich schlimmen Traum und hab' mich gerade daran erinnert." Ich weiß auch nicht, warum ich so ehrlich antworte. Aber vor Mio ist es mir nicht peinlich, darüber zu sprechen. Und tatsächlich sieht er mich verständnisvoll an. „Kenne ich gut, meine Träume sind auch oft ziemlich übel."
Das Schwimmen im Pool ist herrlich. Wir lassen uns durch den Strudel treiben, tauchen uns gegenseitig unter - ganz kurz blitzt in meinem Kopf die Erinnerung an meinen Ausraster mit Lena auf, doch ich verdränge sie schnell - und legen uns auf die Sprudelbänke. Meine verbrannten Stellen tun nicht mehr weh und ich bin total ausgelassen und glücklich. Lisa und Julia haben uns drei Liegen neben ihren reserviert und keiner bemerkt, dass wir eigentlich ins Hotel nebenan gehören. Wir holen uns Eis und chillen auf den Liegen. „Möchtest du einen Ohrstöpsel haben?", fragt Mio. „Okay. Ich bin neugierig, was du so hörst." Er liegt auf der Liege neben mir, beugt sich

zu mir herüber und schiebt mir den Stöpsel ins Ohr. Ich atme den Geruch seiner nassen Haare ein und spüre, dass mich seine Nähe fast um den Verstand bringt. „Schöner Song. Hab' ich noch nie gehört", sage ich und denke: Auch ziemlich passend. Für uns zwei. Wir lächeln uns an. Ob er wohl gerade dasselbe gedacht hat? Oder das Lied sogar absichtlich angemacht hat? „*Mit dir* von Freundeskreis", sagt er, „ist schon älter, aber mir gefällt's."

Von mir aus hätten wir ewig dort bleiben können. Doch der Nachmittag geht leider viel zu schnell rum. Als ich Mama abends erzähle, was für eine gute Zeit ich gehabt habe, freut sie sich für mich und nimmt mich in den Arm. „Mein Schatz", sage sie, „ich hab' dich so lieb." „Ich dich auch, Mama."

Ich sehe Mio am nächsten Tag an unserem eigenen Pool wieder. Als Mama und ich uns auf unsere Liegen legen, bemerke ich ihn. Er tobt mit seinem kleinen Bruder im Wasser. „Na warte, Leo, ich krieg' dich!", höre ich seine Stimme. Er klingt fröhlich. Ich beobachte, wie die beiden fangen spielen. Dann setzt Mio Leo auf seine Schultern und lässt ihn immer wieder zurück ins Wasser plumpsen, was er total toll findet. Ich sehe, wie liebevoll er mit seinem Bruder umgeht und es wird mir ganz warm ums Herz.

Nach einer Weile beschließe ich, zu den beiden ins Wasser zu gehen. Als Mio mich bemerkt, lächelt er und sagt: „Hey, wie geht's dir heute?" „Ganz gut, und selbst?" „Ihm geht's super, jetzt, wo *du* hier bist", schreit Leo. Er lacht laut und schwimmt schnell von uns weg. „Na, warte!" Mio sieht erst ein wenig peinlich berührt aus und jagt dann seinem Bruder hinterher. Ich freue mich diebisch über das, was Leo gesagt hat, lasse mir aber nichts anmerken. „Leo, komm' aus dem Wasser. Du musst jetzt mal was trinken." Mios Mutter steht mit einem Wasserglas am Rand des Beckens. Während Leo sein Wasser trinkt, schwimmt Mio zu mir. Ich habe mich inzwischen auf einer der Strudelbänke nieder gelassen. Mio legt sich neben mich. „Kleine Brüder sind wirklich unfassbar nervig." „Allerdings. Meiner macht nichts außer Fußball gucken." „Damit kannst du mich jagen, ich gucke gar kein Fußball. Bin eher der Basketball-Typ." Also noch etwas, das ich an Mio mag. „Spielst du auch selbst?" „Ja, unser Team ist sogar ganz gut. Wir haben schon einige Pokale gewonnen." „Krass." „Machst du auch Sport?" „Ja, ich reite. Aber nur zum Spaß, ohne Turniere und so. Am liebsten reite ich sowieso aus. Da kann ich am besten abschalten." „Ich hab' Angst vor Pferden. Ich stehe mehr auf motorisierte Pferdestärken." Ich lache. „Verstehe. Die haben aber mehr Angst vor dir als du vor denen. Sind Fluchttiere." „Ich weiß ja nicht...jedenfalls finde ich es sehr cool, dass du dich in deren Nähe traust. Gibt es hier eigentlich auch Pferde? Hab' noch keine gesehen." „Bestimmt. Aber gesehen hab' ich bisher auch nur Kamele. In der Wüste sollen ja Leoparden rumlaufen. Bist du schon dort gewesen?" „Nee. Du?" „Auch nicht. Wollen wir mal zusammen in die Wüste rein wandern? Also nicht so weit, dass wir den Leoparden begegnen, nur so ein bisschen hier die Berge in der Nähe des Hotels erkunden." „Klar, gern. Gleich morgen?" „Morgen bin ich mit Mama in Masada und Ein Gedi. Aber übermorgen würde gehen. Wir könnten ganz früh los, so gegen fünf Uhr und dann den Sonnenaufgang anschauen. Ich muss allerdings noch Mama fragen, aber wenn wir nicht zu weit rein gehen und rechtzeitig wieder zurück sind, ist sie bestimmt einverstanden." „Okay, klingt gut. Ich frage meine Mutter auch. Sollte aber eigentlich kein Problem sein. Wir können ja morgen Abend noch mal sprechen. Viel Spaß erst mal bei eurem Ausflug." „Danke."

Abends frage ich Mama, ob ich mit Mio in die Wüste wandern darf. Erst ist sie gar nicht begeistert, aber als ich ihr verspreche, ganz vorsichtig zu sein, und spätestens um 7.30 Uhr wieder zurück zu sein, kann ich sie doch überreden. Ich freue mich wahnsinnig doll. Alleine mit Mio. In der Wüste. Was Besseres kann ich mir gar nicht vorstellen.

Auch während der Tour nach Masada und Ein Gedi, die wir wieder mit Samir machen, kann ich an nichts anderes denken. Selbst der 18 Meter lange Wasserfall kann mich nicht von Mio und meiner Vorfreude auf die Wüstenwanderung ablenken.
Beim Abendessen verabreden wir, dass wir uns um viertel vor fünf vor dem Hoteleingang treffen. Vor Aufregung kann ich nachts kaum schlafen und bin

schon um 3.00 Uhr hellwach. Tausend Fragen schießen mir durch den Kopf. Mag Mio mich auch nur halb so gern wie ich ihn? Werden wir uns viel zu erzählen haben oder werden wir schweigend nebeneinander her laufen? Sind Sonnenaufgänge eigentlich genauso romantisch wie Sonnenuntergänge? Und dann natürlich die Frage aller Fragen: Was ziehe ich bloß an? Als es endlich Zeit zum Aufstehen ist, entscheide ich mich für die Hot Pants, die ich auch in Jerusalem angehabt habe, und ein weißes T-Shirt. Schnell noch einen Zopf machen und das weiße Käppi aufsetzen - fertig. Ich kann ja schlecht im Kleid wandern gehen, auch wenn das bestimmt etwas sexier aussähe. Ich nehme nur einen kleinen Rucksack mit, in den ich meine Sonnenbrille, ein Handtuch, eine Flasche Wasser und natürlich mein Handy packe. Bereit zum Aufbruch. Mama schläft noch und ich ziehe leise die Tür hinter mir zu. Dann gehe ich zum Hoteleingang. Mio kommt kurz nach mir, ich muss nicht lange warten. Wir sind beide noch etwas verschlafen. „Guten Morgen", sagt er und versucht ein Lächeln. „Hast du gut geschlafen?", frage ich. „Es geht, ich hatte wieder mal ziemlich fiese Träume." „Tut mir leid. Aber du weißt ja, egal, wie die Nacht war: Morgenstund' hat Gold im Mund." Oh nein, habe ich das wirklich gerade gesagt?! Wie peinlich. Verdammte Sprichwörter. Ich kann es einfach nicht lassen. Ich blicke Mio an, aber er ist anscheinend viel zu müde, um sich über mich zu wundern. Vielleicht hat er es auch gar nicht gehört.

Doch dann sagt er plötzlich mit ziemlich wacher Stimme: „Völlig richtig. Und außerdem gilt: Der frühe Vogel fängt den Wurm." Wir grinsen uns an. Und dann, wie auf Kommando, stiefeln wir los, Richtung Wüste. Ich muss die ganze Zeit an dieses dämliche Kinderlied denken: „Hänsel und Gretel gingen in den Wald...". Nur, dass jetzt Mio und Nike in die Wüste gehen...und dass wir keine Geschwister sind. Thank God.

Hinter dem *Golden Plaza* Hotel beginnt der Wanderweg ins Wadi Ein Bokek. Dort steht auch das Warnschild, man solle auf Leoparden achten. Obwohl es so früh ist und noch nicht so heiß, schwitzen wir schon bald ordentlich. Da es sich ja um eine Steinwüste handelt, mit viel Geröll, ist es mehr ein Kraxeln und Staksen als ein zügiger Wanderschritt, mit dem wir uns fortbewegen. Wir sprechen nicht, sondern konzentrieren uns ganz auf den Weg und darauf, nicht umzuknicken. So gelangen wir immer weiter in die Wüste hinein und bald können wir die Hotels von Ein Bokek schon nicht mehr sehen. Sie sind jetzt vollständig von den Wüstenbergen verdeckt. Wir versuchen, etwas höher zu gelangen, um einen guten Blick auf den nahenden Sonnenaufgang zu haben. Es gelingt uns tatsächlich, genau rechtzeitig eine Art Plateau zu erreichen. Dort machen wir eine kleine Pause, trinken etwas Wasser. Und da ist sie. Eine riesige, goldene Kugel, die dem Toten Meer entsteigt und das Wasser über und über mit Licht bedeckt. Wunderschön. Ich blicke Mio an, der sich das Schauspiel wie gebannt anschaut. Seine braunen Augen leuchten in der aufgehenden Sonne. Oh ja, auch Sonnenaufgänge können verdammt romantisch sein... Plötzlich bemerkt er meinen Blick und schaut mich ebenfalls an. Mein Herz schlägt schneller und in meinem Bauch kribbelt es schrecklich doll. Er geht einen Schritt auf mich zu und nimmt meine Hand. Dieses Mal ist es keine unbewusste Berührung, so wie im Meer. Er steht jetzt direkt neben mir. Ich lehne mich an ihn und wir bleiben eine gefühlte Ewigkeit so stehen. Ich glaube, das ist der schönste Moment, den ich je in meinem Leben erlebt habe. Als die Sonne ganz aufgegangen ist, lösen wir uns voneinander und blicken uns an.

„Ich mag dich sehr gern, Nike, weißt du. Schon als ich dich singen gehört habe, wusste ich, dass du ein ganz besonderer Mensch sein musst." Seine Stimme klingt sanft und liebevoll. „Du hast mich singen hören?! Oh Gott, wie peinlich", sage ich und kratze mich verlegen an der Nase. „Äh, ich mag dich übrigens auch sehr gern", sage ich dann und überlege fieberhaft, wo ich mich jetzt noch verlegen kratzen könnte. Mio schmunzelt. „Wollen wir weitergehen?" „Gute Idee."

Ich bin berauscht von dem Glücksgefühl, das meinen gesamten Körper ausfüllt, vom Kopf bis in die Zehenspitzen. Am liebsten würde ich schon wieder laut singen. Doch ich will den guten Eindruck, den Mio von mir hat, ja nicht zerstören. Wir entdecken eine kleine Quelle. Ich bin die Erste am Wasser und als ich merke, dass Mio dicht hinter mir ist, spritze ich ihm eine Handvoll Wasser ins Gesicht. „Ich glaub', es hackt!" Mio lacht laut auf und schon habe auch ich eine Ladung Wasser auf dem T-Shirt. So geht es weiter, bis wir beide ziemlich nass sind. Herrlich erfrischend in der Hitze. Wir suchen uns zwei größere Steine im Halbschatten und setzen uns darauf. Mio sieht mich unverwandt an und sagt schließlich: „Ich glaube, ich war ewig nicht mehr so glücklich wie hier mit dir." „Geht mir auch so." Wir lächeln uns an. „Weißt du, zu Hause habe ich meine Flecken immer so gut es ging versteckt. Hier, mit dir, fühle ich mich zum ersten Mal einfach gut, so wie ich bin. Ich will mich gar nicht mehr verstecken." „Das wäre auch sehr schade, wenn du das tätest. Ich finde dich nämlich wunderschön." Mir wird noch heißer, wenn das überhaupt möglich ist, und die Röte schießt mir in die Wangen. Ich glaube, DAS ist der schönste Moment, den ich je in meinem Leben erlebt habe. Mio streichelt mir über die Hand und lässt dann seine auf meiner liegen. „Ich weiß aber, was du meinst. Vor allem im Sommer ist dieses ständige Starren schwer zu ertragen, find' ich. Von den Beleidigungen ganz zu schweigen. Meine Kumpels beim Basketball lassen mich in Ruhe. Die nehmen mich so, wie ich bin. Aber in der Schule ist es nicht immer ganz so easy…die anderen können einem ganz schön das Leben zur Hölle machen, oder?" Ich nicke. Dann merke ich plötzlich, dass sich Mios Ausdruck verändert und erinnere mich an den Schatten, der sich schon während unseres Bades im Meer über sein Gesicht gelegt hat. Jetzt ist er wieder da. „Woran denkst du gerade?", frage ich und nehme seine Hand fest in meine. Wir verschränken unsere Finger. Er zögert. Blickt nach unten. Keiner sagt etwas. „Ich hab's noch nie jemandem erzählt, also...", fängt er an und bricht dann wieder ab. Er schluckt. Versucht es noch einmal. „Also, es ist schon länger her, aber es gab da einen Punkt, wo ich nicht mehr konnte. In der Schule gab es damals so'n paar Typen, die mir ziemlich zugesetzt haben. Will jetzt nicht ins Detail gehen, aber es war heftig." „Wegen der Vitiligo?", frage ich. Er nickt. „Wobei das so Typen sind, die an jedem irgendwas finden, das sie stört, und das sie dann als Rechtfertigung benutzen können, um die Person zu quälen. Jedenfalls war's mir an einem Tag einfach zu viel und ich hab' gedacht, dass ich nicht mehr kann. Irgendwie konnte ich nicht mal wütend auf sie sein, denn ich fand mich ja selbst so abartig, dass ich sie irgendwie verstehen konnte." Er hat jetzt Tränen in den Augen. Ich drücke seine Hand und blicke ihn aufmunternd an. „Dann hab' ich mich auf die Gleise gelegt. Wollte Schluss machen. Ein für alle Mal." Ich atme laut ein und halte die Luft an. Bei dem Gedanken, dass Mio fast nicht heute hier mit mir in der Wüste Israels gesessen hätte und ich ihn vielleicht nie kennengelernt hätte, ist auch mir jetzt zum Weinen zumute. „Hab's nicht gekonnt. Im letzten Moment gekniffen." Ich umarme ihn und eine Träne rollt mir die Wange herunter. „Gott sei Dank", flüstere ich. Er erwidert meine Umarmung und wir halten uns lange so fest. Wollen uns nicht wieder los lassen. Irgendwann sagt Mio: „Jetzt bin ich ganz froh darüber, sonst wäre ich heute nicht hier. Mit dir." Er seufzt. Ich lächele ihn an und sage leise: *„Mit dir steht die Zeit still, fühlst du, was ich fühl'?"* Ein Zitat aus dem Lied von Freundeskreis. Jetzt lächelt auch er. Doch das, was er mir eben erzählt hat, lässt mich nicht los. Ich blicke ihn besorgt an. Wird er es wieder tun? Ist er auch jetzt immer noch so unglücklich? „Und haben diese Idioten dich dann endlich in Ruhe gelassen? Wie ist es jetzt in der Schule?", frage ich ihn. „Hab' die Schule gewechselt. Wollte nichts erzählen zu Hause, das hätte auch nichts geändert. Aber meine Ma hat wohl gemerkt, dass es mir verdammt ernst war mit dem Schulwechsel und ist dann darauf eingegangen. An der neuen Schule ist es besser. Ganz ohne Mobbing läuft's da auch nicht ab, aber so schlimm wie an der alten Schule war's nie wieder. Hab' in demselben Jahr auch mit Basketball angefangen und dass die Jungs da von Anfang an so cool waren und mich akzeptiert haben, hat mir total geholfen. Meine Ma wollte unbedingt, dass ich irgendeinen Sport mache und mich nicht mehr so abschotte von allen. Erst wollte ich nicht, aber heute bin ich froh, dass ich's gemacht habe." Ich nicke. „Bitte versprich mir, dass du dich nie wieder auf die Gleise legst." Er lächelt und blickt mich mit seinen wunderschönen braunen Augen verschmitzt an. „Versprochen. Ich weiß ja jetzt, was ich verpassen würde...und jetzt guck' bitte nicht mehr so besorgt. Ich mag's viel lieber, wenn du lächelst…"

Auf dem Rückweg halten wir uns die ganze Zeit an den Händen. Es fühlt sich wunderschön an. Viel zu schnell lassen wir die raue, einsame Schönheit der Wüste hinter uns und tauchen wieder in die bunte und lebhafte Hotelwelt von Ein Bokek ein. Auf dem Bürgersteig, der direkt zu unserem Hotel führt, stolpere ich plötzlich. Mio fängt mich auf, bevor ich lang hinschlage. „Na sowas, da laufen wir die ganze Zeit unfallfrei durch die Wüste und jetzt, kurz vorm Ziel, machst du schlapp." Ich halte mich noch einen Moment länger an ihm fest, als nötig gewesen wäre, richte mich wieder auf und sage: „Hinfallen, aufstehen, Krone richten und weitergehen." Mio lacht. „Eigentlich habe ich dich aufgefangen, aber eine Krone würde dir trotzdem gut stehen."

Unsere Mütter warten vorm Hoteleingang auf uns. Sie sind ganz offensichtlich froh, dass sie nicht bereuen müssen, uns alleine los gelassen zu haben, und dass wir heile zurück gekommen sind.

„Und, habt ihr was Interessantes entdeckt?", fragt mich Mama im Hotelzimmer. „Keine Tiere und keine Pflanzen. Aber der Sonnenaufgang war toll und wir haben eine Quelle gefunden." „Also hattet ihr eine gute Zeit?" „Ja." Kann sie jetzt mal aufhören zu fragen?! Aber sie ist noch nicht fertig. „Nike, du magst Mio sehr gern, oder?" Oh nein. Bitte nicht. Da habe ich jetzt überhaupt keine Lust zu. „Ja, Mama. Und ich werde kein einziges weiteres Wort dazu sagen." Sie

schaut vielsagend und lässt mich dann in Ruhe. Zum Glück.
Den ganzen weiteren Tag verbringe ich wie in Trance. Ich muss immer wieder daran denken, was Mio mir anvertraut hat. Schrecklich, dass es so weit kommen konnte. Und wie gut, dass es ihm heute besser geht. So verzweifelt, dass ich mich umbringen wollte, bin ich noch nie gewesen. Was muss er gelitten haben! Unvorstellbar. Während des Sonnens auf dem Solarium döse ich etwas weg, ich bin ja früh aufgestanden. Im Halbschlaf erinnere ich mich an unsere Umarmungen und daran, wie sich unsere Hände berührt haben. Mios Nähe ist so unendlich aufregend und zugleich tröstlich, sogar vertraut. So als hätten wir uns schon immer gekannt.

Beim Mittagessen treffe ich Dennis. „Hey Nike. Julia, Lisa und ich wollen heute Abend wieder ins *Suha* gehen. Bist du dabei?" „Ja, gern." „Mio frage ich nachher auch noch." Bei der Nennung seines Namens macht mein Herz einen riesigen Hüpfer. „Um sieben vorm Hoteleingang?" „Klar, bis nachher." Ich diskutiere ziemlich lange mit Mama, dieses Mal will ich nicht wieder so früh zurück kommen. Letztlich überwiegt bei ihr die Freude darüber, dass ich hier in Israel wieder so viele soziale Kontakte habe und mich nicht mehr so in mein Schneckenhaus verkrieche. Deshalb vereinbaren wir, dass ich um elf zurück bin.
Als wir nach dem Abendessen im *Suha* auf Julia und Lisa treffen, fällt mir auf, wie Dennis Julia ansieht.

Wenn sie mit ihm spricht, nimmt er manchmal sogar seine Brille ab, was er ja sonst nur während seiner Vorträge zu tun pflegt, und fährt sich mit den Fingern durchs Haar. Aha, denke ich, guck' mal einer an.

Als Mio und ich uns ein bisschen von den anderen absetzen können und vor dem Schaufenster des kleinen Schmucklädchens stehen bleiben, flüstere ich ihm ins Ohr, was ich beobachtet habe. „Ja, Dennis hat mir erzählt, dass er Julia ziemlich gut findet. Wobei er natürlich nicht dieses Wort verwendet hat. Er hat ‚anziehend' gesagt, glaube ich." „Liege ich also richtig." Mio grinst. „Allerdings." Dann tastet er nach meiner Hand und hält sie für einige Sekunden fest. „Hey ihr zwei, wollen wir uns noch einen Milchshake holen?" Lisa steht plötzlich hinter uns und Mio lässt erschrocken meine Hand los. „Klar, warum nicht?" Um acht schließt das *Suha* und wir schlendern noch weiter durch Ein Bokek, mit unseren Milchshakes in der Hand. Dennis fragt Julia, ob er ihren mal probieren dürfte. Sie lächelt und hält ihm den Becher hin. „Vorzüglich", sagt er. „Du hast einen guten Geschmack." Mio und ich grinsen uns an. Es wird langsam dämmrig, als Julia sagt: „Leute, wollen wir mal ins *Golden Plaza* gehen? Is' ja mit Abstand das krasseste Hotel. 17 Stockwerke, Riesen-Pool. Eine Nacht dort muss echt teuer sein. Hautkranke gibt's da sicher nicht so viele. Die meisten wohnen ja im *Tamar* oder im *Dead Sea Palace* bei uns." „Mh, wenn du meinst, dass wir dort nicht auffallen und dann Probleme kriegen...", meint Mio. „Ach, so'n Quatsch.

Lass' uns da auf alle Fälle rein! Super Idee, Julia." War ja klar, dass Dennis das sagt. Ich bin aber auch neugierig, wie es in dem riesigen Hotel aussieht. Also gehen wir rein. Da es von Hotelgästen nur so wimmelt, wahrscheinlich wollen alle die Band in der Lobby hören oder an die Bar, fallen wir gar nicht auf. „Krass! Guckt euch mal den Kronleuchter an!" Alles um uns herum funkelt und glitzert. „Und diese vielen Etagen!" „Und den Springbrunnen!" Wir sind ziemlich beeindruckt. Mio so dicht neben mir zu wissen und ihn dennoch nicht berühren zu können, macht mich ganz kribbelig. Ich wünschte, ich wäre alleine mit ihm. Ich spüre seinen Blick und schaue ihn an. Seinem Gesichtsausdruck nach zu urteilen, hat er gerade genau dasselbe gedacht. Wie gerne würde ich jetzt wieder seine Hand nehmen. Wir steigen in den Fahrstuhl. Er ist ebenfalls riesig und wir werden fast von dem prunkvollen Innenraum erschlagen. So viel Gold und Glanz um uns herum. 17. Stock. Ganz oben. Ein bisschen verboten ist das ja schon irgendwie, was wir hier machen. „Los, kommt, hier muss es ja auch ein Solarium geben. Lasst uns mal gucken, wie man dahin kommt." Dennis geht voran und tatsächlich findet er auch eine Treppe. So viel Abenteuerlust habe ich ihm gar nicht zugetraut. Aber Dennis ist on fire. Direkt an der Wand daneben hängt ein Schild, auf dem „Solarium" steht. Er grinst. „Bingo. Na los, kommt schon!" Mio und ich zögern einen Moment, gehen dann aber doch mit den anderen mit. Der Ausblick vom Dach ist der Wahnsinn! Das glitzernde und funkelnde Ein Bokek mit seinen vielen Hotels liegt zu unseren Füßen, hinter uns die monströsen Wüstenberge, im Dunkeln jetzt kaum noch zu erkennen, und irgendwo vor uns das Tote Meer, eine schwarze Fläche, die wir nur erahnen können. „Wow", sagt Lisa. „Wie krass ist das denn?!" Mio und ich sagen nichts. Er steht sehr dicht neben mir und ich kann das Knistern, das in der Luft liegt, mit jeder Faser meines Körpers spüren. Am liebsten würde ich ihn jetzt küssen. Wenn doch die anderen nicht da wären.

„Weißt du, was noch krasser wäre?", fragt Dennis plötzlich und grinst. Mir schwant Übles. „Was?" „Wenn ich jetzt einen Becher Eiswürfel aus der Maschine da hole und die ganze Ladung in den Pool da unten schmeiße. Das knallt bestimmt so richtig schön." Was für eine bescheuerte Idee. Sind wir hier im Kindergarten, oder was?! Dennis will wohl Julia beeindrucken, sonst würde er so einen Mist nicht vorschlagen. „Hör' mal, das muss jetzt doch echt nicht sein", sagt Mio. „Was ist, wenn du den Pool nicht triffst? Wenn da unten Leute rum laufen, könnte das ganz schön übel enden", meint Lisa sorgenvoll. „Ich find' die Idee cool." Tja, wenn Julia das „cool" findet, ist Dennis jetzt natürlich nicht mehr zu stoppen. Sowas nennt man blind vor Liebe. „Nee, das find' ich absolut bescheuert. Wir sollten gar nicht hier oben sein und ich hab' keine Lust auf Stress. Also, wenn du das unbedingt machen willst, mach's. Aber ich geh' dann jetzt." „Ach, Nike, nun stell' dich nicht so an. Die Wahrscheinlichkeit, dass da gerade in dem Moment, in dem ich die Eiswürfel runter schmeiße, jemand langgeht, liegt sowieso nur bei..." „Mir egal, ich gehe." Ich gehe zur Tür. Sollen die doch machen, was sie wollen, aber für so einen Kinderkram bin ich definitiv nicht zu haben. „Ich geh' auch, Professor. Du bist heute Abend nicht du selbst." Mio schüttelt den Kopf und folgt mir auf dem Fuß. Ich freue mich insgeheim wahnsinnig. Dennis ruft uns irgendwas hinterher und ich sehe noch Julias und Lisas verwunderte Blicke. Aber wir gehen schnell die Treppe runter und rennen zum Fahrstuhl. Nichts wie weg hier. Durch die Lobby gehen wir dann ganz normal und nicht zu schnell, um nicht aufzufallen. Als wir draußen sind, fangen wir aber wieder an zu rennen. Und lachen. Und stolpern. Und rennen weiter. So als hätten wir uns abgesprochen, schlagen wir beide die Richtung zum öffentlichen Strand ein. Am Meer angekommen, es liegt ganz ruhig und friedlich da, wie immer, japsen wir nach Luft. „Puh, was ist bloß mit dem Professor los?! Hätte nie gedacht, dass jemand wie er sich so von seinen Gefühlen so mitreißen lässt." „Allerdings. Gut, dass wir abgehauen sind." „Außerdem wollte ich endlich mit dir allein sein." „Ging mir auch so." Mio legt sich auf eine der Liegen und klopft mit der Hand neben sich. Ich zögere keine Sekunde. Wir kuscheln uns eng aneinander. Mein Herz schlägt schnell, ich bin aufgeregt. Ich glaube, Mio geht es auch so. Ich drehe mich, sodass ich ihn anschauen kann. Der Strand ist nicht sehr groß und liegt nah an der Straße. Deshalb wird Mios Gesicht ein wenig von den

Straßenlaternen erhellt und ich kann seine Augen, seine Nase und seinen Mund sehen. Nur die dunklen Locken verschmelzen mit der Dunkelheit um uns herum. Vorsichtig zeichne ich die weißen Stellen um seine Augen und seinen Mund mit dem Zeigefinger nach und blicke ihn liebevoll an. „Du bist unglaublich, weißt du das eigentlich?", sagt er plötzlich. Dann beugt er sich langsam zu mir nach vorne und küsst mich. Eine Welle des Glücks überrollt mich und ich weiß nicht mehr, wie ich heiße, wo oben und unten ist oder ob wir gerade Tag oder Nacht haben. Völlig gefangen in diesem Moment. Unsere Lippen suchen einander immer wieder, wir halten uns eng umschlungen. Über uns der Nachthimmel und die leuchtenden Sterne. Als wir uns endlich atemlos voneinander lösen, bleiben wir noch lange Arm in Arm liegen. Zwischendurch küssen wir uns immer wieder. Vergessen völlig die Zeit. Irgendwann sage ich: „Mio, ich glaub', wir müssen zurück." Er seufzt. „Von mir aus können wir einfach für immer hier liegen bleiben." „Frag' mich mal...aber ich glaub', es ist schon echt spät." Warum muss ich eigentlich immer so eine Spielverderberin sein?! Ich blicke auf meine Uhr. Es ist allerdings wirklich schon sehr spät. Als wir im Hotel ankommen, eineinhalb Stunden später als vereinbart, treffen wir unsere aufgeregten Mütter an der Rezeption an. Sie gestikulieren wild und man hört ihre Stimmen schon am Hoteleingang. Offenbar sind sie gerade dabei, den armen David Hirshberg die Polizei anrufen zu lassen. Als er uns sieht, deutet er auf uns und legt das Telefon wieder weg. Und dann schießen unsere Mütter wie zwei Tornados auf uns zu. Es folgen lautes Geschrei, Vorwürfe. „Was fällt euch eigentlich ein? Wisst ihr, was für Sorgen wir uns gemacht haben?!" Schuldbewusste Blicke von uns beiden. Als jeder mit seiner Furie, äh Mutter, aufs Zimmer muss, werfen wir uns noch einen heimlichen Blick zu. Mio zwinkert und ich lächele. Wir beide bekommen Ausgangssperre. Offenbar haben sich unsere Mütter abgesprochen. Jeden Abend nach dem Abendessen heißt es jetzt direkt „Ab ins Zimmer". Absolut nervig. Aber die Zeit mit Mio am Strand ist es wert gewesen.

KAPITEL 44

Benommen

Hotelarrest. So nennt Mio die von seiner Mutter angesetzte Strafe für sein Zuspätkommen mit Nike. Das Schlimmste daran ist nicht unbedingt, dass er nach dem Abendessen das Hotelzimmer nicht mehr verlassen darf, sondern, dass er dort mit Leo und seiner Mutter eingesperrt ist. Leo schaut jeden Abend extrem nervige, englische Cartoons im Fernsehen, die Mio fast um den Verstand bringen. Dass seine Mutter das erlaubt - unfassbar. Wahrscheinlich will sie ihn damit noch zusätzlich bestrafen. Es bleibt ihm nichts anderes übrig, als sich seine Ohrstöpsel in die Ohren zu stopfen, was er seit zwei Tagen jeden Abend tut. Heute hört er mal wieder Freundeskreis, „Mit dir" in Dauerschleife. Er kann das Lied nicht mehr hören, ohne an Nike zu denken. Und er will an Nike denken. Und zwar ständig. Er denkt daran, wie sie aussieht, wenn sie ihn anlächelt. Wie gut ihr der blaue Badeanzug steht. Wie süß sie mit ihrem Käppi ausgesehen hat, das sie getragen hat, als sie in der Wüste gewesen sind.

Er hat es ihr erzählt. Das mit den Gleisen. Eigentlich hat er das nicht vor gehabt. Aber irgendwie wollte er, dass sie es weiß. Wahrscheinlich, weil er Nike so

absolut vertraut. Sie versteht ihn einfach. So, wie ihn noch nie jemand verstanden hat. Wie sie ihn angesehen hat, nachdem er es ihr erzählt hat. So liebevoll und so mitfühlend. Sogar ein bisschen geweint hat sie. Er hat ein schlechtes Gewissen, weil er ihr Kathrin verschwiegen hat. Dass er bei einer Seelenklempnerin war, ist ihm irgendwie unangenehm. Streng genommen ist Nike ja auch die zweite Person, der er vom Tag auf den Gleisen erzählt hat, nicht die erste. Irgendwann später würde er ihr auch das anvertrauen können, da war er sich sicher. Und dann würde sie verstehen, dass er ihr das nicht schon jetzt hatte sagen wollen. Ganz bestimmt.
Plötzlich vibriert sein Handy. *Vermisse dich.* Mio schreibt: *Ich dich auch! Wann sehen wir uns? Morgen am Pool?* Nike antwortet: *Ja, so gegen elf!* Mio schickt ein lachendes Smilie als Antwort. „So, Leo, es reicht jetzt, mach' den Fernseher aus und geh' Zähne putzen." Die Stimme seiner Mutter nimmt Mio kaum wahr. Er kann nur an morgen denken.

Plötzlich steht sie neben seiner Liege. Schon kurz bevor sie ihn anspricht, weiß er, dass sie da ist, obwohl seine Augen noch geschlossen sind. Sie riecht nach blumigem Duschgel und nassen Haaren. „Aufwachen...", flüstert sie. Er öffnet die Augen und blickt sie an. Sie hat tatsächlich nasse Haare und sieht umwerfend aus. „Ich habe nicht geschlafen, sondern auf dich gewartet. Komm' her!" Er klopft auf seine Liege und sie setzt sich neben ihn und winkelt ihre

Beine an. „Du riechst so gut", flüstert er in ihr Ohr und kurz darauf bemerkt er ihre Gänsehaut. Sie lächelt. Er liebt es, wenn sie lächelt. „Glaubst du eigentlich, die anderen wissen von uns?" „Keine Ahnung, ich hab' mit dem Professor nicht noch mal gesprochen seit dem Abend neulich. Glaube, er ist beleidigt, dass wir abgehauen sind. Sein Problem." „Allerdings!" „Du, ich habe meiner Mama gesagt, dass ich dir unbedingt das Auto zeigen will, das ich mir eines Tages mal kaufen werde und dass ich dich dazu in unser Hotelzimmer mitnehmen muss." Er zwinkert Nike zu. Sie sieht überrascht aus. „Und das hat sie dir erlaubt?" „Naja, sie hat ja nur gesagt, dass ich nach dem Essen abends nicht mehr raus darf mit dir, nicht, dass ich dich gar nicht mehr sehen darf…Das habe ich ihr auch noch mal vor Augen geführt, als sie Einwände erheben wollte. Da konnte sie nichts gegen sagen."

„Du Schlaufuchs!" „Vielen Dank." Mio klopft sich selbst auf die Schulter. „Dann sage ich meiner Mama eben Bescheid, dass wir bei dir sind und dass ich direkt von da zum Mittagessen komme. Wenn deine Mama das erlaubt hat, kann sie ja schlecht dagegen sein. Außerdem haben die längst gecheckt, was Sache ist." „Glaubst du?" „Klar. Damit haben sie, glaube ich, auch kein Problem. Beim Hotelarrest, wie du ihn nennst, geht's nur darum, dass wir uns nicht an die Vereinbarung gehalten haben neulich Nacht." „Das macht Sinn."

„Guck' und da siehst du das 7-Gang Schaltgetriebe

und..." Nike blickt ihn amüsiert ihn. Mio blättert in einem wahnsinnigen Tempo die Seiten der Autozeitschrift um und ist eifrig bemüht, ihr jedes Teil an diesem Auto, von dem er völlig besessen zu sein scheint, zu zeigen.

Natürlich wollte er nicht nur deshalb mit ihr alleine sein... Trotzdem hofft er, dass er sie mit seiner Begeisterung ein wenig anstecken kann. Schließlich soll sie einmal die Erste sein, die er in seinem Porsche spazieren fährt. „Mio..." „Ja?" Sie dreht sanft seinen Kopf zu sich herum und legt ihre Lippen auf seine. Wenn es etwas gibt, das ihn mit ebenso viel Begeisterung erfüllen kann wie der Porsche 911 Carrera S, dann das hier. Sie versinken in einen minutenlangen, leidenschaftlichen Kuss. Mios Hand wandert Nikes nackten Oberschenkel entlang und sie stöhnt leicht auf. Irgendwann liegen sie eng aneinander auf Mios Bett, die Autozeitschrift fällt zu Boden. Schweren Herzens löst er sich plötzlich von ihr. „Nike.." Sie presst sich an ihn und versucht, ihn wieder zu küssen. „Nike, wir müssen los..." „Nein, ich will nicht!" „Lass' uns nicht riskieren, dass wir uns gar nicht mehr alleine sehen dürfen..." Nike verzieht das Gesicht. „Ich sag's nur ungern, aber: Ja, du hast recht, du Spielverderber. Und außerdem: Wenn's am schönsten ist, soll man ja bekanntlich aufhören." Mio lächelt. „Ich glaube, ich habe noch nie jemanden getroffen, der Sprichwörter genauso gerne mag wie ich." „Kennst du denn den Unterschied zwischen einem Sprichwort und einer Redewendung?"

„Logisch, aber ich höre deine Stimme so gerne, sag' du's mir noch mal." Mio blickt sie schmunzelnd an. Sie kneift ihn in die Seite und sagt dann: „Ein Sprichwort ist ein vollständiger Satz. Der Inhalt ist meistens lehrhaft, die Sprache gehoben. Eine Redewendung muss zu einem bereits vorhandenen Satzanfang hinzugefügt werden. Zum Beispiel..." Plötzlich blickt Mio sie entsetzt an. So als wäre ihm plötzlich etwas klar geworden. Nike bemerkt seinen Gesichtsausdruck und hört auf zu reden. „Was ist denn los? Mio?" „Du...wie du das gerade erklärt hast ...überhaupt diese ganze Situation hier...ich..." Schweißperlen bilden sich auf seiner Stirn. Nike sieht ihn besorgt an. „Es kommt mir vor, als ich hätte ich das schon mal erlebt, nur anders." Auch Nikes Gesichtsausdruck hat sich jetzt verändert. Sie blickt ihn ungläubig an. „Du hast recht...bist du...bist du eigentlich in dieser Vitiligo-Facebook-Gruppe?" Er nickt. „Bist du...bist du...SNAFU?!" Er nickt wieder. Sie blickt zu Boden. Als sie wieder aufblickt, hat sie Tränen in den Augen. „Warum hast du mir damals nicht mehr geantwortet und mich völlig ignoriert?!" Sein Puls rast und gleichzeitig fühlt er sich leicht benommen. „Das ist etwas kompliziert. Äh, ich..." „Weißt du was? Es ist mir scheißegal." Sie springt vom Bett auf, läuft zur Tür und knallt sie hinter sich zu. Mio ist auch aufgesprungen und will ihr hinterher laufen. Dann besinnt er sich anders. Vielleicht brauchen sie beide etwas Zeit, um die Erkenntnis, dass er SNAFU und sie *Giraffenmädchen* ist, zu verdauen. Situation normal, all fucked up, denkt er und lässt sich zurück aufs Bett sinken.

KAPITEL 45

Betrogen

„Was ist denn mit dir los?", fragt Mama. „Nichts", fauche ich sie an. „Du siehst furchtbar aus." Ich sage nichts. „Kommt Mio auch gleich zum Essen?" „Keine Ahnung, ist mir auch egal." „Habt ihr euch gestritten?" „Ich will nicht darüber reden." Ich nehme mir etwas Salat, den ich mir mit Mühe und Not rein zwinge. Hunger habe ich keinen. Ich kann überhaupt nicht klar denken. Mio ist SNAFU. SNAFU ist Mio. Ich hätte es wissen müssen. Es ist mir ja nicht erst heute aufgefallen, dass er Sprichwörter mag. Und er hat mir im Chat auch von seinen Flecken um die Augen und den Mund herum erzählt. „Ich gehe jetzt ins Zimmer." „Okay, ist mir lieber, als dass du hier weiter so miesepetrig am Tisch sitzt und an die Wand starrst..." Ich werfe ihr einen wütenden Blick zu und beeile mich, ins Zimmer zu kommen. Ich will Mio auf keinen Fall über den Weg laufen.

Als die Tür hinter mir zufällt, lasse ich mich aufs Bett fallen und ziehe mir meine Decke über den Kopf. Wenn doch Leonie hier wäre oder Lena...ich überlege, einer von beiden zu schreiben, entscheide mich dann aber doch dagegen. Ich fühle mich völlig antriebslos und leer. Betrogen irgendwie. Wie kann das sein?!

Mio, der mich eben noch leidenschaftlich geküsst hat und in den ich mich unsterblich verliebt habe, ist SNAFU, der mich eiskalt abserviert hat, als ich ihm gesagt habe, dass ich ihn mag. Wie soll ich ihm je wieder vertrauen können? Was ist, wenn er hier genau dasselbe mit mir vorhatte? Ich denke an Assaf und wie er sich Ivana gegenüber benommen hat, nachdem er bekommen hatte, was er wollte. So ist Mio nicht! Oder doch?! Kann ich das nach der kurzen Zeit, die wir uns kennen, überhaupt beurteilen? Ich habe das Gefühl, durchzudrehen.

Wie ein Schatten meiner selbst bewältige ich irgendwie den restlichen Tag. Sonnen. Abendessen und dann endlich schlafen gehen. Zum Glück laufe ich Mio nicht mehr über den Weg, aber es ist nur eine Frage der Zeit, bis wir uns wieder begegnen werden. Er hat mir schon mindestens fünf Nachrichten geschickt, in denen er sich wieder und wieder entschuldigt, aber ich antworte nicht. In der Nacht mache ich kaum ein Auge zu und wälze mich unruhig hin und her.
Als ich morgens in den Spiegel schaue, sehe ich aus wie ein Gespenst. Grauenhaft. Mama versucht während des Tages mehrmals, mit mir zu reden, aber ich blocke ab. Beim Abendessen ist es dann soweit. Ich sehe Mio, als er gerade eine riesige Portion Nudeln zu seinem Tisch transportiert. Den Appetit scheint es ihm ja schon mal nicht verschlagen zu haben. Wir bleiben kurz voreinander stehen, blicken

uns an und gerade, als ich weitergehen will, sagt Mio: „Nike, es tut mir so leid, dass ich mich damals einfach nicht mehr gemeldet habe...Ich..." „Spar' dir deine Erklärungen", unterbreche ich ihn barsch und gehe schnell zu meinem Tisch, bevor er merkt, dass ich schon wieder heulen muss.

Ich schaffe es, die Tränen wieder zurückzudrängen und mit Mama ein belangloses Gespräch über das Essen zu führen, das mir überhaupt nicht schmecken will. Plötzlich steht Dennis neben mir. „Ich wollte mich entschuldigen." Ah, noch einer. Irgendwie nimmt das heute einfach kein Ende. „War total dämlich, wie ich mich neulich benommen habe und es tut mir echt leid. Kommt auch nicht wieder vor, versprochen." Wie er da steht, mit seiner Brille in der Hand und ein bisschen Schokoladeneis im Mundwinkel, das er zweifelsohne zum Nachtisch gehabt hat, tut er mir irgendwie leid. Und ich nehme ihm ab, dass er bereut, dass er sich so blöd benommen hat. „Ist schon okay. Wir alle haben mal einen Aussetzer." Dennis sieht erleichtert aus. „Heißt das, du kommst morgen noch mal mit ins *Dead Sea Palace*? Julia und Lisa reisen übermorgen ab, wir wollen noch ein Abschiedstreffen machen." Ich blicke Mama fragend an. „Du kannst gehen, wenn du pünktlich zum Abendessen um 19 Uhr wieder da bist. Aber nach dem Essen geht's direkt aufs Zimmer. Kein Ausgang mehr danach, weißt du ja." Dennis blickt mich fragend an. „Hotelarrest", sage ich nur. Er schmunzelt. „Okay...dann treffen wir uns um viertel vor fünf vorm Hoteleingang morgen, ja?"

„Alles klar."

Ich sehe, wie er weiter zu Mios Tisch geht und natürlich wird er ihn jetzt gleich fragen, ob er auch mitkommt. Mir ist bewusst, dass ich ihm nicht ewig aus dem Weg gehen kann. Aber wenn ich ihn schon sehen muss, dann lieber zusammen mit den anderen als alleine.

KAPITEL 46

Beschwingt

Er weiß, dass Nike gleich auch mit zum *Dead Sea Palace* kommen wird, Dennis hat ihm gesagt, dass sie auch kommt. Dann muss er es unbedingt schaffen, sie von den anderen wegzulotsen, um mit ihr zu reden. Und sie muss ihm einfach zuhören! Er will ihr alles erklären. Ob sie ihm dann verzeihen kann? Er wünscht es sich so sehr. Heute Morgen, direkt nach dem Aufwachen, hat er sie so furchtbar vermisst, dass es ihm körperlich weh getan hat. Nie hätte er für möglich gehalten, dass er einmal so für ein Mädchen empfinden könnte.

Wie ein Tiger im Käfig läuft er im Hotelzimmer auf und ab und wartet, dass es endlich zwanzig vor fünf ist und er zum Hoteleingang gehen kann. Seine Mutter ist mit Leo noch am Pool. Endlich ist es soweit. Der Professor und Nike sind schon da. Als Mio bei ihnen ankommt, herrscht einen Moment lang unangenehme Stille. Keiner sagt etwas. Dennis räuspert sich. „Ähm, gut, dann können wir ja los." Nike sagt nichts und weicht seinem Blick aus. Während sie am öffentlichen Strand entlang gehen, murmelt Dennis: „Ich könnte schwören, dass zwischen euch irgendwas passiert ist." „Wieso?", fragt Mio und hofft, dass er nicht weiter nachfragt. „Weil ihr euch sehr seltsam benehmt, deshalb." „Einbildung ist auch 'ne Bildung", sagt Mio nur und zuckt mit den Schultern. Im nächsten Moment ärgert er sich. Wieso musste er jetzt gerade ein Sprichwort raushauen?! Er blickt Nike verstohlen von der Seite an, doch sie zeigt absolut keine Reaktion.

Beim *Dead Sea Palace* angekommen, gehen sie mit Julia und Lisa auf die Liegewiese in den Schatten. Sie bilden einen Sitzkreis, so als wollten sie „Der Plumpsack geht rum" spielen. „Schade, dass wir morgen fliegen müssen", sagt Julia. „Ich weiß gar nicht mehr, wie das Leben in Deutschland überhaupt funktioniert. Kommt mir vor, als wäre ich schon ewig hier..." „Geht mir auch so", meint Lisa. „Wir werden euch auf jeden Fall sehr vermissen", sagt Dennis und schaut dabei vor allem Julia besonders traurig an. Die scheint es jedoch gar nicht zu bemerken. Sie beschließen, die Handynummern auszutauschen und eine WhatsApp-Gruppe zu gründen, die „Israel-Gang". „Dann können wir uns regelmäßig mit News versorgen und bis wir uns hier nächstes Jahr hoffentlich alle wiedersehen, in Kontakt bleiben", meint Lisa. „Gute Idee", sagt Nike. „Hoffentlich bleibt eure Haut so gut, wie sie jetzt ist!" „Ja, allerdings. Das hoffe ich auch..." Lisa schaut gedankenverloren in die Ferne. Dann seufzt sie laut und blickt in die Runde. „So. Genug geredet. Jetzt lasst uns zum Abschied noch was Lustiges spielen." Sie spielen nicht den Plumpsack, sondern Wahrheit oder Pflicht.

Die Flasche hat sich bereits drei Mal gedreht und alle, die dran kamen, haben sich Pflicht ausgesucht. Julia musste zum Beispiel eine alte Dame auf Englisch bitten, ihr zehn Schekel zu schenken, damit sie sich ein Eis kaufen kann. Die hat ihr empört mit einem Badelatschen gedroht und gesagt: „Don't fuck with me, young lady. Ask your mommy if you want ice cream!" Das Gelächter war natürlich groß gewesen. Jetzt zeigt die Flasche auf Mio. Ihm rutscht das Herz in die Hose. Soll er Pflicht oder Wahrheit nehmen? „Pflicht", sagt er. Der Professor darf sich eine Aufgabe für ihn ausdenken. „Küss' Nike", sagt er und grinst Mio provozierend an. Alle halten die Luft an. Mio zögert keine Sekunde. Er steht auf, geht auf Nike zu, die ihn zunächst entsetzt anblickt, seinen Kuss dann aber voller Leidenschaft erwidert, als er sich neben sie kniet und seinen Mund auf ihren presst. Nachdem Dennis, Lisa und Julia sich von dem Schock erholt haben, dass Mio seine Aufgabe tatsächlich und so pflichtbewusst ausführt, pfeift Julia anerkennend. Nike und Mio wollen sich überhaupt nicht voneinander lösen und auch wenn sie es eigentlich nicht wollen, kann keiner von den anderen den Blick von diesem schönen Paar abwenden. Irgendwann sagt Lisa leicht pikiert: „Ich glaube, Mio hat seine Aufgabe jetzt zufriedenstellend bewältigt. Oder was meint ihr?!" Julia lacht und nickt. Auch Dennis zeigt den Daumen hoch und grinst. Aber die beiden denken gar nicht daran, mit dem Küssen aufzuhören. „Also echt, jetzt sucht euch doch'n Zimmer!", brummt

Lisa. Das hat gezogen. Endlich lösen sie sich voneinander. Nike hat einen hochroten Kopf und auch Mio sieht leicht mitgenommen aus. „Äh, sorry, Leute. Ich glaube, Nike und ich müssen euch jetzt verlassen. Wir müssen uns nämlich dringend unter vier Augen unterhalten. Julia, Lisa, gute Reise morgen, alles Gute und hoffentlich bis zum nächsten Jahr!" Mio umarmt Julia und Lisa kurz, nimmt dann Nikes Hand und zieht sie zur Hotel Lobby. „Äh, macht's gut, war schön euch kennenzulernen", ruft Nike den beiden noch zu. Und so lassen sie Dennis, Lisa und Julia, die sprachlos und reichlich verdattert hinter ihnen her gucken, einfach auf der Liegewiese zurück.

„Wie konntest du es eigentlich wagen, mich vor den anderen so zu küssen?!", Nike blickt Mio empört an, doch so richtig abnehmen kann er ihr das irgendwie nicht. Ihre blauen Augen funkeln. „Wieso? War doch meine Aufgabe!" Sie guckt ihn noch zwei Sekunden lang böse an, dann knufft sie ihn in die Seite und lehnt sich an ihn. Es ist heute nicht so heiß wie sonst, ein leichter Wind weht, und hier, unter der Palme, etwas abseits vom Massentourismus am Strand, lässt es sich gut aushalten. „Darf ich dir jetzt endlich erklären, warum ich damals einfach nicht mehr geschrieben habe?", fragt Mio bittend. Sie setzt sich aufrecht hin und blickt ihm direkt in die Augen. „Ich bitte darum."
„Als meine Mutter meinen Vater raus geschmissen hat, nachdem er sie betrogen hat, war für mich klar, dass es wahre Liebe nicht geben kann. Meine Ma so

zu sehen...es war einfach furchtbar und ist es oft genug auch heute noch. Sie spricht nicht mit uns darüber, aber ich kenne sie gut genug, um zu wissen, wie sie das alles aus der Bahn geworfen hat. Sie ist stark, für uns, weißt du? Ich habe das meinem Vater nie richtig verziehen und weiß auch nicht, ob ich's jemals können werde. Egal. Auf jeden Fall habe ich in dem Moment beschlossen, dass ich mich niemals auf sowas wie Liebe einlassen werde, weil es sowieso einfach nur weh tut und man verletzt wird." Nike blickt ihn nachdenklich und ein wenig skeptisch an. „Und wegen der Vitiligo natürlich. Ich war mir sicher, dass mich so niemand lieben wird. Hab' für mich einfach komplett mit dem Thema abgeschlossen." „Okay...ich verstehe." „Tja und dann haben wir angefangen uns zu schreiben. Ich wollte es mir nicht eingestehen zu der Zeit, aber unsere Gespräche haben mir sehr viel bedeutet und mir viel Kraft gegeben." „Mir auch, das weißt du ja, weil ich es dir gesagt habe..." Nike blickt ihn anklagend an. „Ich weiß", Mio blickt zu Boden. „Und als du das gemacht hast, ist bei mir eine Sicherung durchgebrannt. Weil ich genauso empfunden habe wie du. Und ich hatte Angst vor meinen Gefühlen, fand sie idiotisch, weil wir uns ja noch nie gesehen hatten und uns nur geschrieben haben. ‚Was ist, wenn sie gar nicht die ist, für die sie sich ausgibt? Wenn sie nicht ehrlich ist?', habe ich mich gefragt. Und dann habe ich mich auch gefragt, was wäre, wenn du genau die bist, für die ich dich halte. Ich habe mir ausgemalt, was passiert, wenn wir uns mal besuchen und uns dann verlieben würden und wie du mich dann verletzen würdest, so wie mein Vater meine Mutter verletzt hat." Nike nimmt seine Hand. „Und als in wenigen Sekunden, nachdem du mir gesagt hast, dass du mich magst, genau dieses Kopfkino bei mir abgelaufen ist, war für mich klar, dass ich sofort den Kontakt mit dir abbrechen muss und nie wieder mit dir schreiben darf." „Ich war unheimlich traurig und ziemlich verzweifelt deshalb, weißt du das?" Mio nimmt seine Hand aus ihrer und stützt seinen Kopf in beide Hände. „Ich habe auch nicht aufhören können an dich, an das Giraffenmädchen, zu denken! Und es ist mir unheimlich schwer gefallen, nicht auf deine Nachrichten zu reagieren, aber ich Idiot habe mir eingebildet, ich müsste mich schützen. Das war ein großer Fehler. Und ich wünschte, ich könnte ihn rückgängig machen." Nike blickt ihn sehr ernst und traurig an. „Ich weiß nicht, ob ich dir noch vertrauen kann." Mio blickt sie ebenso ernst an wie sie ihn. „Ich verspreche dir, dass du mir vertrauen kannst. Jetzt und immer. Bitte verzeih' mir, Giraffenmädchen." Sie seufzt. Dann hebt sie den Kopf und blickt in seine aufrichtigen, bittenden Augen. „Ich verzeihe dir, SNAFU." Sie nähert sich langsam seinem Gesicht, schließt die Augen und küsst ihn unendlich sanft auf die Lippen.

Fast hätten sie wieder die Zeit vergessen, doch sie schaffen es gerade noch rechtzeitig zurück zum Hotel. Im Speisesaal treffen sie zuerst auf Dennis. „Na, konntet ihr alles besprechen, was zu besprechen war?" Er grinst sie an und zwinkert ihnen zu. Mio und Nike gucken sich an, lächeln und sagen gleichzeitig: „Allerdings." „Wollen wir uns nicht heute Abend alle zusammen an einen großen Tisch setzen?", fragt Nike dann. Alle sind einverstanden und so sitzen sie schließlich mit insgesamt sieben Personen an einem Tisch. „Liebe Freunde", sagt Dennis wenig später. „Lasst uns unsere Gläser erheben und darauf anstoßen, dass sich Mio und Nike wieder vertragen haben!" Alle lachen und lassen die Gläser klirren. „Aber nicht, dass ihr jetzt denkt, dass euer Hotelarrest damit beendet ist!", sagt Mios Mutter und blickt die beiden streng an. Mio rollt mit den Augen. „Wie lange soll ich mir denn noch jeden Abend grauenhafte, englische Cartoons reinziehen?!" „So lange, wie Nikes Mutter und ich das für angemessen halten." Nikes Mutter nickt zustimmend. Ist mir alles egal, denkt Mio. Hauptsache, Nike hat mir verziehen.

KAPITEL 47

Begehrt

Ich berühre die Flecken, die ich „Delfine" nenne, auf seinem Oberkörper. „Ich finde diese Stellen besonders schön, weißt du. Wie kleine Delfine sehen sie aus." Mio lacht. „Wenn du meinst...Freut mich, wenn sie dir gefallen." „Ich hatte mal ein Seepferdchen auf dem Bauch, aber das ist irgendwann verschwunden. Seitdem ist alles weiß. Bin damals ziemlich ausgerastet, als das Seepferdchen weg war. Hab' einen Spiegel zerstört." Mio sieht mich verständnisvoll an. „Wieso hast du dich im Chat eigentlich *Giraffenmädchen* genannt?" „Ich wollte irgendwas, das mit Vitiligo zu tun hat und da ist mir wieder eingefallen, dass mir mal so'n Typ ‚Giraffenmädchen' hinterher gerufen hat und ich das zwar nicht sehr nett fand, aber trotzdem besser als ‚Kuh' oder so. Und auch ziemlich kreativ eigentlich." „Verstehe. Das ist also die netteste Beleidigung, die du wegen der Vitiligo je abbekommen hast." „Kann man so sagen." Mir ist gar nicht richtig bewusst, dass wir uns gerade im Toten Meer befinden, denn ich bin so damit beschäftigt, in Mios Augen zu schauen und meinen Blick über seine lockigen Haare schweifen zu lassen, die ich am liebsten ständig durcheinander wuscheln würde, dass es mir eigentlich völlig egal ist, wo wir sind. Nach dem Auf und Ab der letzten Tage bin ich einfach nur froh, dass wir jetzt alles geklärt haben und ich nachvollziehen kann, warum er mich damals so plötzlich abserviert hat. Ich bin nicht mehr wütend auf ihn, sondern schwebe wieder auf Wolke sieben. Wir versuchen, jede freie Sekunde miteinander zu verbringen, zumal wir nach dem Abendessen ja immer noch beide sofort aufs Hotelzimmer müssen.

„Sag' mal, wollen wir gleich noch in den Spa-Bereich vom Hotel gehen? Vielleicht können wir unsere Mütter ja überzeugen, heute mal ein bisschen später zum Abendessen zu gehen." „Versuchen können wir es." Wir holen beide gleichzeitig Luft, doch Mio ist schneller. „Versucht macht klug!" Er lächelt mich siegesgewiss an. „Nächstes Mal bin ich schneller!", sage ich und versuche, bedrohlich auszusehen. Doch er lacht nur und sagt: „Dann bis gleich, mein Giraffenmädchen."

Eine halbe Stunde später treffen wir uns im Fahrstuhl. Mio wohnt im dritten Stock und so kann er einfach zu mir dazusteigen, wenn ich aus dem vierten komme. Wir sind alleine. Er schaut mich an. Als die Tür zu geht, beginnt er sofort, mich leidenschaftlich zu küssen. Ich erwidere seinen Kuss und gerade noch rechtzeitig, bevor die Tür wieder aufgeht, lösen wir uns voneinander. Wir fallen immer übereinander her wie zwei ausgehungerte Löwen...Mit roten Köpfen und klopfenden Herzen betreten wir den Spa-Bereich im Untergeschoss. Es gibt dort ein kleines Schwimmbecken mit beheiztem Meerwasser, einen Ruhebereich und einen Whirlpool. Wir haben uns eine gute Zeit ausgesucht, die meisten Hotelgäste machen sich gerade für das Abendessen fertig. Nur eine ältere Frau dreht ihre Runden im Schwimmbad. Wir entscheiden uns für den Whirlpool. Eigentlich darf man hier erst ab 16 ohne Begleitung rein, aber es kümmert sich keiner um uns. Weit und breit keiner zu sehen. Als wir unsere Beine im Geblubber des Whirlpools ausstrecken und uns ganz nah nebeneinander auf der kleinen Sitzbank niederlassen, bemerke ich, dass ein Fleck an Mios Ellenbogen begonnen hat, zu pigmentieren. „Guck' mal! Es geht los! Die Pigmente kommen!", sage ich aufgeregt. „Was? Wo?" Ich zeige ihm die Stelle am Ellenbogen. „Ja, stimmt! Wahnsinn! Ich glaub's nicht! Das muss ich morgen Doktor Weiss zeigen, da hab' ich wieder Termin." Die ältere Frau ist in der Umkleide verschwunden und wir sind jetzt ganz allein. Mio nimmt mein Gesicht zwischen seine Hände und küsst mich sanft auf die Lippen. „Nike", flüstert er, „Nike". Er sieht so glücklich aus. So hoffnungsvoll. Wir sind bis zum Hals im Blubberwasser versteckt und ich weiß, dass man nicht sehen kann, was unter der Wasseroberfläche passiert. Also beginne ich, Mio vorsichtig am Oberschenkel zu streicheln. Plötzlich kommen mir Ivana und Assaf im Pool in den Sinn und ich unterdrücke ein Grinsen. Ob ihm gefällt, was ich da mache? Seine Atmung wird schneller, er lehnt sich zurück und schließt die Augen. Ich sehe das als positives Zeichen, nehme meinen ganzen Mut zusammen und taste mich weiter hoch, lasse eine Hand in seine Badehose gleiten und ... plötzlich knackt es laut und eine schnarrende Stimme hallt durch den Spa-Bereich. „We are closing in ten minutes. Please get ready to leave the Spa. We will be pleased to welcome you again tomorrow." Ach du Schande, haben wir uns erschrocken. Ich ziehe meine Hand schnell wieder aus Mios Hose und blicke ihn jetzt etwas verdattert an. Dann prusten wir los, warten noch einen kurzen Moment, und gehen dann in die Umkleiden. Wie schade, dass unser Whirlpool-Besuch ein so abruptes Ende gefunden hat.

Vier Stunden pro Tag auf dem Solarium sind wirklich viel und nicht selten wünsche ich mir, die Zeit würde schneller rum gehen. Aber so lange muss ich mich jetzt, in meiner fünften Israelwoche, sonnen. Wenigstens muss Mio genauso lange aufs Solarium und wir könnten diese Zeit sowieso nicht gemeinsam verbringen, das tröstet mich etwas. Außerdem geht die Zeit viel schneller rum, seit ich Charlene vor ein paar Tagen kennengelernt habe. Es gibt Mädchen, die so schön sind, so vollkommen, dass man gar nicht weiß, ob man sie sein will oder sie ehrfürchtig berühren will, um zu gucken, ob sie echt sind...oder ob man sie küssen will, obwohl man gar nicht auf Frauen steht. Charlene ist so ein Mädchen.

Sie kommt aus den USA, hat Vitiligo, ist auch 14, und ebenfalls mit ihrer Mama hier. Und sie ist schwarz. Als ich sie das erste Mal auf dem Solarium gesehen habe, bin ich fast hinten rüber gefallen. Ich bin bisher noch nie einem schwarzen Menschen mit Vitiligo begegnet, habe nur Bilder von ihnen gesehen. In dem Moment wurde mir bewusst, dass ich unfassbares Glück habe, dass meine normale Haut ohnehin nicht besonders dunkel ist und die Vitiligo deshalb natürlich viel weniger auffällt. Sofort hatte ich unheimliches Mitleid mit Charlene und wollte mir gar nicht vorstellen, was sie erlebt hat. Wenn *ich* schon Blicke auf mich ziehe und Anfeindungen ertragen muss, was muss sie dann erst aushalten?

Sie hat mir erzählt, dass sie seit drei Jahren Vitiligo hat und dass die Ärzte erst überhaupt nicht gewusst haben, was das ist. Das kenne ich ja gut. Bei ihr hat die Bestrahlung, die sie ebenfalls zu Hause begonnen hat, ein wenig geholfen. Sie hat mir eine Stelle auf ihrer Hand gezeigt, die bereits zugegangen ist. Aber sie hofft jetzt, dass die Sonne Israels noch mehr helfen wird.

Heute liegen wir wieder nebeneinander auf unseren Liegen. Ich frage sie, wie sie mit den Blicken und Beleidigungen der anderen klar kommt. „You know, at first I was devastated all the time. But then, my teacher and my mum had the idea that I could give a presentation about my Vitiligo in biology. I did that and since then, my classmates treat me differently." Ein Referat über Vitiligo im Biologieunterricht. Das finde ich brillant. Charlene sagt, dass ihre Mitschüler sie seitdem nicht mehr ärgern, sondern sie so akzeptieren wie sie ist und sogar wütend werden, wenn sie mit bekommen, dass Schüler aus anderen Klassen auf sie zeigen oder sie triezen. „Many people just don't know what it is. And they think it's contagious." Ja, da hat sie Recht. Viele denken, dass wir ansteckend sind und sie dasselbe bekommen, wenn sie uns zu nahe kommen. Charlene dreht sich auf den Bauch und seufzt. Dann guckt sie mich an und sagt, dass sie das Gefühl hat, je normaler und selbstbewusster man selbst mit der Vitiligo umgeht, desto eher tun es auch die Menschen um einen herum. „I don't hide, you know." Sie versteckt sich nicht, sagt sie. Trägt Röcke und kurze Hosen im Sommer so oft sie will. Geht schwimmen. Wenn die Vitiligo irgendwann weg geht, freut sie sich und wenn sie bleibt, kann sie auch gut damit leben. Ich glaube ihr jedes Wort. Und meine Bewunderung ist grenzenlos. „You are great, you know that?", sage ich zu ihr. Sie lacht. „Thanks. But you should not hide, either. You are really, really beautiful." Ich schaue etwas verlegen auf den Boden. Sie hat recht. Ich sollte mich nicht mehr verstecken. Ganz fest nehme ich mir vor, dieses Vorhaben zu Hause in die Tat umzusetzen. Dabei ist es ja kein neuer Vorsatz. Ich denke daran, wie ich mit SNAFU alias Mio im Chat darüber gesprochen habe. Aber nach Israel werde ich die Kraft haben, ihn auch wirklich umzusetzen. Da bin ich ganz sicher.

KAPITEL 48

Beredet

„Mama, das ist so unfair!" Mio funkelt sie böse an. Heute dürfen er und Nike endlich wieder auch nach dem Abendessen außerhalb des Hotelzimmers sein, allerdings wollen ihre Mütter nicht, dass sie sich vom Hotel weg bewegen. Dabei wäre er so gerne noch mal alleine mit ihr los gezogen. Sie hätten ein richtiges Date haben können, zum Beispiel in der Bar, oben auf dem Dach vom *Suha*. „Unfair ist, wenn man sagt, dass man zu einer bestimmten Zeit zurück ist und den anderen dann ewig warten lässt, sodass er vor Sorge fast krank wird. Ich habe dir immer vertraut, aber das neulich war einfach eine absolute Grenzüberschreitung. Du und Nike, ihr verlasst das Hotelgelände nicht mehr allein. Und schon gar nicht abends." Sie lässt sich nicht bewegen, ihre Meinung zu ändern. „Ich habe das mit Nikes Mutter so abgesprochen. Und so machen wir es auch. Keine Diskussion." Ein ganz kleines bisschen kann er sie sogar verstehen, aber das gibt er natürlich nicht zu. Stattdessen versucht er es noch mal mit einer Entschuldigung. „Es tut mir leid, Mama. Wirklich. Wir haben einfach die Zeit vergessen neulich." „Ich weiß. Aber ich möchte dich wirklich heile wieder mit nach

Hause nehmen und werde dafür alles tun, was in meiner Macht steht." Sein Handy vibriert. Nachricht von Nike. „Mama?" „Ja?" „Nike hat gerade geschrieben, dass sie mit ihrer Mutter nach dem Essen noch ins *Suha* geht. Sie fragt, ob wir drei nicht auch mitkommen wollen. Da kannst du doch jetzt nichts gegen haben, oder?!" „Stimmt, das finde ich okay." Mio schreibt Nike schnell zurück, dass seine Mutter einverstanden ist.

Im *Suha* bummeln sie alle etwas ziellos an den Geschäften vorbei. Mio hält die ganze Zeit Nikes Hand und ist wunschlos glücklich. Er braucht kein Ziel. Er muss nur seine Hand in ihrer spüren. „Wie hat dir vorhin eigentlich das Autogene Training gefallen?", fragt er. „Ganz gut, war zwar bisschen gewöhnungsbedürftig erst, aber dann konnte ich gut abschalten. Ich gehe nächste Woche auch noch mal mit auf alle Fälle." „Das freut mich, wenn du dabei bist, kann ich zwar nicht so gut abschalten, aber ich freue mich natürlich trotzdem sehr, wenn du noch mal mitkommst." Er drückt sanft ihre Hand und sie lächelt ihn an. „Ich darf nicht vergessen, meiner Freundin Lena zu schreiben, dass ich beim Autogenen Training war. Sie hatte mir dazu geraten..." „Hast du sie hier in Israel kennengelernt?" „Ja, leider musste sie schon abreisen. Aber wir schreiben uns hin und wieder und vielleicht besuchen wir uns auch mal, wenn wir beide wieder in Deutschland sind."

Leo möchte einen Milchshake haben und die beiden Mamas stellen sich mit ihm in die Schlange. „Wir gehen ein Mal kurz in den Schmuckladen, ja?", sagt Mio plötzlich, so als hätte er schon die ganze Zeit auf den passenden Moment gewartet. „Okay, aber ihr kommt danach sofort wieder zu uns zurück." „Ja, macht euch keine Sorgen." Nike blickt ihn überrascht an. „Du hast doch gesagt, dass meine Flecken auf dem Bauch aussehen wie Delfine, oder?", fragt er sie. „Ja, stimmt." Er nimmt sie mit in den Schmuckladen und zeigt ihr eine Kette mit einem silbernen Delfinanhänger. „Die hab' ich eben im Vorbeigehen gesehen und gedacht, vielleicht gefällt sie dir?" Er sieht sie fast schüchtern an. „Sie ist wunderschön." „Dann schenke ich sie dir." „Nein, Mio, wirklich, das musst du nicht. Die ist doch viel zu..." Er hat die Kette schon in der Hand und ist auf dem Weg zur Kasse. „Weißt du, wenn du wieder zu Hause bist, hast du etwas, das dich an mich erinnert", sagt er leise. „Dafür brauche ich keine Kette", flüstert sie. Nachdem er bezahlt hat, nimmt sie sie sorgsam an sich und umarmt ihn, mitten im Schmuckladen. „Du wirst mir unheimlich fehlen", flüstert sie in sein Ohr und beim Gedanken daran, dass sie beide nur noch wenig Zeit in Israel haben, fühlt er einen Stich in seinem Herzen. „Du mir auch", sagt er mit belegter Stimme. Er streichelt ihr übers Haar. Sie gehen wieder zu Leo und seiner Mutter. Leo saugt fröhlich am Strohhalm seines Milchshakes und erzählt über seinen Tag am Pool. Mio und Nike sind den Rest der Zeit über beide sehr reagieren gelassen auf Anfeindungen und suchen auch nicht nach Heilungsmöglichkeiten. Sie wollen gar nicht anders beziehungsweise normal aussehen." „Meinst du, davon gibt es sehr viele?" „Das glaube ich nicht...Ehrlich gesagt habe ich so jemanden auch noch nie getroffen, aber in der Facebook-Gruppe waren den Posts und den Bildern nach zu schließen einige, die zumindest online sehr selbstbewusst mit ihren Flecken umgegangen sind. Die Mitglieder der Gruppe zwei sind das glatte Gegenteil: Sie hassen ihre Flecken, finden sich hässlich, verstecken sich und trauen sich nicht ins Schwimmbad oder in kurzen Sachen auf die Straße. Sie suchen ständig nach neuen Heilungsideen und probieren alles aus, was es gibt." Nike nickt. „Wir haben hier in Israel auch jemanden kennengelernt, Michaela, die passt genau in Gruppe zwei. Ich habe es ehrlich gesagt nach dem ersten Gespräch vermieden, mich noch mal länger mit ihr zu unterhalten, weil sie mich so runtergezogen hat." „Verstehe ich gut..." „Und was ist nun mit drei und vier?" „Bei der Gruppe drei handelt es sich wohl um die absolute Mehrheit aller Vitiligo-People: Sie schwanken zwischen eins und zwei, je nach Tagesform, Lebensphase und so weiter. Und manche vollziehen manchmal eine Entwicklung von zwei zu eins. Das ist die vierte Kategorie." „Auch wenn du bei deinen *Ausführungen* insgesamt ein bisschen nach dem Professor geklungen hast - ich glaube, er hat zu viel Einfluss auf dich - finde ich deine Einteilung absolut gelungen." „Vielen Dank." Mio setzt eine gespielt stolze Miene auf. Dann macht er ein nachdenkliches Gesicht. „Und? Was sind wir zwei für Vitiligo-People?" „Mh...ich war mal zwei. Aber jetzt bin ich drei, würde ich sagen. Und ich glaube, dabei wird es auch bleiben." Nike blickt gedankenverloren Richtung Totes Meer. „Kennst du diese Tiffany? Die mit dem Tattoo *It's called Vitiligo*? Auf ihrer Homepage schreibt sie, dass..." Mio lächelt und nickt. Nike beendet ihren Satz nicht und sieht ihn verwundert an, als er sagt: „There are still many days when I decide to cover my spots but there are also many days when I decide to embrace them." Sie schweigen einen Moment lang. „Genauso denke ich auch", sagt Nike dann, „es wird immer mal Tage geben, an denen ich mich einfach nicht im Spiegel angucken möchte und ebenso Tage, an denen ich mich wohlfühlen werde in meiner Haut." Sie wirft ihm einen liebevollen Blick zu. „Und du?" „Ich würde mich genauso einschätzen." Mio grinst. „Du weißt ja, ..." Nike unterbricht ihn hastig: „Gleich und gleich gesellt sich gern. Sorry. Das musste jetzt sein." Sie knufft ihn in die Seite und Mio schlägt gespielt wütend mit der Faust auf den Sand. „Mist, jetzt warst du wirklich schneller als ich!"

KAPITEL 49

Betrübt

Wir sind um acht Uhr in der Lobby verabredet. Dort soll heute Abend wieder eine Band auftreten und wir wollen sie uns ansehen. Ich ziehe mein neues weißes Kleid an, das ich mit Mama im *Suha* gekauft habe. Als ich die Lobby betrete, sehe ich Mio sofort. Da sitzt mein Märchenprinz und wartet auf mich. Manchmal komme ich mir vor wie in einem Traum. Sein Anblick versetzt mich jedes Mal in den Ausnahmezustand, ob ich will oder nicht. Jetzt hat er mich auch entdeckt und lächelt mich an, während ich auf ihn zugehe. Dass ich von seinem Lächeln immer noch weiche Knie bekomme, muss ich eigentlich gar nicht erwähnen, oder? Als ich neben ihm sitze und in seine braunen Augen schaue, wünsche ich mir, dass wir nie wieder ohne einander sein müssen. Bei dem Gedanken an den nahenden Abschied bekomme ich einen Kloß im Hals. Jetzt erst bemerke ich, dass Mios Blick voller Bewunderung ist. „Wow", sagt er. „Was für ein Kleid! Steht dir echt gut." Ich lächele. Dann streiche ich ihm eine braune Locke aus der Stirn und lehne mich an ihn. Die Band ist ziemlich schlecht und nachdem wir uns eine Orangenlimo geteilt haben, beschließen wir, ein bisschen durchs Hotel zu laufen. Ziemlich schnell landen wir im Fahrstuhl. Und zum Glück sind wir wieder alleine. Heiße Küsse vom Erdgeschoss bis in den sechsten Stock. Dort steigen wir aus. „Komm", sagt Mio und er führt mich die Treppe rauf zum Solarium für die Frauen. Ich kenne jeden Winkel in- und auswendig, schließlich verbringe ich pro Tag vier Stunden hier oben. Die Tür ist nicht abgeschlossen, auf den Liegen liegen teilweise noch Handtücher, ein Ventilator läuft noch. Es ist so, als hätten die Letzten das Hoteldach gerade erst verlassen. „Darfst du überhaupt hier sein?", flüstere ich und sehe ihn verschmitzt an. „Das ist das FRAUEN Solarium..." „Ich habe ja eine dabei", sagt er. „Außerdem machen wir nichts Verbotenes. Nur ein bisschen den Nachthimmel bewundern." Ich spüre seine Hände an meinen Hüften, er küsst mich in den Nacken und dreht mich dann sanft zu sich herum. Ich habe eine Ganzkörpergänsehaut und mir ist ein bisschen schwindelig. Wir küssen uns wieder. Als wir uns schließlich auf eine der Liegen legen, machen wir dort weiter, wo wir im Whirlpool aufgehört haben. Mios Hände erkunden meinen Körper. Dass ich so kleine Brüste habe, scheint ihn nicht zu stören. Im Gegenteil. Wir schmiegen uns aneinander. Einer ganz versunken im anderen.

Plötzlich spüre ich sein Gesicht ganz nah an meinem, sein warmer Atem streicht über meine Wange. Gerade als ich denke, er will mich wieder küssen, fühle ich seine Zunge über mein Ohrläppchen wandern. Ich beginne zu zittern. Wenn ich gestanden hätte, hätte ich mich jetzt sofort setzen müssen...In meinem Kopf explodieren tausend Feuerwerkskörper gleichzeitig. Goldene Funken überall. Als ich wieder einigermaßen klar denken kann und sich meine Atmung wieder normalisiert hat, öffne ich meine Augen und sehe, dass Mio lächelt. „Hat dir das gefallen?", fragt er flüsternd. „Was glaubst du denn?" Ich schmiege mich an ihn, ganz erfüllt von seinen Berührungen.

Als ich die Tür des Hotelzimmers aufschließe, sehe ich, dass Mama noch wach ist und an dem kleinen Tisch am Fenster sitzt und liest. Ich mache mich auf eine Strafpredigt gefasst, weil es bestimmt schon richtig spät ist. Doch sie sagt nur: „Da bist du ja. Wollen wir schlafen gehen?" „Ja, bin total müde." Ich gähne. Keine Strafpredigt. Umso besser. Als wir beide im Bett liegen und schon alle Lampen aus gemacht haben, sagt Mama: „Ich wollte noch sagen, dass ich für dich da bin. Ich meine, wenn wir nach Hause fliegen und du Abschied von Mio nehmen musst." „Danke, Mama." „Weißt du, als ich das erste Mal verliebt war, da..." „Mama, ich will jetzt schlafen." „Ist gut, ich bin ruhig. Träum' was Schönes." Kurz darauf höre ich sie ruhig atmen. Ich dagegen liege noch lange wach. Mio und ich wohnen zwei Autostunden voneinander entfernt. Mit der Bahn sind es wahrscheinlich eher drei Stunden. Wir haben uns natürlich versprochen, uns regelmäßig zu besuchen, aber wird das auch funktionieren? Ich hoffe es so sehr.

Mir fällt plötzlich das Herz wieder ein, das ich beim Bleigießen an Silvester gehabt habe, und ich muss lächeln. Als ich hierhergekommen bin, habe ich es nicht für möglich gehalten, dass sich überhaupt einmal jemand für mich interessieren könnte und jetzt werde ich verliebt und geliebt wieder nach Hause zurückkehren. Für mich ist das wie ein kleines Wunder. Ich nehme mir vor, Leonie morgen endlich von Mio zu schreiben. Vielleicht ist sie inzwischen ja schon etwas über Luca hinweg und kann sich mit mir freuen.

„Deine Vitiligostellen sehen sehr gut aus." Doktor Weiss steht neben mir und berührt die Pigmente, die an meinem Ellenbogen gekommen sind. Es ist unser letzter Termin bei ihr. „Auch deine Kniekehlen pigmentieren ordentlich, da tut sich was. Ich bin sicher, dass das zu Hause noch weiter gehen wird." „Sollen wir denn die Bestrahlung, die Nike vor der Kur gemacht hat, weiter machen?", fragt Mama. „Das würde ich empfehlen. Dadurch wird der Effekt der Kur stabilisiert, denke ich." Mama nickt. Ich dagegen bin mir nicht so sicher, dass ich weiter machen werde. „Deine Zeit bei uns ist bald vorbei, also nutze sie noch gut und sonn' dich vier Stunden pro Tag, zwei morgens, zwei nachmittags, wie der Plan vorgibt. Mehr als die eine Verbrennung von neulich hattest du bisher nicht, oder?" Ich schüttele den Kopf. „Gut. Ich denke, dass auch die Stellen an den Knien und auf deinen Schienbeinen noch stark pigmentieren werden. Vielleicht verschwinden sie zu Hause dann sogar ganz, wenn die Pigmentierung weiter geht. Wie ich ja zu Beginn deiner Kur schon sagte, ist die Haut um Brust und Bauch herum natürlich deutlich resistenter, was die Repigmentierung angeht." Ich nicke. Mein vordere Körperhälfte ist so weiß wie eh und je. Wir verabschieden uns von Frau Doktor Weiss. „Vielleicht bis nächstes Jahr!", sagt sie und lächelt. Ich lächele ebenfalls und gebe ihr die Hand. Bei dem Gedanken an den nahenden Abschied von Israel, von Mio, habe ich sofort wieder einen Kloß im Hals.

Viel zu schnell kommt unser letzter Tag in Israel. Alles erscheint mir unwirklich, so als würde ich nur zuschauen und nicht selbst dabei sein: Frühstück, Solarium, Mittagessen, Pool, Solarium, Baden im Meer, Abendessen. Immer denke ich: Zum letzten Mal dies, zum letzten Mal das... Ein furchtbares Gefühl. Sechs Wochen sind eine lange Zeit und ich bin sicher, dass ich große Mühe haben werde, mich in Deutschland wieder an den Alltag zu gewöhnen. Wir verabschieden uns von David Hirshberg, der uns anlächelt und sagt: „Bis nächstes Jahr!" und von Samir und von Dennis, der einen Tag nach Mio abreisen wird. Auch Charlene Tschüss zu sagen fällt mir schwer. Wir versprechen uns, dass wir uns schreiben werden und ich sage ihr noch einmal, wie sehr sie mich mit ihrem Selbstbewusstsein beeindruckt hat.

Der schlimmste Abschied steht mir nun noch bevor.

Mio und ich wollen uns nach dem Essen am Strand vom Hotel treffen. Da wir nachts um 4.00 Uhr vom Shuttle abgeholt werden, ist es das letzte Mal, dass wir uns sehen werden. Zumindest in Israel.

Viel reden können wir nicht. Schweigend laufen wir Hand in Hand zum Strand und legen uns in den Sand. Kuscheln uns eng aneinander. Irgendwann beginnen die Tränen die Wangen runter zu laufen, obwohl ich ihnen das doch verboten hatte. Ich hatte nicht weinen wollen. Aber ich kann einfach nicht anders. Mio küsst mich sanft auf die Nasenspitze. „Es ist doch kein Abschied für immer", sagt er mit belegter Stimme. „Das weißt du, oder? Sobald ich auch wieder zu Hause bin, sehen wir uns wieder, ok?" Er will mich trösten, doch er ist selbst viel zu traurig. „Ja", sage ich leise und schniefe.

Noch ein letztes Mal „unser Lied" zu hören, ist wohl keine so gute Idee gewesen. Jetzt muss ich wirklich Rotz und Wasser heulen. *Mit dir steht die Zeit still...*Ja, das wäre schön, wenn wir die Zeit anhalten könnten oder zurückdrehen. Zu gerne würde ich all' das hier noch einmal erleben. Doch das Leben ist ja bekanntlich kein Wunschkonzert. „Mach das aus", flüstere ich. Mio nickt. „Ich kann's auch nicht ertragen."

Ich weiß nicht mehr, wer zuerst aufsteht, aber wir spüren beide, dass der Abschied nur noch schlimmer werden wird, wenn wir es nicht bald hinter uns bringen. Arm in Arm gehen wir Richtung Hotel zurück. Mio bringt mich noch bis vor die Tür unseres

Zimmers. Der perfekte Gentleman. Dieser Gedanke entlockt mir ein kleines Lächeln. Mio bemerkt es jedoch nicht, weil ich meinen Kopf an seine Brust gelehnt habe. Wir halten uns eng umschlungen. Als wir uns schweren Herzens endlich voneinander lösen, gebe ich ihm noch einen gefalteten Zettel. „Für dich." Er faltet ihn auseinander und liest.

Vitiligo Love

*Bist mir so nah, Haut an Haut,
bist der, der mich mit anderen Augen anschaut.*

*Sind uns so ähnlich, von außen und innen.
Die gemeinsame Zeit soll niemals verrinnen.*

*In Besonderheit verbunden,
erlebten wir sternerleuchtete Stunden.*

*Zusammen anders sein.
Ewig dein, ewig mein.*

Er schenkt mir sein schönstes Lächeln. „Danke. Ich wusste nicht, dass du so gut schreiben kannst." Ich schaue in seine Augen, die auch jetzt wieder so viele Gefühle in mir auslösen, dass ich denke, ich muss explodieren. Man will einfach nur versinken in diesen Augen. Den Blick niemals wieder abwenden. Einmal noch seine Lippen auf meinen spüren, denke ich. Ich schließe meine Augen und küsse ihn zärtlich auf den

Mund. Er küsst mich zurück, erst vorsichtig, dann intensiver und schließlich voller Leidenschaft. Als wir uns voneinander lösen, wissen wir, dass es nun wirklich kein Zurück mehr gibt. *Time to say goodbye*. Ich spüre, wie sich in meinen Augen wieder Tränen sammeln. Mio umarmt mich ein letztes Mal und flüstert: „Bis ganz bald, mein Giraffenmädchen." Und dann geht er. Bevor der Fahrstuhl ihn endgültig verschluckt, formt er mit seinen Händen ein Herz und lächelt. Ein Herz für mich.
Wie betäubt klopfe ich an unserer Zimmertür. Mama macht auf und ich lasse mich in ihre Arme sinken und weine bitterlich. „Mein Schatz, ist ja gut. Ist ja gut." Mama bringt mich zum Bett, streichelt mir den Kopf. Ich weiß nicht, wie lange wir so da gelegen haben und wie ich es eigentlich geschafft habe, meinen Schlafanzug anzuziehen oder mir die Zähne zu putzen. Oder auch nur ein Auge zu zukriegen in dieser Nacht. Ich fühle mich die ganze Zeit wie gelähmt vor Traurigkeit. Völlig unfähig, zu denken. Irgendwann sitzen wir im Shuttle nach Tel Aviv. Leider sind die Kontrollen auch vor dem Rückflug sehr intensiv und wir müssen tausend Fragen beantworten. Das alles zieht wie in Nebel eingehüllt an mir vorbei. Der Flughafenmitarbeiter muss denken, dass ich sehr müde bin oder etwas grenzdebil. Aber er kann ja auch nicht ahnen, dass ich gefühlt nur noch ein halbes Herz in der Brust habe.

Wir kommen heile in Deutschland an und als ich Papa

und Jan am Flughafen wieder sehe, wird meine Traurigkeit für einen kurzen Moment durch die Freude über das Wiedersehen etwas weniger. Leider kehrt sie aber ziemlich schnell zurück und als ich das erste Mal wieder in meinem Bett Zuhause liege, fühle ich mich furchtbar leer und unglücklich. Mio fehlt mir schrecklich. In dieser Nacht schlafe ich schlecht und träume ununterbrochen von Israel. Ich sehe die Wüstenberge, schwimme im Traum im Pool, rede auf dem Solarium mit Charlene und küsse Mio am Strand, während das Tote Meer neben uns türkisblau im Sonnenlicht glitzert. Wie ich das alles vermisse! Als ich mit Kopfschmerzen aufwache, beschließe ich, mein Zimmer mit ganz vielen Fotos von Israel voll zu hängen, damit ich mich wieder etwas mehr Zuhause in meinem Zuhause fühlen kann.

KAPITEL 50

Besessen

„Wie lange wusstest du es eigentlich schon?" „Was?" „Naja, dass Nike und ich..." „Ach DAS." Der Professor macht eine wegwerfende Handbewegung. „Das war mir ziemlich schnell klar." Mio blickt aufs Meer hinaus und schweigt. „ Du vermisst sie sehr, oder?" Mio nickt. „Denkst du, ihr werdet euch wiedersehen in Deutschland?" „Auf jeden Fall! Wir wollen uns besuchen so oft es geht." „Das finde ich gut. Darf ich dir was sagen?" „Raus damit." „Ich finde, ihr seid etwas Besonderes, ihr zwei. Das findet man nicht jeden Tag." Mio streicht sich eine Locke aus der Stirn. Das hat Nike sonst immer gemacht. Er kann ihre sanfte Berührung immer noch spüren. „Ich weiß", sagt er sehr leise. Der Professor seufzt. „Gut, dass du gestern in Jerusalem warst. Da hattest du wenigstens etwas Ablenkung." „Ja, das stimmt. Hat dir Julia eigentlich schon geschrieben, seit sie wieder Zuhause ist? Bis jetzt haben ja weder sie noch Lisa was in unsere Gruppe geschrieben." Dennis lächelt. „Ja, hat sie. Und das macht mich ziemlich glücklich. Mehr als Nachrichten werde ich von einem Mädchen wie Julia wohl auch nie bekommen." „Professor! Jetzt stell' dein Licht mal nicht unter den Scheffel! Ihr könntet euch ja

auch mal besuchen, wenn du wieder Zuhause bist."
„Vielleicht." Dennis hat seine Brille abgenommen. „Und werden wir uns besuchen?" Mio grinst. „Klar, warum nicht? Und jetzt komm' endlich, ich zerfließe hier! Wir können dringend eine Abkühlung gebrauchen!" Er springt kopfüber in den Pool und Dennis folgt wenig später. Er nimmt allerdings die Treppe.
Als Mio später zum Hotelzimmer geht, erinnert ihn jeder Winkel an Nike. Er kann einfach nicht aufhören an sie zu denken. Ich bin wie besessen, denkt er. Es fühlt sich so an, als hätte man ihm die eine Hälfte seines Herzens aus der Brust gerissen.

Als er am letzten Tag alleine im Toten Meer badet, vermisst er die Gespräche mit ihr. Denkt daran, wie sie ihm, als sie sich noch nicht so lange kannten, ihre Pigmente gezeigt hat und er sie kurz berührt hat, was ihm dann peinlich gewesen war. Da waren noch so viele Berührungen gewesen. Gewollte. Wunderschöne. Aufregende. Wenn er jetzt daran denkt, bekommt er immer noch Herzklopfen.
Er sucht sie im Speisesaal mit den Augen, bis ihm wieder einfällt, dass sie ja in Deutschland ist. Geht mit Leo und seiner Mutter ein letztes Mal ins *Suha*, um einen Milchshake zu trinken und denkt daran, wie er ihr die Delfinkette gekauft hat. Ob sie sie wohl trägt? Jedes Mal im Fahrstuhl spürt er ihre Lippen auf seinen. Abends verirrt er sich noch mal auf das Solarium und legt sich, dieses Mal allein, auf eine der

Liegen und guckt in den Sternenhimmel. Hört *Mit dir*. Vermisst sie furchtbar. Hoffentlich können wir uns bald sehen, wenn ich wieder in Deutschland bin, denkt er.

Abends im Bett beschließt er, ihr von seinem Handy aus noch eine Mail zu schreiben. Zwar haben sie sich seit ihrer Abreise jeden Tag WhatsApp-Nachrichten und Fotos geschickt, aber er will sich gerne noch etwas ausführlicher bei ihr melden, bevor sie heute Nacht abfliegen.

Hallo süßes Giraffenmädchen,

wie geht es dir so in Deutschland? Hast du dich schon wieder gut eingelebt? Hier ist alles so wie immer. Du hast nichts verpasst. Im Gegenteil. Darum bin ich auch froh, dass wir morgen fliegen. Ich vermisse dich. Sehr. Israel ohne dich ist eben nicht Israel. Ach ja: Wir waren in Jerusalem und du hast recht. Die Stadt ist echt nice und die Atmosphäre reißt einen wirklich total mit. Ich habe keinen Zettel in die Klagemauer gesteckt, aber daran gedacht, dass du das gemacht hast und wie du dich verhüllen musstest, weil du zu viel Haut gezeigt hast ☺

Meine Haut hat noch einmal richtig Gas gegeben und ich habe noch einige neue Pigmente bekommen. Doc Weiss war sehr zufrieden mit mir beim letzten Termin. Meinte zu mir auch, ich soll unbedingt nächstes Jahr wiederkommen und zu Hause weiter bestrahlen. Weißt du, sogar die Stellen um meinen Mund herum sind ja

ein bisschen zu gegangen. Das freut mich besonders, weil die mich am meisten stören. Und ein kleiner Delfin ist verschwunden. Das ist der, der dir jetzt um den Hals baumelt ☺
Sobald ich wieder in Deutschland bin, rufe ich dich an und dann gucken wir, wann wir uns besuchen können, ok?

*In Liebe,
dein Mio*

KAPITEL 51

Beflügelt

Eine trostlose Woche liegt hinter mir. Die Schule hat wieder angefangen, alles ist ziemlich chaotisch gewesen, neue Klasse, neue Räume, neue Lehrer. Das übliche Wuseln nach den Sommerferien und aufgeregtes Schnattern in allen Gängen. Ich bin irgendwie wie in Trance gewesen, noch gar nicht richtig angekommen. Nur die Israelfotos an meiner Zimmerwand, die ich inzwischen aufgehängt habe, heitern mich jeden Tag etwas auf. Und natürlich die Nachrichten, die ich von Mio bekomme. Er hat mir an seinem letzten Abend in Israel noch eine wahnsinnig süße Mail geschrieben, die ich mir ausgedruckt habe und die ich jeden Abend vor dem Einschlafen lese, obwohl ich sie inzwischen fast auswendig kann. In Liebe, dein Mio. Natürlich habe ich ihm gleich zurück gemailt. Direkt über meinem Bett hängt ein Foto von uns beiden. Mama hat es an unserem letzten Tag gemacht. Mio und ich. Arm in Arm, mit lachenden Gesichtern. Hinter uns das Tote Meer. Mio, mein Mio. Mein Handy klingelt!!! Es ist Mio. Schnell nehme ich es in die Hand, sause damit die Treppe rauf und knalle meine Zimmertür hinter mir zu. „Hi", sage ich, nach Luft japsend. „Hi." Mios Stimme zu hören ist unfassbar schön. „Du klingst ja, als wärst du gerade einen Marathon gelaufen." Ich lache. „Ja, ungefähr so ist es auch. Jetzt bin ich aber in meinem Zimmer." „Hoffentlich bin ich da auch bald." „Ja, das wäre schön! Ich habe ein Foto von uns direkt über meinem Bett hängen. Sonst hätte ich die letzte Zeit wohl nicht überlebt. Hab' dich furchtbar vermisst." „Ging mir auch so! Sorry, dass ich nicht schon eher angerufen habe, aber die ersten Tage wieder hier waren etwas chaotisch. Danke noch mal für deine Mail, ich hab' sie noch abends gelesen, bevor wir Koffer gepackt haben. Da haben wir beide keine so schönen Tage hinter uns..." „Nee, allerdings. Wenn's nach mir ginge, könnte ich sofort zurück fliegen - aber nur mit dir natürlich." „Das will ich auch hoffen. Leider geht bei uns ja morgen auch die Schule wieder los... Grauenhafte Vorstellung. Aber aufs Basketballtraining freue ich mich schon. Hoffentlich kann ich's noch, hab ja jetzt lange gar nicht gespielt." „Na klar, das glaub' ich schon. So schnell verlernt man das nicht." „Wollen wir's hoffen. Du, sag' mal, würde es dir und deiner Familie passen, wenn ich in drei Wochen für ein Wochenende zu euch käme? Wenn's nach mir ginge, würde ich mich schon viel früher in den Zug setzen, aber Mama will, dass ich hier erst mal wieder was für die Schule tue und so. Total ätzend." Drei Wochen. So lange noch. Aber Hauptsache, ich würde ihn sehen. „Ja, das ist wirklich ätzend. Aber das Wichtigste ist, dass du kommst! Ich klär' das noch mal ab mit meinen Eltern, aber es geht bestimmt! Ich freu mich schon wie verrückt!" „Ich mich auch! Und wenn du dann mal zu uns kommst, musst du Nick kennenlernen. Er will unbedingt wissen, wer das Mädchen ist, das mir den Glauben an die Liebe zurückgegeben hat..." Ich lache laut auf. „Sehr gerne! Wollen wir morgen wieder telefonieren?" „Ja, ich ruf' dich morgen Abend wieder an, ok?" „Ok. Ich freu mich schon jetzt, deine Stimme zu hören. Ich denke immer an dich, weißt du?" „Ich auch an dich." „Ach ja: Und ich trage deine Kette übrigens jeden Tag... Dann bis morgen Mio, mein Mio." „Bis morgen, mein Giraffenmädchen." Wir legen auf und ich kann nicht aufhören zu lächeln. Mio ist jetzt wieder in Deutschland. Wir werden ganz viel telefonieren. Und er wird mich besuchen kommen. Zum ersten Mal, seit wir aus Israel zurück gekommen sind, fühle ich mich wieder wie ich selbst.

In der zweiten Schulwoche nach den Ferien vereinbaren Mama und ich einen Termin bei meiner Biolehrerin. Ich bin froh, dass es dieselbe ist wie im letzten Schuljahr. Sie hat mich schon ein Jahr im Unterricht gehabt und ich fand sie sehr nett. Dass ich ein Referat über Vitiligo halten will, gefällt ihr gut. „Passt prima", sagt sie, „wir haben sowieso gleich im ersten Halbjahr das Thema Haut. Dass es für dich persönlich ganz wichtig ist, deinen Mitschülern von deiner Hautkrankheit zu erzählen, verstehe ich. Und ich finde es sehr mutig, dass du das machen möchtest. Du hast meine volle Unterstützung." Wir bedanken uns bei ihr und als wir wieder zu Hause

sind, fange ich gleich an, das Referat vorzubereiten. Ich muss Charlene unbedingt noch mal Danke sagen für diese gute Idee. Übernächste Woche soll ich es halten, am Freitag, also an dem Tag, an dem Mio uns besuchen wird. Wenn das kein Zeichen ist...
Es macht mir Spaß, jeden Tag daran zu arbeiten. Ich mache mir fleißig Notizen, surfe sehr viel im Internet und leihe mir aus der Stadtbibliothek ein Buch über Hautkrankheiten aus. Zu Beginn des Referates will ich Bilder von berühmten Persönlichkeiten mit Vitiligo zeigen. So viele gibt es ja nicht...Ich suche mir natürlich Winnie Harlow aus und Michael Jackson (auch wenn er eigentlich kein besonders gutes Beispiel ist, weil er sich ja nie richtig mit seinen Flecken gezeigt hat in der Öffentlichkeit). Den anschließenden Infoteil möchte ich sehr ausführlich zu gestalten. Was ist Vitiligo? Welche möglichen Ursachen gibt es? Welche Ansätze zur Heilung gibt es? Wie viele Menschen auf der Welt haben Vitiligo? Nur am Ende werde ich kurz auf meine persönlichen Erlebnisse eingehen und auch von Israel berichten, ein paar Fotos zeigen.

Während der folgenden Tage wächst meine Aufregung immer mehr. Soll ich das wirklich machen?, frage ich mich wieder und wieder. Wird der Effekt so positiv sein wie bei Charlene? Bin ich wirklich schon so weit? Mio macht mir bei jedem Telefonat Mut. Er selbst will auch bald mit seiner Biolehrerin sprechen und ebenfalls fragen, ob er ein Referat halten kann. Auch Leonie, die inzwischen schon wieder einen neuen Freund namens Emil hat, unterstützt mich. Sie kommt oft nach der Schule vorbei und hört mir geduldig zu, wenn ich ihr wieder und wieder die Inhalte des Referates erkläre. „Du wirst das super machen, davon bin ich überzeugt!", sagt sie mehrmals zu mir. Dafür bin ich ihr sehr dankbar. Außerdem versorgt sich mich sehr großzügig mit Fair-Trade-Schokoriegeln. Zur Belohnung will sie meistens gaaaanz viel über Mio wissen. Ich verspreche ihr, dass sie ihn natürlich kennenlernen wird, wenn er zu uns kommt.

Ich trage jetzt auch wieder Röcke in der Schule und kurzärmelige Oberteile. So wie früher, vor dem Ausbruch der Vitiligo. Wie erwartet, starren mich viele an. Aber es stört mich jetzt nicht mehr so wie vorher, ich halte den Blicken einfach stand und schaue zurück. Dann gucken die meisten wieder weg, es scheint ihnen sogar peinlich zu sein, wenn ich sie beim Starren ertappe. Einen Vorsatz habe ich bis jetzt also schon ziemlich gut beherzigt. Mio hat mir erzählt, dass auch er nur in kurzen Hosen zur Schule gegangen ist und sein Make-up fürs Gesicht immer schön weg gelassen hat (haha!). Die Hexen-Gang lässt mich bisher übrigens in Ruhe. Ich habe den Eindruck, dass Eileen und Josephine sich zerstritten haben und gar nicht mehr zusammen rumhängen. Zumindest sehe ich Josephine jetzt oft alleine auf der Heizung sitzen, wo ich vor den Ferien so oft meine Pausen verbracht habe. Ich bin ehrlich gesagt ein bisschen schadenfroh, wenn ich das sehe. Nicht sehr nett, ich weiß. Andererseits: Wer anderen eine Grube gräbt...

Ich wusste ja, dass nicht alle es beim Gucken belassen würden. Und so war ich gestern auch nicht überrascht, als ich mir in der großen Pause auf der Mädchentoilette die Hände wusch und sich die drei Mädchen, die an den Waschbecken neben mir waren, lauthals über mich unterhielten, so als wäre ich gar nicht da. „Ganz schön krass, was sich manche trauen. Wenn ich so aussehen würde, würde ich eine Burka anziehen. Immer noch besser, als so durch die Gegend zu laufen." „Ja, mega eklig. Is' bestimmt ansteckend." Ich trocknete mir die Hände ab. Früher wäre ich einfach möglichst schnell aus der Toilette raus gegangen. Jetzt aber ging ich direkt auf das Mädchen zu, das zuerst gesprochen hatte. Sie war aus meiner Parallelklasse. „Erstens: Das, was du so „eklig" findest, ist eine Hautkrankheit und heißt Vitiligo. Sie ist nicht ansteckend. Zweitens: Wenn ich so einen derartig dicken Hintern hätte wie du, würde ich nicht auch noch Hüftjeans anziehen, denn das sieht wirklich verboten aus. Schönen Tag euch noch." Ungläubige Blicke. Offene Münder. Schweigen. Keine rührte sich. Alle starrten mich an. Ich drehte mich um, ging zur Tür und konnte mir ein fettes Grinsen nicht verkneifen. Die Zeit, wo ich sowas widerspruchslos hinnehme, ist ein für alle Mal vorbei. „Wehr' dich, wenn du angegriffen wirst!" Vorsatz Nummer drei.

Tschakka!
Heute ist nun endlich der Tag aller Tage! Ich halte mein Referat und heute Abend kommt Mio! Habe kaum geschlafen vor Aufregung. Als ich mich endlich angezogen habe, frage ich mich, welches Parfum ich heute nehmen soll. Nach langer Überlegung entscheide ich mich für „Cool Water". Das hat Mio immer besonders gern an mir gerochen. Vielleicht werde ich dann ja auch etwas cooler...klappt nicht wirklich. Automatisch streiche ich mit meinem rechten Zeigefinger schnell vier Mal hintereinander über das Ziffernblatt meiner Uhr. Auch das hilft heute überhaupt nicht. Dass Mama mich zum Abschied in den Arm nimmt, was sie sonst nie macht, und mir „Viel Erfolg nachher! Ich denke an dich!" hinterher ruft, macht es auch nicht besser. Auch wenn es natürlich lieb gemeint ist.
Mir ist den ganzen Tag schlecht, bis es endlich zur fünften Stunde klingelt. Nachdem meine Mitschüler offenbar erst ein wenig erstaunt sind, dass das neue Thema gleich mit einem Referat von mir beginnt, sehe ich überall interessierte Gesichter und spüre, dass jeder Einzelne im Raum wie gebannt an meinen Lippen hängt. Keiner macht eine blöde Bemerkung. Auch nicht, als ich erzähle, dass es manchmal nicht ganz einfach ist, die vielen Blicke und auch die Bemerkungen zu ertragen, die Vitiligo mit sich bringt. Ich traue meinen Augen kaum, als ich hier und da sogar schuldbewusste Blicke sehe. Vielleicht erinnert sich der eine oder andere, dass er mich auch schon

mal beleidigt hat...
Am Ende gibt es tosenden Applaus und meine Lehrerin lächelt mich anerkennend an. Nach der Stunde sprechen mich noch mehrere Leute auf dem Flur an und sagen mir, dass ihnen das Referat wirklich gut gefallen hat.

„Ich bin so stolz auf dich, weißt du das?" Seine Stimme klingt warm und liebevoll. „Danke. Du musst das auch unbedingt machen! Charlene hatte recht! Wenn die Leute erst mal Bescheid wissen, finden es alle halb so schlimm." „Werde ich auch, habe heute einen Termin mit meiner Lehrerin vereinbart. Aber jetzt komme ich erst mal zu dir!" „Ja und ich freue mich so wahnsinnig auf dich! Das kannst du dir gar nicht vorstellen!" „Ich freue mich auch so unendlich doll auf dich!" „Die drei Wochen sind mir soooo lang vorgekommen, das nächste Treffen müssen wir auf jeden Fall schneller hinkriegen." „Finde ich auch, aber du weißt ja: Was lange währt, wird gut." „Du Sprichwörter-Nerd!" „Hey, selba." Wir lachen beide. „Ich bin so dankbar, dass ich dich getroffen habe, weißt du das eigentlich?", sagt er leise. „Das weiß ich, mein Mio, und mir geht es genauso. Und heute Abend werde ich dir meine Dankbarkeit persönlich zeigen." „Du kannst es zwar nicht sehen, aber ich habe gerade eine Augenbraue hochgezogen." „Ja, das kannst du gut." „Es war aber ein positives ‚Ich ziehe meine Augenbraue hoch'-Gesicht. Ein wenig verschmitzt sozusagen." „Das will ich auch schwer hoffen. Du kommst also gegen 19

Uhr mit deinem Vater hier an und er fährt dann gleich weiter zu seinem Geschäftstermin?" „Das ist der Plan. Es sei denn, ich halte es nicht so lange mit ihm im Auto aus und fahre mit der Bahn weiter..." „Du schaffst das schon. Ist doch schließlich ein Porsche." „Das stimmt allerdings." „Bis nachher, mein Mio. Sag' deinem Papa, er soll vorsichtig fahren." „Wird erledigt! Bis nachher, mein Giraffenmädchen!"
Nachdem wir aufgelegt haben, packe ich meine Schwimmtasche. Zum ersten Mal seit sehr, sehr langer Zeit werde ich mal wieder mit Monika, Leonie und Mama schwimmen gehen.

Als ich in der Schlange zur Turborutsche stehe, höre ich, wie ein kleines Mädchen zu seinem Papa sagt: „Papa, guck' mal. Die hat weiße Flecken überall. Meinst du, sie ist krank?" „Das weiß ich nicht. Aber jetzt guck' da bitte nicht so hin." Ich drehe mich zu dem Mädchen um und sage: „Du hast recht, ich habe eine Krankheit. Sie heißt Vitiligo, Weißflecken-krankheit. Tut aber nicht weh und juckt nicht. Und ansteckend ist sie auch nicht, ist also gar nicht schlimm. Ich sehe einfach nur ein bisschen anders aus als andere." Das kleine Mädchen hört mir interessiert zu und lächelt mich dann an. „Ich finde, das sieht cool aus. Wie weiße Tattoos. Mein Bruder hat auch welche, in schwarz. Sogar auf dem Kopf. Der hat sich nämlich eine Glatze rasiert. Und..." „Das Mädchen ist jetzt mit Rutschen dran, Mia. Nun sei mal still", sagt ihr Vater und blickt mich entschuldigend und leicht peinlich berührt an. Ich lächele nur. Dann rutsche ich, so schnell ich kann, und denke an meine weißen „Tattoos". Im Wasser unten gehe ich kurz unter, paddele aber gleich wieder an die Oberfläche und tauche auf. Da steht Mama am Rand des Beckens. Sie hat auf mich gewartet. „Kommst du? Wir wollen los. Leonie und Monika sind schon in der Umkleide", sagt sie. Ich freue mich auf den Kuchen und rufe: „Ja, ich komme!"

Über die Autorin

Kirsten Elisabeth Zehler ist 33 Jahre alt und ist selbst seit 25 Jahren ein *Giraffenmädchen*.
Sie ist verheiratet und hat eine kleine Tochter.
Allen anderen *Giraffenmädchen* und *Giraffenjungen* dieser Welt wünscht sie von Herzen, dass sie ihren Weg finden, wohin auch immer dieser sie führen mag.

www.facebook.com/kirsten.e.fischer

www.instagram.com/kirsten_elisabeth_fischer

Printed in Poland
by Amazon Fulfillment
Poland Sp. z o.o., Wrocław